根据义务教育语文课程标准编著

四年级秋学期

全阅读课本

各民族民间故事

张正冠 主编

南京大学出版社

但愿，你能喜欢

冷玉斌

学者、评论家刘绪源先生说他年少的时候，读过不少谈"青年修养"的书。很多年以后回顾这段读书经历，他发现，这些书并不太好，书里有些观点更是不对的，但是，正是这些书陪他度过了那段重要的人生时期。的确，在人生合适的时候，遇到合适的书，这是一种人生机缘与幸运，尤其对广大的小学、初中学生，在阅读的黄金时代，如果可以有广博的、美好的、优秀的、典雅的作品来到他们手边，日后他们的头脑、视野、心灵一定会不一样。

《全阅读课本》正是这样一套可以影响孩子头脑、视野、心灵的书。编者以教育部《义务教育语文课程标准(2011 版)》学段教学目标和推荐的课外读物为据，确定入选篇目、设计阅读导引、组织诵读材料，创造性地安排了整本书阅读，还从学生学习现场出发，设计了有趣有益的阅读导引，以促进学生对"课标"规定的基本篇目的阅读与吸收。此外，由"现代优秀诗文""古诗文""熟语"等组合而成的"诵读累积"，引领学生欣赏名作，含英咀华，是本套书接续整本书阅读这一文心后的又一个亮点。

语文学习是慢功夫，要天长日久的熏陶和积累，这是人人皆知的，但这种"熏陶和积累"须是有顺序、有谱系的，不应该"拣到篮里都是菜"，抓着什么是什么。《全阅读课本》正着眼于此，以学段、年级进行组织和安排，突出彰显了"循序渐进、步步为营"的特点，引领孩子们进入阅读，浸润书香，因为这样精心的编排与设计，就使得无论是学生阅读，还是教师指导，或者家长引领，都不再是随意而无序的，混沌而不清晰的，空泛而不着边际的，这就能够切实保障阅读的延续性和指导的实效性，特别能够保证学生、老师、家长在阅读一事上形成共识与合力。这样的格局本身，应该是孩子们进行阅读的最好质态。

现在,还要说一说这个"全"。以"全阅读"命名本套丛书并非编者贪大求全。事实上,没有谁可以用一套选本将世间好书收纳齐全,解决阅读的问题。在编者的思路里,本套书的"全",意味的是"全面""全段""全员":"全面"是将"语文课程标准"要求全部落实;"全段"是指覆盖了义务教育阶段;"全员"是"一个都不能少",面向全体学生。这三方面构成了这套书的"全阅读"。想来,这样的"全阅读",必定会推动学生"全发展"。

以专业读书人自况的台湾作家唐诺对"童年阅读"有一个非常美丽的比喻,称其为"在萤火虫的亮光中踽踽独行",我想,《全阅读课本》正是给小学、初中生们送去了"萤火虫的亮光",并且,不是微弱的,是明朗的;不是短暂的,是持久的。尤为重要的是,有了这套书,阅读就不再是"踽踽独行",每个孩子都会有同学的陪伴,有教师的指导,有家长的扶助。这不是很好吗?

此刻,《全阅读课本》就在你眼前。

——但愿,你能喜欢!

作者:冷玉斌,江苏兴化人,《中国教育报》2015年推动读书十大人物(之一),"国培计划"北京大学小学语文课程开发及教学指导专家。

目录
CONTENTS

/ 阅读欣赏

各民族民间故事

鸡叫日出……………… 002

过"年"………………… 003

神农尝百草…………… 004

狼来了………………… 004

三个和尚……………… 005

东郭先生和狼………… 006

猎人海力布…………… 008

鲁班学艺……………… 010

宝莲灯………………… 013

田螺姑娘……………… 015

一幅壮锦……………… 017

西门豹除巫治邺……… 021

牛郎织女……………… 023

白蛇传………………… 024

梁山伯与祝英台……… 027

孟姜女哭长城………… 029

赵州桥的传说………… 033

木兰从军……………… 035

歌仙刘三姐…………… 036

何首乌………………… 038

桃园三结义…………… 040

张飞数芝麻…………… 042

抬着毛驴赶路………… 044

神笔唐伯虎…………… 045

祝枝山写联骂财主…… 046

苏小妹招婿…………… 047

阿凡提和国王………… 048

神奇的聚宝缸………… 050

大阿福………………… 051

七兄弟………………… 053

爪哇国………………… 055

传家宝………………… 059

刘墉智斗贪官………… 060

包公巧审青石板……… 062

济公巧计救阿福……… 064

海瑞断案……………… 065

画扇判案……………… 067

东坡肉………………… 068

清明·寒食的由来…… 070

端午节的由来………… 071

重阳节的由来………… 072

火把节的传说………… 073

阿诗玛………………… 074

颜回输冠……………… 075

青春的泉水(日本)…… 076

一寸法师(日本)……… 078

两个邻居(日本)……… 081

弃老山(日本)………… 082

一个吹牛大王的经历(日本)…… 082

捧着空花盆的孩子(朝鲜)……… 084

九色鹿的传说（印度）·············· 086

戒指（印度）·················· 087

神罐（印度）·················· 088

哥儿仨（印度）················· 092

马希拉罗比亚城的织毯匠（印度）

·························· 093

国王的秘密（泰国）·············· 096

金鹿（缅甸）·················· 098

三个商人买三条猫腿（印度）

·························· 100

能使树开花的老人（印度尼西亚）

·························· 102

三个和一个（印度尼西亚）········· 104

聪明的国王（印度尼西亚）········· 105

智慧胜过黄金（巴基斯坦）········· 106

时间的故事（埃及）·············· 109

青年寻找幸福（埃及）············ 110

勇士海森（埃及）··············· 112

聪明的法蒂玛（阿拉伯）·········· 116

渔夫与魔鬼的故事（阿拉伯）······ 118

箱子的故事（阿拉伯）············ 119

阿里巴巴与四十大盗（阿拉伯）

·························· 123

国王和商人（阿拉伯）············ 132

住在醋罐里的老太婆（英国）······ 134

金盆子（英国）················· 136

渔夫和神鸟（英国）·············· 137

征服巨人的杰克（英国）·········· 138

说谎比赛（德国）··············· 142

农夫和魔鬼（德国）·············· 143

魔笛（德国）··················· 144

割草比赛（德国）··············· 145

不要忘记穷人（意大利）·········· 146

幸福取决于什么（意大利）········· 149

雕刻家的秘密（意大利）·········· 154

樵夫和河伯（古希腊）············ 158

国王和编筐人（古希腊）·········· 159

国王和点金术（古希腊）·········· 161

魔水（俄罗斯）················· 170

渔夫和金鱼的故事（俄罗斯）······ 172

贪婪的大臣（俄罗斯）············ 174

青蛙姑娘（塞尔维亚）············ 176

国王的鬼耳朵（塞尔维亚）········· 178

需要是最好的老师（保加利亚）

·························· 181

上帝和死神（墨西哥）············ 182

石匠（智利）··················· 184

坦迪尔山的活石（阿根廷）········· 186

/ 诵读积累

现代优秀诗文 10 篇（段）······ 198

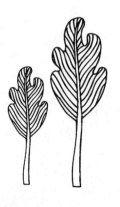

阅读欣赏

各民族民间故事

导读指引

民间故事是民间文学的重要门类之一。它是由无数代人收集和整理而成的,也是劳动人民集体智慧的结晶。中外经典民间故事诞生于各民族的现实生活中,并经过几千年口耳相传,逐渐成型。

民间故事在原始社会阶段就产生了。早在人类的幼年时期,原始人和动物关系密切,便在生产生活中创作了动物故事,来说明动物的来源,解释动物的习性、特征,反映动物与人的关系。当人类成长起来后,各种民间故事相继出现,反映了各个不同时代的人们对现实所持的态度,以及他们为幸福而斗争的精神和对未来的憧憬。从其中我们能够看到不同时代人们鲜活的生活画面和多彩的精神世界。

《民间故事》从趣味性、文学性、思想性出发,精心选编了中外流传已久、广受赞誉的优秀民间故事,带你认识一个个生动的形象,阅读一个个动听的故事,从中感受世界各国人民的伟大智慧。世界上下五千年,流传着无数美丽动人的民间故事。这些故事情节曲折离奇,扣人心弦,趣味盎然。中国的民间故事有巾帼不让须眉的花木兰,她女扮男装,替父从军,英勇杀敌,真所谓忠孝两全;有成为千古佳话的牛郎与织女,每年农历七月初七鹊桥相会,造就了中国传统节日里最具浪漫色彩的"七夕节"……外国的民间故事里我们可以认识人小志大的一寸法师、智斗四十大盗的阿里巴巴，以及会说话的帮渔夫实现心愿的金鱼，等等。

其实，民间故事所塑造的人物形象都很简单，在每一个故事中都有对立的双方，一方是正义的象征，另一方是邪恶的代表。正义的一方身上凝聚着人性中的诸多优点，邪恶的一方身上暗含着人性中诸多的弱点。民间故事就是通过人性优点与人性弱点的激烈碰撞，让正义战胜邪恶，让人性的优点得以充分发扬，让人性的弱点云消雾散。在这激烈的碰撞中，我们的心灵得到净化，境界得以提升。

在《民间故事》中，到处充溢着沁人心脾的芬芳和花蜜，浸润着古今中外的智慧和精华。愿本书与你一起度过少年生活的美妙时光。

鸡叫日出

很久很久以前，天上有九个太阳。大地热得像一块烧红了的铁块，人们的日子实在过不下去了。

于是，人们请来了一位力气大、箭法准的勇士，让他把太阳射下来。勇士拉开大弓，向着天空射出了八支箭，天上的八个太阳就一个一个地落了下来。"哎呀，要杀死我了！"剩下的一个太阳吓得躲到了山背后，再也不敢出来了。

这一来，天上一个太阳也没有了，天地一片漆黑，人们的日子还是没法过，只好赶紧想办法把剩下的那个太阳给叫出来。

黄莺被请来了。它自以为是世上最好的歌唱家，对着山那边就骄傲地唱了起来。不料，太阳不肯出来。云雀、画眉也来了，它们像黄莺一样骄傲。太阳还是一点儿动静也没有。

最后，大公鸡说："让我来试试吧。"它虽然不是什么歌唱家，但勤劳勇敢，嗓子也不坏。大公鸡对着山那边十分谦逊地高声叫了三遍，声音虽然不是十分美妙，但充满了真诚和热情。太阳被感动了，慢慢地从山后露出了笑脸。

从此，公鸡叫三遍，太阳就跟着出来了。

过"年"

春节俗称"过年"。每逢此时,家家户户贴春联、放鞭炮,张灯结彩,一片热闹喜庆景象。然而,在很早的时候,人们并不这样过年。

古时候,在深山老林里,出没着一只名字叫"年"的怪兽。

这只怪兽不像龙、不像狮、不像虎,但它比龙厉害、比狮凶猛、比虎残忍。一到冬末春初的寒冷黑夜,"年"就要山下村子里横冲直撞,见牲畜咬牲畜,逢人就吃人。它奇凶异猛、残忍无比,很多人都遭到了它的残害。

"年"闹得人心惶惶,家家闭户。无奈之下,人们只好备下活猪活羊供奉给它,希望它在吃了活猪活羊之后,就不再进村吃人了。可是没有用,"年"的食量很大,它吃完了供奉的牲畜,仍旧要闯进村里吃人。

有一户人家,夫妇带着几个孩子过活。因害怕"年"闯进家里闹事,男主人便在屋子当中点燃了一堆竹子照明壮胆,全家人则躲藏在屋角,连口粗气也不敢出。

突然,院里一阵骚动,凶恶的"年"又来了。它刚靠近屋门,就被屋里冒出的青烟呛了两眼泪水。"年"强睁泪眼,正要破门而入。这时,火堆里有几根竹子被烧得爆开了,发出"噼里啪啦"的声音,把"年"吓了一大跳。"年"惊魂未定,屋子里又传出"哐当"一声爆响。这下子,可真把"年"给吓坏了。只见它夹起尾巴,仓皇逃命去了。

这"哐当"的声响究竟是怎么回事呢?原来,屋里的男主人看"年"要破门而入,慌乱中顺手拿起一个破铜盆朝门口投去,铜盆摔在地上发出的声响竟把凶恶的"年"给吓跑了。全家人意外脱险,都很高兴。

人们听说了这个人家里发生的事情,经过仔细合计,知道"年"也会害怕,也有弱点,都格外高兴。从此以后,再到冬末春初的月黑之夜,人们就堆起竹子,燃起大火,并拿起铜盆铁锅尽情敲打。"年"虽凶猛,但它惧怕那竹子爆裂和敲打铜盆时发出的声响,所以它再不敢闯进村子里捣乱了,人们也不用惧怕"年"了。

后来,人们仿照竹子做成鞭炮,称之为"爆竹";还根据"年"惧怕的声响,造出了"铜锣"和"鼓"。一到冬末春初,"年"将要出来害人的月黑之夜,人们就围坐在燃烧着的火堆旁边,放爆竹、敲锣鼓驱赶"年"。

久而久之,人们就把这原本是驱赶凶恶的"年"兽的日子干脆称为"过年"了。

神农尝百草

神农一生下来就有个水晶肚子，五脏六腑全都看得一清二楚。那时候，人们经常因为乱吃东西而生病，甚至丧命。神农决心尝遍所有的东西，能吃的、好吃的放在左边的袋子里，给人吃；不能吃、不好吃的就放在右边的袋子里，当药用。

第一次，神农尝了一片小嫩叶。这叶片一落进肚里，就上上下下地把里面各器官擦洗得清清爽爽，像巡查似的。神农把它叫作"查"，就是后人所称的"茶"。神农就将它放进左边的袋子里。

第二次，神农尝了朵蝴蝶样的淡红小花，甜津津的，香味扑鼻，这是"甘草"。他也把它放进了左边的袋子里。

就这样，神农辛苦地尝遍百草，每次中毒，都靠茶来解救。后来，他左边的袋子里花草根叶有四万七千种，右边有三十九万八千种。

但有一天，神农尝到了"断肠草"。这种毒草太厉害了，他还没来得及吃茶解毒就死了。他是为了拯救人们而牺牲的，人们称他为"药王菩萨"，永远地纪念他。

狼来了

从前，有个小孩子每天赶一群羊到山里去吃草。有一天，这个小孩子忽然大叫起来："狼来了，狼来了！"

在山里种地、打柴的人听说狼来了，都赶紧放下手里的活儿，带着镰刀、锄头、扁担，飞快地跑过来打狼。大伙儿跑到跟前一看，羊在乖乖地吃草，狼在哪里呀？大伙儿问小孩子，小孩子哈哈大笑起来。

原来根本没有狼，是这个小孩子闹着玩儿呢！大伙儿很生气，批评了小孩子一顿，叫他以后不要再说谎，就回去干活了。

过了几天，大伙儿正在忙着，又听见那个放羊的小孩子在喊："狼来了，狼来了！"

大伙儿跟上回一样，连忙放下手里的活儿，带着镰刀、锄头、扁担，赶来打狼救孩子,谁知道又上当了。根本没有狼,还是这个小孩子在闹着玩儿。

"上回批评你了,叫你不要说谎,你为什么又说谎了?"这个小孩子呢,得意地大笑着,认为自己的本领大,连大人都会上当。

又过了几天,这个小孩子又喊了起来:"狼来了,狼来了,快来打狼啊!"

大伙儿听见了,谁也不去理他。这个说:"这孩子说了两次谎,这回准又说谎了。"那个说:"咱们上了两次当,这回再也不上他的当了。"

哎呀,这回真的是狼来了,张着血红的嘴巴,露出尖尖的牙齿,见了羊就咬。咬了羊,又来咬这个小孩子。

"狼来了,狼来了! 快来打狼啊!"这个小孩子一边跑,一边叫,可是谁也不来救他了。

还好,这个小孩子从山坡上滚下来,没让狼咬着,可是他的羊全给狼咬死了。打这以后,这个小孩子再也不敢说谎了。

三个和尚

有个小和尚,走哇走,走到一个地方。山坡下面有条小河,山坡上面有座小庙。小和尚正想找个住的地方,就"噔噔噔"地往山坡上走。

小庙里静悄悄的,一个人也没有,小和尚就在这座空庙里住了下来。

小和尚一个人住在庙里,每天除了念经,还得烧饭、做菜,特别是喝水,每天要下山去挑,可忙碌了。

过了几天,一个瘦和尚路过这儿,正好碰见小和尚出来挑水,就说:"小师父,我想在这儿住,你看行吗?"

"行,我有个伴儿更好。快去挑水吧。"说着,小和尚就把扁担、水桶交给了瘦和尚。

瘦和尚说:"让我挑水? 哎呀呀,你没看见我走了一天的山路,已经累得不行了? 小师父,你本来就要自己去挑的嘛。"

他们说着说着,吵起嘴来,直吵得瘦和尚渴得要死,小和尚的喉咙也冒烟了。哎呀,不能再吵了,还是两个人一起下山去抬水吧。

又过了几天,一个胖和尚路过这儿,正好碰见小和尚跟瘦和尚抬着一只水桶出来。胖和尚要求和他们住在一起。

小和尚说:"好哇!那你就跟瘦师父一起去抬水吧。"

瘦和尚说:"怎么让我抬?你跟胖师父去抬。"

三个和尚吵了起来。吵着,吵着,大家都渴得要死,可是没人肯挑水,也没人肯抬水。他们坐着一动也不动,身子像着了火似的,真难受哇。

天渐渐黑了,谁也没站起来。他们合上眼皮,迷迷糊糊地睡着了。

这时,一只小老鼠大模大样地钻出洞来,东跑跑西逛逛,看见桌子上点着一支蜡烛,心里可乐了:"吱吱吱,吱吱吱,蜡烛油,我爱吃。"

它爬到桌子上去啃蜡烛,啃哪,啃哪,把蜡烛啃断了,蜡烛"啪"的一下倒了下来。火把旁边的布幔烧着了,不一会儿就起了大火。

不得了了,起火了!三个和尚睁开眼睛一看,火苗已经蹿上了屋顶。他们急坏了,赶紧拿起水桶、扁担,下山挑水救火。三个和尚舀水的舀水,挑水的挑水,泼水的泼水,好不容易才把大火扑灭。

好险哪!三个和尚一齐说:"要不是大伙儿一块儿救火,咱们这座小庙就烧成灰了。"

他们半天没喝水,又救了一场火,更渴了。三个和尚都争着去挑水了。

东郭先生和狼

东郭先生是个很老实、很善良的老先生。有一天,他装好一袋书,骑上毛驴,进城到一个大户人家去教书。

走到半路,突然窜出一只带箭伤的狼,老先生吓得向后直退,谁知,这只狼却趴在地上直磕头,哭丧着脸慌慌张张地说:"老先生,救救我吧!后面有个猎人在追赶我呢!"它回头望了一眼,又忙说,"快让我躲一躲好吗?我以后一定报恩,一定报恩。"

东郭先生平时只听说狼是个凶残的家伙,没想到眼前的狼这样可怜,便左顾右盼起来。

"你往哪里躲呢?你往哪里躲呢?"

狼说:"我就躲到你的书袋子里。你先取出书,我钻进袋子之后,你再把书放在上面就行啦！"

东郭先生按狼的主意办了。

一会儿，猎人随着血迹跟踪而来，看见东郭先生坐在口袋上，便下马上前："请问老先生，见过一只受伤的狼没有？"

东郭先生支支吾吾："没、没有。"

猎人看东郭先生一脸老实的样子，就走了。猎人一走，东郭先生赶紧将狼放了出来："嗨，你快走吧。"

"什么，要我走？到哪里去？"狼突然翻了脸，露出凶相，并步步紧逼，"我已经跑了几天几夜，现在饿了，我得把你吃了！"

东郭先生大吃一惊："什么，你要吃我？"

狼咧开了嘴："对，救命就要救到底，是不是？"

东郭先生万万没有想到竟有这样邪恶的家伙，气得胡须直抖："我救了你，你还要吃我，天下哪有这种道理！"

"我不吃你就要饿死，这就是道理！"狼说着就扑了过去。

东郭先生忙喊道："慢！我们找人评评理。"

狼不在乎地说："行，行，行。"

他们走到一棵枣子树前，请枣树评理。

这棵苍老的枣树叹了口气说："我为人们结出了无数的大红枣子，现在却要把我砍掉，有什么理好讲！"

狼听了很高兴："你听听，有什么道理好讲！"说着就要张开血口。

东郭先生说："这枣子树老糊涂了，分不清好坏，我们再找一位评理吧。"

狼说："好吧。"

刚好一头老黄牛走了过来，东郭先生请老黄牛评理。

老黄牛哼了一声："我给人干了一辈子活，现在我老了，他们还要杀我，吃我的肉，我找谁去评理？"

狼一听更高兴了："你听听，什么道理不道理的，吃了你才是道理呢！"

东郭先生慌忙说："这老黄牛是气糊涂了，分不清好坏，我们还得再找别人评评理。"

东郭先生看到一个砍柴的农民朝他走来，就立即拉住他，请他评理。

这位砍柴的人听他讲完了经过，说道："你说的这些话，我有点儿不太相信，你救了它的命，它怎能吃你呢？这是天大的笑话，一定是你想害它，它才要吃你的。"

狼说:"您说得太对了,他把我装在布袋里,还在我身上压了这么多书,不是害我是干什么?"

砍柴人这时把柴放下来,说道:"你说的这话,我也不太相信,他这个小布袋能装下你这么长的身子吗?"

"你不相信?我钻给你看看。"

"那行,你钻给我看看。"

狼不服气地钻进袋子,把腿一缩尾一收,正想开口说话,这时砍柴人一下子将袋子口扎牢,举起柴刀把狼砍死在袋子里。

东郭先生听到狼的惨叫声,还愣在那里发呆。砍柴人对东郭先生说:"跟凶恶的野兽讲什么理?还对它发慈悲,那不是自找苦吃吗?"

猎人海力布
(蒙古族)

从前有一个人,名叫海力布,因为他靠打猎过活,大家都叫他安格沁海力布。他很愿意帮助人,打来禽兽,从不独自享用,总是分给大家。因此,海力布很受大家尊敬。

一天,海力布到深山去打猎,在密林的旁边,看见一条小白蛇盘睡在山丁子树下。他放轻脚步绕过去,不去惊动它。正在这时,忽地从头上飞过来一只灰鹤,"嗖"的一声俯冲下来,用爪子抓住了盘睡的小白蛇,又腾空飞去。小白蛇被惊醒后,尖叫:"救命!救命!"海力布急忙拉弓搭箭,对准顺着山峰飞升的灰鹤射去。灰鹤一闪,丢下了小白蛇就逃跑了。海力布对小白蛇说:"可怜的小东西,快找你的爸爸妈妈去吧!"小白蛇向海力布点了点头,表示感谢,就隐到草丛里去了。海力布也收拾好弓箭回家了。

第二天,海力布路过昨天走过的地方,看见一群蛇拥着一条小白蛇迎了过来。海力布觉得奇怪,想绕道过去,那条小白蛇却向他说道:"救命的恩人,您好吗?您可能不认得我,我是龙王的女儿。昨天您救了我的性命,爸爸妈妈今天特地叫我来接您,请您到我们家去一趟,爸爸妈妈要面谢您。"小白蛇又继续说,"您到我的家里以后,我爸爸妈妈给您什么您都别要,只要我爸爸嘴里含着的宝石。

您得着那块宝石，把它含在嘴里，就能听懂世上各种动物的话。但是，您所听到的话，只能自己知道，可不要向别人说，如果向别人说了，那么您就会从头到脚变成僵硬的石头而死去。"

海力布听了，一面点头，一面跟着小白蛇向深谷走去。走到一个仓库门前，小白蛇说："我的爸爸和妈妈不能请您到家里去坐，就在仓库门前等您，现在已经来到这里了。"

小白蛇说话的时候，老龙王已经迎上前来，恭敬地说："您救了我的爱女，我感谢您！这是我聚藏珍宝的仓库，我带您进去看看，您愿意要什么，就拿什么去，请不要客气！"说着，他把仓库门打开，引海力布进屋。只见屋里全是珍珠宝石，琳琅满目。老龙王引着海力布看完这个仓库又走到另一个仓库。就这样，一连走了一百零八个仓库，但海力布却没有看中一件宝贝。老龙王很为难地问海力布："我的恩人！我这些仓库里的宝物，您一个也不稀罕吗？"

海力布说："这些宝物虽然很好，但只可以用来做美丽的装饰品，对我们打猎的人来说，没有什么用处。如果龙王真想送一点东西给我做纪念，就请把嘴里含的那块宝石给我吧！"龙王听了这话，低头沉思一会，只好忍痛把嘴里含的那块宝石吐了出来，递给海力布。

海力布得了宝石，辞别龙王出来的时候，小白蛇又跟着出来，再三叮嘱他说："有了这块宝石，您什么都可以知道。但是，您所知道的一切，一点也不能向别人说。如果说了，那时一定有危险，您可千万记住！"

从此，海力布在山中打猎更方便了。他能听懂鸟雀和野兽的语言，隔着大山有什么动物他都能知道。这样过了几年。有一天，他照旧到山里去打猎，忽然听见一群飞鸟议论说："我们快到别处去吧！明天这里附近的大山都要崩裂，涌出的洪水，泛滥遍野，不知要淹死多少野兽哩！"

海力布听见了，心里很着急，也没有心思再打猎了，赶紧回家，向大家说：

"我们赶快迁移到别处去吧！这个地方住不得了！谁要不相信，将来后悔就来不及了！"

大家听了他的话都很奇怪，有的认为根本不会有事，有的认为可能是海力布发疯了。总之，谁都不相信。海力布急得掉下眼泪说："大家难道要我死了，才相信我的话吗？"

几个年长的人向海力布说："你从来不说谎话，这是我们大家都知道的。可是你现在说这个地方住不得，这是为什么呢？"

海力布想：灾难立刻就要来到了。如果我只顾自己避难，让大家遭祸，这能行吗？我宁肯牺牲自己，也要救出大家。于是，他把如何得到宝石，如何利用它打猎，今天又如何听见一群飞鸟议论和忙着逃难的情形，以及不能把听来的事情告诉别人，如果告诉了，立刻就会变成石头而死等，都说了出来。海力布边说边石化，渐渐变成了一块僵硬的石头。大家看见海力布变成了石头，很悲痛地赶着牛羊马群，把家迁走。这时阴云密布，大雨已经下起来了。到第二天早晨，在轰隆隆的雷声中，忽然听见一声震天动地的响声，霎时山崩水涌，洪水滔滔。大家都感动地说："要不是海力布为大家而牺牲，我们都要被洪水淹死了！"

后来，大家找到了海力布变的那块石头，把它搁在一个山顶上，好让子子孙孙都纪念这位牺牲自己保全大家的英雄，子子孙孙都祭拜他。据说，现在还有一个叫"海力布石头"的地方。

鲁班学艺

鲁班年轻的时候，决心要上终南山拜师学艺。他拜别了爹妈，骑上马直奔西方，越过一座座山冈，蹚过一条条溪流，一连跑了三十天。前面没有路了，只见一座大山，高耸入云。鲁班想，怕是终南山到了。山上弯弯曲曲的小道有千把条，该从哪一条上去呢？鲁班正在为难，忽然看见山脚下有一所小房子，门口坐着一位老奶奶在纺线。鲁班牵马上前，作了个揖，问："老奶奶，我要上终南山拜师学艺，该从哪条道上去？"老奶奶说："这里九百九十九条道，正中间一条就是。"鲁班连忙道谢。他左数四百九十九条，右数四百九十九条，选正中间那条小道，打马跑上山去。

鲁班到了山顶，只见树林子里露出一带屋脊，走近一看，是三间平房。他轻轻地推开门，屋子里破斧子、烂刨子摊了一地，连个插脚的地方都没有。一个须发皆白的老头儿，伸长两条腿，躺在床上睡大觉，打呼噜像擂鼓一般。鲁班想，这位老师傅一定就是精通木匠手艺的神仙了。他把破斧子、烂刨子收拾在木箱里，然后规规矩矩地坐在地上等老师傅醒来。

直到太阳落山，老师傅才睁开眼睛坐起来。鲁班走上前，跪在地上说："师父啊，您收下我这个徒弟吧。"老师傅问："你叫什么名字？从哪儿来的？"鲁班回答："我叫鲁班，从一万里外的鲁家湾来的。"老师傅说："我要考考你，你答对了，我就把你收下；答错了，你怎样来还怎样回去。"鲁班不慌不忙地说："我今天答不上，明天再答。哪天答上来了，师父就哪天收我做徒弟。"

老师傅捋(lǚ)了捋胡子说："普普通通的三间房子，几根大柁(tuó)？几根二柁？多少根檩(lǐn)子？多少根椽(chuán)子？"鲁班张口就回答："普普通通的三间房子，四根大柁，四根二柁，大小十五根檩子，二百四十根椽子。五岁的时候我就数过，师傅看对不对？"老师傅轻轻地点了一下头。

老师傅接着问："一件手艺，有的人三个月就能学会，有的人得三年才能学会。学三个月和学三年，有什么不同？"鲁班想了想才回答："学三个月的，手艺扎根在眼里；学三年的，手艺扎根在心里。"老师傅又轻轻地点了一下头。

老师傅接着提出第三个问题："两个徒弟学成了手艺下山去，师父送给他们每人一把斧子。大徒弟用斧子挣下了一座金山，二徒弟用斧子在人们心里刻下了一个名字。你愿意跟哪个徒弟学？"鲁班马上回答："愿意跟第二个学。"老师傅听了哈哈大笑。

老师傅说："好吧，你都答对了，我就把你收下。向我学艺，就得使用我的家伙，可这些家伙，我已经五百年没使用了，你拿去修理修理吧。"

鲁班把木箱里的家伙拿出来一看，斧子崩了口子，刨子长满了锈，凿子又弯又秃，都该拾掇拾掇了。他挽起袖子，就在磨刀石上磨起来。他白天磨，晚上磨，磨得膀子都酸了，磨得两手起了血泡，又高又厚的磨刀石，磨得像一道弯弯的月牙。一直磨了七天七夜，斧子磨快了，刨子磨光了，凿子也磨出刃来了，一件件都闪闪发亮。他一件一件送给老师傅看，老师傅看了不住地点头。

老师傅说："试试你磨的这把斧子，你去把门前那棵大树砍倒。那棵大树已经长了五百年了。"

鲁班提起斧子走到大树下。这棵大树可真粗，几个人都抱不过来；抬头一望，快要顶到天了。他抡起斧子不停地砍，足足砍了十二个白天十二个黑夜，才把这棵大树砍倒。

鲁班提起斧子进屋去见师父。老师傅又说："试试你磨的这把刨子，你先用斧子把这棵大树砍成一根大柁，再用刨子把它刨光。要光得不留一根毛刺儿，圆得像十五的月亮。"

鲁班转过身，拿起斧子和刨子来到门前。他一斧又一斧地砍去了大树的枝，一刨又一刨地刨平了树干上的节疤，足足干了十二个白天十二个黑夜，才把那根大柁刨得又圆又光。

鲁班拿起斧子和刨子进屋去见师傅。老师傅又说："试试你磨的这把凿子，你在大柁上凿两千四百个眼儿：六百个方的，六百个圆的，六百个棱的，六百个扁的。"

鲁班拿起凿子和斧子，来到大柁旁边就凿起来。他凿了一个眼儿又凿一个眼儿，只见一阵阵木屑乱飞。足足凿了十二个白天十二个黑夜，两千四百个眼儿都凿好了：六百个方的，六百个圆的，六百个棱的，六百个扁的。

鲁班带着凿子和斧子去见师傅。老师傅笑了，夸奖鲁班说："好孩子，我一定把全套手艺都教给你！"说完就把鲁班领到西屋。原来西屋里摆着好多模型，有楼有阁有桥有塔，有桌有椅有箱有柜，各式各样，精致极了，鲁班把眼睛都看花。老师傅笑着说："你把这些模型拆下来再安上，每个模型都要拆一遍，安一遍，自己专心学，手艺就学好了。"

老师傅说完就走出去了。鲁班拿起这一件，看看那一件，一件也舍不得放下。他把模型一件件擎在手里，翻过来掉过去地看，每一件都认真拆三遍安三遍。每天饭也顾不得吃，觉也顾不得睡。老师傅早上来看他，他在琢磨；晚上来看他，他还在琢磨。老师傅催他睡觉，他随口答应，可是不放下手里的模型。

鲁班苦学了三年，把所有的手艺都学会了。老师傅还要试试他，把模型全部毁掉，让他重新制造。他凭记忆，一件一件都造得跟原来的一模一样。老师傅又提出好多新模型让他造。他一边琢磨一边做，结果都按师傅说的式样做出来了。老师傅非常满意。

一天，老师傅把鲁班叫到眼前，对他说："徒弟，三年过去了，你的手艺也学成了，今天该下山了。"鲁班说："不行，我的手艺还不精，我要再学三年！"老师傅笑笑，说："以后你自己边做边学吧。你磨的斧子、刨子、凿子，就送给你了，你带去使吧！"

鲁班舍不得离开师父，可是知道师父不肯留他了。他哭着说："我给师父留点什么东西呢？"老师傅又笑了，他说："师父什么也用不着，只要你不丢师父的脸，不坏师父的名声就足够了。"

鲁班只好拜别了师父，含着眼泪下山了。他永远记着师父的话，用师父给他的斧子、刨子、凿子，给人们造了许多桥梁、机械、房屋、家具，还教了不少徒弟，留下了许多动人的故事，所以后世的人尊他为木工的祖师。

全阅读课本

宝莲灯

中国有东岳泰山、南岳衡山、西岳华山、北岳恒山、中岳嵩山五座名山。却说那西岳华山，也有东峰朝阳、南峰落雁、西峰莲花、北峰云台、中峰玉女五座山峰，如花瓣般盛开在关中大地上，煞是美丽，所以人称花山，后来叫作华山。

掌管华山的神仙是一位如花般美丽、如水般温柔的仙女——华山三圣母娘娘。这三圣母住在莲花峰顶的圣母殿里，身边有一盏王母娘娘赠的镇山之宝——宝莲灯。

只要宝莲灯显威，不管哪路妖魔，哪方神仙，都会束手就擒，或逃之夭夭。不过三圣母仁慈，常常不辞辛苦，用神灯指引进山迷路或陷入危难的人。

这天，大雪纷飞，游人、香客全无。三圣母正独自在殿上轻歌曼舞，忽见一人跨进庙来。她急忙登上莲花宝座，化为一尊塑像。进来的是位进京赶考的年轻书生，叫刘彦昌，因路遇大雪，想进庙避避。谁知他刚跨进大殿，就被三圣母的塑像深深地吸引了。可惜，这是一尊没有血肉、没有情感和知觉的塑像！

刘彦昌怀着深深的遗憾，抑制不住内心的爱慕之情，取出笔墨，龙飞凤舞地在大殿的白壁上题诗一首：

> 只疑身在仙境游，人面桃花万分羞。
>
> 咫尺刘郎肠已断，寻她只在梦里头。

三圣母默默地凝视着刘彦昌，心里十分矛盾：眼前这位年轻书生多么英俊、潇洒，有文采，又对自己满怀深情，自己又何尝不喜欢他呢？可是，一个上界仙女，一个下界凡人，又怎能缔结姻缘！

雪停了，三圣母目送惆怅离去的年轻人，心中也依依不舍。

再说刘彦昌离开圣母殿没走多远，山中忽然起了大雾，让他寸步难行，而且四面又传来狼嗥(háo)虎啸声。三圣母为单身行路的书生担忧，连忙提着宝莲灯出门观看，只见大雾茫茫一片。突然下面传来呼救声，原来一头猛虎正向刘彦昌扑去。三圣母赶紧用神灯一照，立刻云消雾散，猛虎也受惊逃走了。刘彦昌认出救他的正是三圣母娘娘。二人四目相对，终于走到了一起。

婚后，两人恩爱无比。后来，刘彦昌考期临近，三圣母已有身孕。上路赶考前，刘彦昌赠三圣母一块祖传沉香，说日后生子可以"沉香"为名。二人十里相送，难舍难分。

天下没有不透风的墙，三圣母私嫁凡人的消息终于让她的哥哥二郎神知道了。这二郎神性情专横，头脑古板，觉得妹妹私自下嫁凡人，不但犯了天规，而且败坏门风，害得他在天庭丢脸。他怕玉帝一旦问罪，自己受牵连，就毫不犹豫地点起天兵天将，放出哮天犬，直奔华山兴师问罪。

兄妹俩话不投机，动起手来。无奈三圣母有宝莲灯护身，二郎神总近不了她的身。但打着打着，三圣母忽觉腰酸腹痛。她刚一踉跄，一旁的哮天犬猛地冲上来，一口咬住了宝莲灯。失去了宝莲灯，二郎神一下子就捉住了三圣母。他命三圣母打消凡心，三圣母坚决不从。二郎神气得"哇呀呀"怪叫，一掌把三圣母打入莲花峰下的黑云洞里，让她永远不得出来。

三圣母在暗无天日的黑云洞里生下儿子沉香。为防不测，她写下血书放入孩子怀中，又托付土地：一个月后在圣母殿里，将孩子交给前来朝山的刘彦昌。

再说上京赶考的刘彦昌一举金榜题名，被封为扬州巡抚。他走马上任前，特来华山。谁知圣母殿里积满灰尘，四面蛛网，满目凄凉。再看三圣母塑像，虽说容貌依旧，却好像面带愁态，神色忧伤。

刘彦昌正在低头难过，忽然吹来一阵香风，又听到有孩子的哭声。刘彦昌猛一抬头，见香案上躺着个婴儿，正蹬手蹬脚地哭哩。他连忙上前抱了起来，原来是个男婴，脖子上挂着沉香，怀里还揣着血书。

刘彦昌读完血书，泪如雨注，原来三圣母遭此大难，眼前的男婴就是自己的儿子！

刘彦昌哭着把沉香带回扬州，雇了奶妈，留在自己身边细心抚养。再说沉香一天天长大，聪明伶俐，身强体壮，也渐渐地懂事了。

十三岁那年，沉香偶然在父亲的箱柜里翻出血书，才知道母亲被压在华山底下。他一心想救出母亲，但父亲对此总是摇头叹气。一天，沉香实在忍不住了，就带了血书，不辞而别，独自上华山救母。

沉香走哇走，磨破了脚掌，吃尽了千辛万苦，终于走到了华山。可是，母亲在哪里呢？

他放声大哭。悲惨的哭喊声在山谷中回荡，惊动了过路的霹雳大仙。好心的大仙看了血书，深为善良的三圣母和苦难的孩子抱不平。霹雳大仙想了想，就答应带沉香去救母亲。

沉香催大仙赶紧上路。于是，大仙在前面行走如飞，沉香在后面紧紧相随，不敢落下半步。

走着走着，前面出现一条大河，只见霹雳大仙一飘就过去了。河上没有桥，也没有船，但沉香想也没想，就奋不顾身地跳下河，想游过去追赶大仙。谁知这条河不是一般的河，而是天河。沉香跳到天河里，被天河水一冲洗，很快脱胎换骨，变得力大无比。

霹雳大仙又告诉他：前面山里锁着一把宝斧，有了宝斧才能劈开华山。沉香直奔过去，只见那里燃烧着烈火，一团团火焰直往外蹿。沉香一心取宝斧，什么也顾不上了，纵身就往烈火里跳。谁知里面并没有火，只见一把宝斧锁在山崖上，闪耀着红光。沉香一步跨了过去，扭断锁链，取下宝斧。

有了神力和宝斧，沉香谢过霹雳大仙，上华山救母。他来到华山黑云洞前，大声呼唤娘亲。他的呼唤声声声穿透重重岩层，传入三圣母的耳中。

三圣母知道儿子来救自己，激动不已。但她知道哥哥二郎神神通广大，当年大闹天宫的孙悟空也败在他的手中。沉香年幼，二郎神又抢去了宝莲灯，儿子哪里是他的对手呢？无奈，三圣母叫儿子不要轻举妄动，还是去向舅舅求情。

沉香来到二郎神庙，向舅舅二郎神苦苦哀求。谁知二郎神铁石心肠，非但不肯放出三圣母，反而舞起三尖两刃刀，劈头向沉香砍来。

沉香怒不可遏，觉得二郎神欺人太甚，便抢起宝斧，迎了过来。二人云里雾里，刀来斧往，山里水里，变龙变鱼，从天上杀到地下，从人间杀到天庭，直杀得地动山摇，翻江倒海，天昏地暗。

这件事惊动了天上的太白金星，他派四位仙姑前去看个究竟。四位仙姑站在云端看了一会儿，觉得二郎神身为舅舅，如此凶狠地对待一个孩子，太无情无义了。于是，她们相互一使眼色，暗中助沉香一股神力。沉香越战越勇，二郎神再也招架不住，只得惨败而逃，宝莲灯也落到沉香的手中。

沉香立即赶回华山，来到黑云洞前。就见他抢起宝斧，猛劈过去。只听得轰隆隆一声巨响，华山裂开了。受了整整十三年苦难的三圣母重见天日，和儿子紧紧地拥抱在一起。

田螺姑娘

从前，江苏常州有个叫吴堪的人，家住在荆溪旁。从小失去父母，又无兄弟，孤身一人，也没成亲，在县衙里做个小官。吴堪知书达理，他常用东西盖住家门前的溪水，使得溪水十分洁净。而且他每次从县衙办完公事回家，都会在溪边观赏一阵子，对溪水又敬又爱。

一天，他在水边看到一只白色田螺，十分可爱，便捡回家，养在水缸里。

第二天，他从县衙回家，见桌上已摆好饭菜，又惊又喜地饱餐了一顿。这样一连过了十多天。他以为是邻居老妈妈可怜他孤身一人，为他烧好饭菜，就跑去拜谢。老妈妈说："没有哇。这些天我一直看到一个十八九岁的姑娘，端庄美丽，勤劳贤惠，为你烧菜做饭，我还想问你这是谁呢！"

第二天，吴堪假装去县衙，人却躲在邻居老妈妈家里。透过门缝，他看到有个女子从他屋里走出来，到厨房里淘米做饭。吴堪急忙从外面闯进去，把女子拦在屋内。

吴堪十分恭敬地拜谢她。女子说："我是田螺姑娘。上天知道您爱护溪水，可怜您孤身一人，特命我和您结为夫妻。"吴堪听了很高兴，从此两人互敬互爱，生活得很幸福。

但是，天有不测风云。吴堪的妻子美若天仙，连县令都听说了。为了霸占吴妻，县令便整天找吴堪的茬儿。

一天，县令把吴堪叫来，对他说："你办事老练，能力又强。现在我需要蛤蟆毛和鬼臂这两样东西，晚上坐堂时就用，你要准时交上来，否则就治你的罪。"

吴堪只得答应下来，愁眉苦脸地回了家。妻子问清事由，笑着说："别急，我这就去拿那两样东西。"不一会儿，妻子将两样东西拿来，吴堪才舒了一口长气。

县令看此计不行，又生一计，几天后叫来吴堪说："我要蜗斗一枚，你快快找到，不然叫你大祸临头。"

吴堪慌忙奔回家。妻子一听，说："我家就有这东西，取来不难。"说着，出去牵来一只怪兽，大小形状像一条狗。吴堪半信半疑，妻子说："它是一种奇兽，能吞火，拉火粪。你快快送去。"

县令一见怪兽，大怒："我要的是蜗斗，不是狗！"吴堪连忙回复："大人，它确是蜗斗，能吞火，还能拉出火粪。"县令马上命人点着炭火，让怪兽吃。怪兽一口吞下火，随后拉出的粪也是火。

县令见此情形，一拍惊堂木："这样的东西有什么用？"他命人灭火扫粪，还要治吴堪的罪。吴堪忍无可忍，拉过旁边的帐幔往火粪中一扔。轰的一下，大火腾空而起，把县衙的墙壁、屋顶全烧着了，浓烟滚滚不息。

县令最后被烧成了黑炭，而吴堪和他的妻子呢，则过上了幸福美满的生活。

一幅壮锦[①]

（壮族）

古时候，大山脚下有一块平地，平地上有几间茅屋，茅屋里住着一位妲（dá）布[②]。她的丈夫死去了，留下三个孩子，大孩子叫勒墨，小的叫勒堆厄，最小的叫勒惹[③]。

妲布织得一手好壮锦，锦上织起的花草鸟兽，活鲜鲜的，人家都买她的壮锦来做背带心、被窝面、床毡子。一家四口，就靠妲布的一双手挣钱过日子。

有一天，妲布拿着几幅壮锦到集市上去卖，看见店铺里有一张五彩的画，画得很好。画上有高大的房屋、漂亮的花园、大片的田地，有果园、菜园和鱼塘，还有成群的牛羊鸡鸭。她看了又看，心头乐滋滋的，本来卖锦得的钱打算全都买米的，但因为爱这张画，就少买了一点米，把画买了下来。

在回家的路上，妲布几次坐在路边打开画来看。她自言自语地说："我能生活在这么一个村庄里就好了！"

回到家，她把图画打开给儿子们看，儿子们也看得笑嘻嘻的。

妲布对大仔说："勒墨，我们最好住在这么一个村庄里啊！"

勒墨撇撇嘴说："阿咪[④]，做梦吧！"

妲布对二仔说："勒堆厄，我们住在这么一个村庄里才好啊！"

勒堆厄也撇撇嘴说："阿咪，第二世吧！"

妲布皱着眉头对小仔说："勒惹，不能住在这样一个村庄里，我会闷死的！"说完，长长地叹了一口气。

勒惹想了一想，安慰妈妈说："阿咪，您织锦织得很好，锦上的东西活鲜鲜的，您最好把这张图画织在锦上，您经常看着它，就和住在美丽的村庄里一样了。"

妲布想了一会儿，咂咂嘴说："你说的话很对，我就这样做吧！不然我会闷死的。"

妲布买来五彩丝线，摆正布机，依照图画织起来。

织了一天又一天，织了一月又一月。

勒墨和勒堆厄很不满意妈妈这样做，他们常拉开妈的手说："阿咪，你总织不

阅读欣赏·各民族民间故事

---

① 壮锦：壮族人民喜爱的一种有彩色花纹和图案的丝织品，是壮族地区的特产之一。

② 妲布：壮语。老妇人。

③ 勒惹：壮语，即幼子。长子叫勒墨，次子叫勒堆厄。

④ 阿咪：壮语，即妈妈。

卖,专靠我们砍柴换米吃,我们太辛苦了!"

勒惹对大哥、二哥说:"让阿咪织吧,她不织会闷死的。你们嫌砍柴辛苦,由我一个人去砍好了!"

于是一家人的生活,就由勒惹不分日夜地上山砍柴来维持。

妲布也不分日夜地织锦。晚上,燃起油松来照亮。油松的烟很大,把妲布的眼睛熏坏了,可是妲布还是不肯歇手。一年以后,妲布的眼泪滴在锦上,她就在眼泪上织起了清清的小河,织起了圆圆的鱼塘。两年以后,妲布的眼血滴在锦上,她就在眼血上织起了红红的太阳,织起了鲜艳的花朵。

织呀织,一连织了三年,这幅大壮锦才织成功。

这幅壮锦真美丽呀!

几间高大的房子,蓝的瓦,青的墙,红的柱子,黄的大门,门前是一座大花园,开着鲜艳的花朵。花园里有鱼塘,金鱼在塘里摆尾巴。房子左边是一座果园,果树结满红红的果子,果树上有各种各样的飞鸟;房子右边是一座菜园,园里满是青青的菜、黄黄的瓜;房子后面是一大片草地,草地上有牛羊棚、鸡鸭笼,牛羊在草地上吃草,鸡鸭在草地上啄虫。离房子不远的山脚下,有一大片田地,田地里满是金黄的玉米和稻谷。清清的河水在村前流过,红红的太阳从天空照下来。

"啧,啧,这幅壮锦真美丽啊!"三个孩子赞叹着。

妲布伸一伸腰,擦着红红的眼睛,咧开嘴巴笑了,笑得好痛快。

忽然,一阵大风从西方刮过来,"呼啦"一声,把这幅壮锦卷出大门,卷上天空,一直朝东方飞去了。

妲布赶忙追了出去,摇摆着双手,仰着头大喊大叫:"啊呀,转眼壮锦不见了!"

妲布昏倒在大门外。

三兄弟把妈扶回来,让她躺在床上,灌了一碗姜汤,才慢慢醒过来。她对长仔说:"勒墨,你去东方寻回壮锦来,它是阿咪的命根啊!"

勒墨点点头,穿起草鞋,向东方走去,走了一个月,到了大山隘口。

大山隘口有一间石头砌的屋子,屋子右边有一匹大石马,石马张开嘴巴,想吃身边一蔸①红红的杨梅果。屋门口坐着一位白发老奶奶,她看见勒墨走过就问他:"孩子,你去哪里呀?"

勒墨说:"我去寻一幅壮锦,是我妈织了三年的东西,被大风刮往东方去了。"

---

① 蔸(dōu):量词。相当于"棵"或"丛"。

老奶奶说:"壮锦被东方太阳山的一群仙女要去了。她们见你妈的壮锦织得好,要拿去做样子。到她们那里可不容易哩! 先要把你的牙齿敲落两颗,放进我这大石马的嘴巴里,大石马有了牙齿,才会活动,才会吃身边的杨梅果。它吃了十颗杨梅果,你跨上它的背,它就驮你去太阳山。在路途中要经过大火熊熊的发火山,石马钻进火里,你得咬紧牙根忍耐,不能喊痛;只要喊一声,就会被烧成火炭。越过了发火山,就到汪洋大海,海里风浪很大,会夹着冰块向你身上冲来。你得咬紧牙根忍耐,不能打冷战;只要打一个冷战,浪头就把你埋入海底。渡过汪洋大海,就可以到达太阳山,问仙女要回你妈的壮锦了。"

勒墨摸摸自己的牙齿,想想大火烧身,想想海浪冲击,脸色"刷"地青起来。

老奶奶望望他的脸,笑笑说:"孩子,你经受不起苦难,不要去吧! 我送你一盒金子,你回家好好过生活吧。"

老奶奶在石屋里拿出一小铁盒金子交给勒墨,勒墨接过小铁盒,回身走了。

勒墨一路往家走,一路想:"有这一盒金子,我的生活好过了,可不能拿回家呀! 四个人享用,哪有一个人享用那么舒服呢?"想着想着,他决定不回家了,转身向一个大城市走去。

妲布病得瘦瘦的,躺在床上等了两个月,不见勒墨转回家,她对第二个儿子说:"勒堆厄,你去东方寻回壮锦吧,那幅壮锦是阿咪的命根啊!"

勒堆厄点点头,穿起草鞋,向东方走去。走了一个月,到了大山隘口,又遇着老奶奶坐在石屋门口。老奶奶又照样对他说了一番话,勒堆厄摸摸牙齿,想想大火烧身,想想海浪冲击,脸孔也"刷"地青了。

老奶奶交给他一小铁盒金子,他拿着小铁盒,也和大哥的想法一样,不肯回家,向着大城市走去。

妲布病在床上,又等了两个月,身体瘦得像一根干柴棒。她天天望着门外哭,哭呀哭的,眼睛就哭瞎了,看不见东西了。

有一天,勒惹对妈说:"阿咪啊,大哥二哥不见回来,大约在路上遇到了什么不好的事情。我去吧,我一定把壮锦寻回来!"

妲布想了一想,说:"勒惹你去吧,一路上留心自己的身体啊! 邻居会照顾我的。"

勒惹穿起草鞋,挺起胸脯,大踏步向东方走去,只消半个月就到了大山隘口,在这里又遇见老奶奶坐在石屋门前。

老奶奶照样对他说了一番话,接着说:"孩子,你大哥、二哥都拿一小盒金子回去了,你也拿一盒回去吧!"

勒惹拍着胸脯说："不，我要去找回壮锦！"随即拾起一块石头，敲下自己两颗牙齿，把牙齿放在大石马嘴里。大石马活动起来，伸嘴就吃杨梅果。勒惹看它吃了十颗，即刻跳上马背，抓住马鬃毛，两腿一夹，石马仰起头长嘶一声，便飞快地向东方跑去。

　　跑了三天三夜，到了发火山，红红的火焰向人马扑过来，火烫着皮肤，"吱吱"地响。勒惹伏在马背上，咬紧牙根忍受着，约莫半天才越过发火山。接着又跳进汪洋大海里，海浪夹着大冰块冲击过来，打得他又冷又痛。勒惹伏在马背上，咬紧牙根忍受着。半天工夫，马跑到了对岸，那里就是太阳山了。太阳暖暖烘烘地照在勒惹的身上，好舒服啊！

　　太阳山顶上有一座金碧辉煌的大房子，里面飘出女子的歌唱声和欢笑声。

　　勒惹把两腿一夹，石马四脚腾空跃起，转眼到了大房子的门口。勒惹跳下马来，走进大门，看见一大群美丽的仙女围在厅堂里织锦，阿咪的壮锦摆在中间，大家正依照它来学着织。

　　她们一见勒惹闯进来，吃了一惊。勒惹把来意说明了，一个仙女说："好，我们今晚上就可以织完了，明天早上还给你。请你在这等一晚吧！"

　　勒惹答应了。仙女拿了许多仙果给他吃，仙果味道真好啊！

　　勒惹身体很疲倦，靠在椅子上呼呼地睡着了。

　　夜里，仙女们在厅堂里挂起一颗夜明珠，把厅堂照得明亮亮的，她们就连夜织锦。

　　有一个穿红衣的仙女，手脚最伶俐，她一个人首先织完。她把自己织的和妲布织的一比，觉得妲布织的好得多：太阳红耀耀的，鱼塘清溜溜的，花朵嫩鲜鲜的，牛羊活灵灵的。

　　红衣仙女自言自语地说："我若是能够在这幅壮锦上生活就好了！"她看见别人还没有织完，便顺手拿起丝线，在妲布的壮锦上绣上自己的像，站在鱼塘边，看着鲜红的花朵。

　　勒惹一觉醒来，已经深夜，仙女们都回房睡觉了。在明亮的珠光下，他看见阿咪的壮锦还摆在桌子上，他想："明天她们若是不把壮锦给我，怎么办呢？阿咪病在床上很久了，不能再拖延了啊，我还是拿起壮锦连夜走吧！"

　　勒惹站起身，拿起阿咪的壮锦，折叠起来，藏在贴胸衣袋里。他走出大门，跨上马背，两腿一夹。石马趁着月光，飞快地跑了。

　　勒惹咬紧牙根，伏在马背上，渡过了汪洋大海，翻过了发火高山，很快又回到了大山隘口。

老奶奶站在石屋前，笑哈哈地说："孩子，下马吧！"

勒惹跳下马来，老奶奶在马嘴里扯出牙齿，安进勒惹的嘴里，石马又站在杨梅树边不动了。

老奶奶从石屋里拿出一双鹿皮鞋，交给勒惹说："孩子，穿起鹿皮鞋快回去吧，阿咪快要死了！"

勒惹穿起鹿皮鞋，两脚一蹬，一转眼就到了家。他看见阿咪躺在床上，瘦得像一根干柴，有气无力地哼着，真的快要死了。

勒惹走到床前，喊一声"阿咪"，就从胸口拿出壮锦，在阿咪面前一展。那耀眼的光彩，立刻把阿咪的眼睛照亮了，她一骨碌从床上爬起来，笑眯眯地看着她亲手织了三年的壮锦，说："孩子，茅屋里墨黑墨黑的，我们拿到大门外太阳光下看吧。"

娘儿俩走到门外，把壮锦展铺在地上，一阵香风吹来，壮锦慢慢地伸长、伸宽，把几里的平地都铺满了。

妲布原来住的茅屋不见了，只见几间金碧辉煌的大房子，周围是花园、果园、菜园、田地、牛羊，像锦上织的一模一样，妲布和勒惹就站在大房子门前。

忽然，妲布看见花园里鱼塘边有个红衣姑娘在那里看花，妲布急忙走过去问，姑娘说她是仙女，因为像绣在壮锦上面，就被带来了。

妲布把仙女邀进屋里，共同住下。

勒惹和这个美丽的姑娘结了婚，过着幸福的生活。

妲布又邀附近的穷人也来这个村庄里居住，因为她在病中，得到了他们的照顾。

有一天，村旁来了两个叫花子，他们就是勒墨和勒堆厄。他们得了老奶奶的金子，跑到城里去大吃大喝，不久金子用完了，只得做叫花子，乞讨过活。

他们来到这个美丽的村庄，看见阿咪和勒惹夫妻在花园里快快乐乐地唱歌，又想起过去的事情，没脸进去，拖起乞讨杖跑了。

西门豹除巫治邺

战国时候，魏王派西门豹去邺（今河北临漳县）这个地方做官员。西门豹到了邺县，看到那里人烟稀少，满眼荒凉，就找了一些老百姓来问是怎么回事儿。

一位白胡子老大爷说："都是河伯娶媳给闹的。河伯是漳河的神，每年都要娶一个年轻漂亮的姑娘，要是不给他送去，漳河就要发大水，把田地、村庄全淹了。"

西门豹问："这话是谁说的？"

老大爷说："祝巫说的。地方上的管事人每年借着给河伯办喜事，硬逼着百姓出钱。他们每年都要敛几百万钱，用二三十万办喜事，剩下的就跟祝巫分了掖腰包里了。"

西门豹问："新娘子是哪儿来的？"

老大爷说："哪家的闺女年轻，长得漂亮，祝巫就带人到哪家去选。有钱的人家花点钱就过去了，没钱的人家就倒霉了。到了河伯娶媳妇的那天，他们在漳河边上放一领苇席，给姑娘打扮一番，让她坐在苇席上，放到河里，顺水漂去。苇席开始还在水上浮着，过了一会就沉下去了。所以，有闺女的人家都跑到外地去了。这里的人口就越来越少，地方也越来越穷。"

西门豹问："河伯娶了媳妇，是不是漳河就不发大水了？"

老大爷说："还是发。巫婆说幸亏每年给河伯送媳妇，要不漳河发水还得多。"

西门豹说："巫婆这么说，河伯还真是灵啊！下一次河伯娶亲时，请告诉我一声，我也去送送新娘。"

到了河伯娶媳妇那天，河边上站满了人。西门豹真的带着卫士来了。祝巫和地方上的管事人急忙迎接。那祝巫已经七十多岁了，背后跟着十来个穿着妖艳的女徒弟。

西门豹说："把新娘领来让我看看她长得俊不俊。"一会儿，姑娘被人领来了。西门豹一看女孩子满脸泪水，回头对祝巫说："不行，这姑娘不漂亮，麻烦祝巫到河里对河伯说一声，另外选个漂亮的，过几天送去。"说完，叫卫士抱起祝巫，把她投进了漳河。等了一会儿，西门豹说："祝巫怎么还不回来？让她徒弟去催一催。"又将祝巫的一个徒弟投进了河里。等了一会儿，再将她的另一个徒弟投进了河里。又等了一会儿，西门豹说："看来女人办不了这事儿，麻烦地方上的管事去给河伯说说吧！"说着，又要叫卫士把管事的扔进漳河。这些地方上的管事人，一个个吓得面色如土，急忙跪地求饶，头都磕破了。西门豹说："好吧，再等一会儿看看。"过了一会儿，他才说："起来吧！看样子是河伯把她们留下了。你们都回去吧！"

这一下，老百姓都恍然大悟。原来祝巫和地方的管事人都是害人骗钱的。

从此，谁也不敢再提给河伯娶媳妇的事了。西门豹发动老百姓开凿了十二条大渠，把漳河水引到田里，灌溉庄稼。从此，漳河两岸年年丰收。

牛郎织女

相传很古很古的时候，人间和仙境只隔着一条宽阔的银河。人间在东岸，仙境在西岸。玉皇大帝和神仙能渡过银河，下凡来到人间，可是凡人永远不能渡过美丽、神秘的银河。

仙境中有很多年轻、漂亮的仙女，她们都是王母娘娘的外孙女儿。其中有一位长得尤为美丽动人，而且心灵手巧，能织出天上最好看的云锦天衣。天衣的颜色可以随着季节和气候的转变而不断变幻，因此仙境都称她为织女。

银河的东岸，住着一位青年，以放牛为生，大家都叫他"牛郎"。牛郎为人忠厚老实，父母双亡后，他被哥哥嫂嫂赶出家门，只有家中的一头老牛与他相依为命。他每天辛辛苦苦地劳动，想用自己勤劳的双手建立一个美满、幸福的家。

一天，老牛突然开口说话了。他告诉牛郎："你年纪不小了，应该娶个媳妇了。明天天上的仙女要到银河里洗澡，你可以趁她们下水的时候，偷拿一件留在岸上的衣裙。这件衣裙的主人会成为你的媳妇。"牛郎十分惊异。

第二天，牛郎躲在河边草丛里，果然看见无数仙女飘然而至。待仙女们脱衣下水后，牛郎慌慌张张地拿起了一件衣裙。顿时，河中一片混乱。仙女们赶紧穿上衣裙，匆匆忙忙地回到仙境。河中只留下织女，牛郎拿的正是她的衣裙。牛郎恳求织女嫁给他。织女看牛郎十分诚恳，就点头答应了。

两人以老牛为证婚人，拜天地成亲结婚。婚后两人相亲相爱，过着男耕女织的美满生活，还生了一双儿女。但是，好景不长，织女私自下嫁凡界的事，很快让玉皇大帝和王母娘娘知道了。他们大为震怒，急令天神立即将织女从人间带回天庭，罚她日日织布，不得离开天庭半步。

天神闯进牛郎的家，抓住织女就走。牛郎和两个孩子紧紧抱住织女不放。织女泪如泉涌，苦苦哀求天神，不要拆散他们一家。天神哪里肯听，一把推倒牛郎和孩子，强行把织女拖走了。牛郎和一双儿女哭成了泪人。

这时，老牛又开口说话了："牛郎，我快要死了。我死之后，你剥下我的皮披在身上，就可以趟过银河找织女了。"说完，老牛果真死了。牛郎含泪剥下牛皮，又找来扁担和两只箩筐，一头放着儿子，一头放着女儿，挑起担子，披上牛皮，立刻腾云驾雾地走进了茫茫银河。

银河广阔无边，波涛滚滚。一家三口边哭边找，悲惨的呼喊声穿透云霄，震撼天庭。织女听到儿女的哭喊，不顾一切地挣脱开天神，向牛郎他们奔去……

这一切被王母娘娘看在眼里，恨在心上。她恼怒地从脑后拔下一根金簪，在空中一划。顿时，织女和牛郎被阻隔在银河两岸，望眼欲穿，痛苦不堪。

织女思念牛郎和一双儿女，日夜哭泣，无心开机织布。玉皇大帝没有办法，就规定每年农历七月初七，由喜鹊在银河上搭一座鹊桥，让牛郎、织女全家相见一次。

从此，农历七月初七这天，人间很少见到喜鹊，据说都到银河上搭鹊桥去了。

白蛇传

传说四川峨眉山的一个洞里，住着一条修炼了一千年的白蛇和一条修炼了八百年的青蛇。她们虽是蛇精，却心地善良，从不和人作对。

一天，白蛇和青蛇耐不住洞中的寂寞，就瞒着师父黎山老母，变作两位美丽的姑娘，一个叫白娘子，一个叫小青，来到人间天堂——杭州游玩。

两人正在西湖断桥边看荷花，忽然间乌云密布，电闪雷鸣，一场倾盆大雨眼看就要泼下来。白娘子和小青既没带伞，又不便在众人眼皮底下变化，正着急，一位老实的后生走上前来说："两位小娘子用我的伞吧。"两人感激不尽，约好明天到宅上还伞。

第二天，白娘子和小青按后生留下的地址找到钱塘门，才知后生姓许名仙，父母双亡，寄住在姐姐家，现在一家药店当伙计。白娘子见许仙忠厚老实，心地善良，有意和他结为夫妻。

许仙当然打心眼里高兴，当时便由小青撮合，二人结为夫妻。许仙成家后搬出姐姐家，和白娘子在西湖边开了一家药店。由于许仙人缘好，手脚勤快，白娘子神通广大，什么草药都找得到，他们的药店生意越来越红火。

一天，许仙正在柜台里做生意，门外进来一个化缘的和尚。那和尚一见许仙,忙说:"阿弥陀佛,贫僧是镇江金山寺住持法海。今见施主面带妖气,想必家有妖怪!"

许仙大吃一惊,说:"家中只有妻子和一个丫环,哪来的妖怪?"

"既然如此,"法海道,"可能你那妻子就是妖怪。你先不要声张,等端午节时引她喝下一杯雄黄酒,一切便知。日后有事,可到金山寺找我。"

端午节那天,白娘子在丈夫的勉强下喝了一口雄黄酒,马上感觉头昏眼花,忙叫小青扶她回房休息。隔了好一会儿,许仙不见白娘子动静,就进房掀帐一看,只见一条水桶粗的白蛇横在床上,浑身冒着酒气。许仙当场吓得"哎呀"一声,仰面跌倒在地,死了。

许仙的惊叫声唤醒了白蛇。她道行很深,马上又变成了人形。看见许仙吓死了,白娘子慌了手脚,连忙和小青一起把许仙抬上床,说:"妹妹,我只有上灵山盗来灵芝草,才能救活官人。"小青忙阻拦道:"姐姐,你现在已有身孕,这一去凶多吉少哇!""管不了那么多了。我去了!"说罢,白娘子驾起云头,直奔灵山。

守护灵芝草的灵山鹿兄鹤弟可不是省油的灯。他俩仗剑拦住已盗得仙草的白娘子,三人战在一处。白娘子无心恋战,只求尽快脱身离去,加上自己已有身孕,功力大打折扣,斗了几十个回合,早已是脸红心跳,披头散发,但为了救丈夫的命,她还是发狠苦斗。

"住手!"随着一声断喝,只见山主南极仙翁缓缓走上前来。白娘子自知理亏,赶忙上前拜见。南极仙翁一声长叹:"你尘缘未了,该此一劫。快快去吧。"白娘子大喜,拜了三拜,一阵风似的赶了回来。

吃了灵芝草,不一会儿,许仙就慢慢地睁开了眼睛。白娘子长嘘了一口气。许仙一见白娘子,吃惊地喊道:"你……你……"白娘子连忙安慰他:"官人,刚才你看见的白蛇已被我杀死了,我扶你去看看。"许仙看见一条水桶粗的白蛇被杀死在院里,将信将疑。一天,他假托要到镇江金山寺还愿,就一个人动身去了。

法海一见许仙,便说:"施主,你脸上的妖气更重了。"许仙十分疑惑:"可我的妻子和常人并没什么两样啊!"法海道:"那是她道行深的原因。施主放心,不出一个月,老僧定会将她捉住,镇在宝塔下面,叫她永远不能再迷惑人。"

许仙一听这话,想起妻子的温柔体贴和万般好处,忙说:"老法师,谢谢你的好意。不管你怎么说,我都不相信我妻子是妖怪。今后我们夫妻俩的事,不必你烦心了。"说着便要离开。法海让徒弟拦住许仙,说:"施主现在不能走,否则你会越陷越深。"法海硬把许仙留在了金山寺。

过了几天,白娘子见丈夫还没回家,心中不安,便和小青一起上镇江金山寺来寻许仙。法海手持金钵，拦住二人道："大胆妖怪，竟敢寻上门来。真是天堂有路你不走，地狱无门你偏行。"

一旁的小青圆睁双眼喝道："老秃驴，快把我姐夫放出来，万事皆休，否则踏平你这鬼寺！"法海一听火冒三丈，大红袈裟一飘，舞动禅杖，和小青斗在一起。

白娘子因道行不及法海，又有孕在身，忙拔下金钗，迎风一晃，转眼滔滔江水汹涌而来，把金山寺团团围住。一群虾兵蟹将舞刀弄棒，杀上金山寺。

法海大吃一惊，慌忙脱下袈裟，向空中一甩，罩住金山寺。结果洪水涨高一尺，金山寺升高一尺，总是淹不掉金山寺。双方相持好几个时辰，最后白娘子只好退掉洪水，返回杭州。

白娘子水漫金山，许仙终于明白妻子并非人类。说来奇怪，许仙这时反倒踏实了，觉得妻子比许多人更可爱，更温柔善良。

一天，他乘法海不注意，偷偷跑出金山寺，赶回杭州。白娘子不在家，他赶到他们第一次见面的断桥，看见白娘子和小青正坐在一条船上。

小青一见许仙，劈头就问："你还有脸来？你怎么不带秃驴一道来捉我们？"白娘子也说："官人，你我夫妻一场，你总知道我的为人……"说着说着，眼泪忍不住流了下来。

许仙非常难受，诚恳地说："娘子，是我一时糊涂，我对不起你。"于是三人和好如初，一同回家。

几个月后，白娘子生下一个白白胖胖的儿子，全家都高兴得合不拢嘴。满月这天，许仙正高高兴兴地办宴席，谁知法海又手持金钵上了门。

许仙忙说："老法师，我妻子到底是人是妖，是好是坏，我比谁都清楚。但我很爱她，她也很爱我，请你再不要破坏我们的幸福了。"

法海道："阿弥陀佛，施主。不管她如何变化，她总是蛇精，是蛇精就一定会害人。老僧这是为你好。"说着便闯进门来，悬起金钵，对准白娘子罩来。可怜白娘子正在坐月子，无力反抗。

小青正要冲过来与法海拼命，白娘子急忙喊道："小青快逃！他不敢杀我。你练好本领再来救我，快走！"金钵罩住了白娘子，法海把她压到西湖边的雷峰塔下，自己也在西湖边的净慈寺住了下来。

小青逃回峨眉山，苦练十八年后，信心百倍地来净慈寺找法海报仇。二人斗了几十回合，法海毕竟年纪大了，只有招架之功，哪有还手之力。小青越战越勇，忽见她手起剑落，削向附近的雷峰塔。只听轰隆隆一阵巨响，雷峰塔倒了下来，白娘子又恢复了人形，上来夹攻法海。

法海慌不择路，一个金蝉脱壳，跳进西湖，躲到一只螃蟹的硬壳里。据说至今人们还能在螃蟹壳里，看到缩成一团的老法海哩。

许仙和白娘子、小青又见面了，还带来已长成英俊小伙的儿子。一家人紧紧地抱在一起，流下了幸福的泪水。

梁山伯与祝英台

浙江上虞有个祝员外，老来得女，视若掌上明珠，取名叫祝英台。祝英台从小聪明伶俐，不仅女孩子家的针线活样样精通，就是读书识字，也比一般男孩子强得多。到了十几岁，家乡附近再也找不出可以教她的老师了，她就吵着要到杭州的书院去读书。

二老哪里舍得，更放心不下她孤身一个女子出远门。但架不住她死缠硬磨，撒娇耍赖，二老只得松口，条件是她必须女扮男装，因为当时女儿家轻易抛头露面是要遭人笑话的。于是，祝英台脱下女儿装，换上书生服，带了个贴身书童就上路了。

祝英台投奔的杭州万松书院名气很大，收了许多慕名前来的学生。其中有个从宁波来的梁山伯，不但长得眉清目秀，而且学习十分刻苦，才华横溢，人又特别忠厚老实，祝英台对他很有好感。

说来也巧，老师把他俩安排在同一寝室，这让祝英台又喜又忧。好在祝英台心细，平时非常注意，加上梁山伯憨厚诚实，一切都还正常，没露出什么马脚。

祝英台每晚睡觉前都要在她和梁山伯的床中间放一口箱子，箱子上放一碗水，并告诫梁山伯不要乱动，不能把水打翻。梁山伯觉得很好玩儿，就照办了。所以两人同床三年，梁山伯压根儿不知道祝英台原来竟是女儿身。

同窗三载，梁山伯和祝英台的友谊一天天加深，但祝英台的规矩也越来越多。后来，她觉得不宜再跟梁山伯继续住下去，加上思念父母，就决定告别老师、同学回家去。

梁山伯恋恋不舍，又老实得说不出什么劝慰的话，就闷着头送了祝英台一程又一程。

一路上，祝英台的心情矛盾极了：该不该告诉梁山伯真相呢？不告诉他吧，这书呆子怕是永远也不会知道，自己和他这一别也许就成了永别；告诉他吧，自己一个女儿家又如何开口？再说要是让外人知道，不只会笑掉大牙，还会丢了父母的脸，丢了祝家的脸。

正拿不定主意，祝英台忽见迎面有棵大槐树。她眼珠一转，开口念出一首诗来：

> 先生门前一棵槐，一对书生出门来。
> 前面走着梁山伯，后面走着祝英台。
> 梁山伯与祝英台，前世姻缘配起来。

梁山伯一听忙赞："贤弟说得真好！我俩能在一起读书三年，能在一个屋子里同住三年，又相处得这么好，的确是姻缘好哇。"祝英台白了他一眼，又继续往前走。看到一朵龙爪花，祝英台又念道：

> 抬头来看龙爪花，我爹是你丈人家。
> 低头拾起金豆子，我弟是你小舅子。
> 低头拾起地骨皮，我妹是你小姨子。

梁山伯听了连连摇头："贤弟真是个书呆子，跟这些花儿豆儿攀什么亲家。"祝英台气得暗暗咬牙切齿，心里骂梁山伯真不开窍。

两人走过一村又一庄，眼见前面横着一条河，河里有一群鹅，正在追逐戏水，玩得高兴呢。祝英台开口念道：

> 过了一村又一河，上头游来一对鹅。
> 雄的前头喳喳叫，雌的后面喊哥哥。
> 看看雄鹅与雌鹅，好比梁兄你和我。

"唉，"梁山伯不满地说，"贤弟又在开玩笑了，怎么把我比作呆头呆脑的鹅呢？"祝英台见梁山伯是榆木脑袋，急得赤头紫脸，又不能明白地告诉他。这时候，一位老船工把船靠到岸边来渡梁山伯和祝英台，祝英台又作最后的努力：

对岸驶来一条船，我是岸来你是船。

从来只见船靠岸，何时见过岸靠船。

梁山伯越听越糊涂，心想："人说我呆，我这贤弟今天怎么比我还呆，尽说些摸不着头脑的话。"

说话间，二人已走了十八里路。祝英台看梁山伯依旧傻乎乎的，只好使出最后一招："梁兄，送君千里，终有一别，我们就在这里分手吧。不过临别小弟有句话要对你说：我家有一个和我一胞所生的小九妹，模样、人品、学问也和我不相上下。梁兄如不嫌弃，请快快找人来我家提亲。"

梁山伯高兴得当场就答应了，两人拜了又拜，最后洒泪而别。

梁山伯回去后就忙着考试，考完后他就匆匆赶回家，请父母找媒人去提亲。当梁山伯跟着媒人来到祝英台家，见到的却是恢复女儿妆的祝英台。

他恍然大悟，连忙问："愚兄按约而来，您……没变卦吧？"祝英台的眼泪唰地流了下来："梁兄，太迟了！一个月前，我父母把我许配给马家了。"

梁山伯悔恨极了，一回家就病倒了，加上相思太重，最后眼看就不行了。临死前，梁山伯拉着父母的手，说："孩儿死后，请二老把孩儿葬在祝家到马家的路上，让孩儿再看一眼英台。"

那天祝英台出嫁，一到梁山伯的墓旁，她就让花轿停下来，自己走出花轿。祝英台对着梁山伯的墓拜了三拜，猛听得"哗啦啦"一阵响，梁山伯的墓门裂开了一条大缝。祝英台趁势纵身一跳，人就进了墓穴。几个丫环赶紧去拽，只扯下几片衣角。

随后墓门一合，墓顶飞出两只巨大的五彩蝴蝶，翩翩飞向蓝天。人们都说，它们是梁山伯与祝英台变的。

孟姜女哭长城

相传在两千多年前，一户姓孟的人家和一户姓姜的人家是一墙之隔的好邻居。

那年春天，孟家老伯伯在自家的菜园地里挖了一个小坑，种下一粒葫芦种子。这粒种子很特别,表面不但像珍珠般光滑,而且还有彩色的纹路,闻一闻还有一股清香呢!

这颗葫芦种子埋下后不久,绿色的芽儿就从地里钻了出来。不到一个月,藤蔓儿便沿着墙爬到隔壁姜家去了。

老姜家看见这棵葫芦蔓儿爬到了自己院里,便小心地用细竹子搭了一个棚架,让它得到更多的阳光与雨露。

葫芦花儿开了,它引来蝴蝶围着跳舞。

葫芦花落了,一颗鲜嫩的小葫芦露出了小脑袋。

葫芦的小脑袋一天一天地大起来。

秋天到了,金黄的葫芦成熟了,孟家多么高兴啊,他们早就盼着把这只葫芦破成两个瓢,两家各一个,舀米、舀水都行。

两家挑了一个好日子,把葫芦从架子上轻手轻脚地摘下来,哟!这葫芦好沉好沉啊!

剖开一看:啊哈!一个白生生的女娃娃正朝着两家的老人格格地笑呢!

这真是天大的稀奇事儿,全村都传开了。

面对这么可爱的女娃儿,孟家开口了:"这葫芦是我家种的,女娃娃应归我家!"

"葫芦是在我们家院子里养大的,当然是我家的!"姜家说。

为了得到女儿,他们决定去打官司。

县官老爷还从来没有判过这样的怪案子。他问明了情由,最后判决:

"这葫芦里的女娃娃既不姓孟,也不姓姜。本官决定:这个女娃娃取姓孟姜,由两家轮流抚养,不得再争!"

真是皆大欢喜!从此,这个葫芦里长出的女娃娃便被大家唤作孟姜女。

孟姜女轮流在孟、姜两家生活,两家都把她当成亲生的心肝宝贝,因为有了她,两家人又像从前那样和气啦!

孟姜女18岁时,长成了一个漂亮的大姑娘,就像天上下凡的仙女。女儿长大了总要嫁人呀,姜家和孟家都希望能找一个好女婿,让女儿过上幸福的日子。

孟老头天天挑能干的小伙子,姜老头日日选忠厚的年轻人。挑啊,选啊,他们最后选中了一个名叫范喜良的好后生。

谁也没有料到,成亲三天,家里突然闯进两个官府的衙役,把范喜良连拖带拉地绑走了。

原来,秦始皇正在修万里长城,专门挑选年轻力壮的小伙子当民夫。因为工程太大,条件太差,每天都有许多人累死饿死,秦始皇就不断地派人抓民夫。范喜良便是被官府看中了的。他哪能够逃得出官府的手掌啊!

孟姜女恨死了秦始皇。她痛哭一场,发誓要一心一意地等待范喜良修好长城回来团圆。

日子一天天过去,丈夫的消息一点儿也得不到。她整天在新房里唉声叹气,觉也睡不好,饭也吃不香。一年过去了,仍没有丝毫音讯。

孟姜女对父母说:"我要亲自去找范喜良,找不到他,决不回家!"

父母理解孟姜女的感情,但又劝她:

"长城离家很远很远,修长城的人那么多,你哪里去找呀?何况你又是个女子……"

"长城就是在天边,山再陡,路再远,我也要找到!"

孟姜女寻找丈夫的决心很大,家里人只好送她上路了。

孟姜女踏上了很长很长、很苦很苦的路程,披星戴月,风雨兼程。一天傍晚,她好不容易来到了离长城不远的一座山下,脚上磨出了血泡,饥饿难忍,累得腰也伸不直了,便坐在一块大石头上休息。石头被太阳晒了一天,滚烫滚烫的,她也顾不上了;周围的蚊子又一齐向她叮来。她心中有说不尽的苦楚,就伤心地哭了。

她身下坐的大青石听到了她的哭诉:

"范喜良啊范喜良,我只要看你一眼,死了也甘心!哪怕山再高,路再远,石头再烫,蚊虫再咬,我也要见到你哟!"

大青石听了,立即凉了下来,让她休息。

蚊子听了,悄悄地全飞走了,让她安睡。

相传被孟姜女坐过的大青石,至今太阳一落山就立即凉下来,它周围一个蚊子也没有。这块石头,千百年来被大家称为"孟姜女石",是被孟姜女感动的石头啊!

可怜的孟姜女,就这样走了一村又一村,翻了一山又一山,过了一河又一河,终于来到了长城脚下。

"请问,你们认识范喜良吗?"孟姜女沿着曲曲折折的万里长城,向成千上万的民工一个一个地打听。

"不认识,不认识。""不认识,不认识。"

她继续找呀找呀,只要是能找的地方全找遍了。后来,她才知道修长城的人死得太多了!范喜良也早已累死了,但不知埋在长城脚下的什么地方。

孟姜女听到这个消息，如五雷轰顶，只感到天旋地转，顿时昏死过去，等她再睁开双眼，便号啕大哭起来，撕心裂肺地喊着："喜良，我苦命的夫啊！老天啊，你怎么不长眼啊！"

她哭得天昏地暗，哭得电闪雷鸣，哭得大雨倾盆……

孟姜女的哭声感天动地：她哭到哪里，哪里的城墙便轰隆隆地坍倒下去，几十里、几百里的城墙就这样倒下去了。

这下可急坏了修建长城的总管老爷：这样下去，只怕自己的性命也难保了。正当他急得像热锅上的蚂蚁的时候，忽听一声："皇上驾到！"

秦始皇亲自来长城巡视，听工程总管报告，有一个名叫孟姜女的女子，到长城来寻夫，丈夫没寻到，却哭倒了几百里长城。

秦始皇心想，世上竟有如此奇异的女子？便大喝一声："把孟姜女带来！"

武士像猛虎一般把孟姜女带到秦始皇的面前：

"启禀皇上，她就是孟姜女！"

秦始皇抬眼一看，呀！好个相貌的女子！比我宫里的后妃都要漂亮嘛！他要孟姜女当后宫的娘娘。

孟姜女恨透了这个要修长城的秦始皇。现在，仇人就在面前，真恨不得咬他一口。但她又转念一想，我要是不答应，他决不会放过我，我何不捉弄他一番呢。于是，她说道："皇上，你要让我当娘娘，必须答应我三个条件。"

"别说是三个条件，就是三百个条件，我也办得到，快说！"

"这第一件，一定要把我丈夫的尸骨找到。"

"行！第二件呢？"

"这第二件，要为我丈夫举行国葬，满朝文武都要为我丈夫送葬。"

"行！快说第三件！"

"这第三件么……"孟姜女转脸看看秦始皇，继续说道："我要你为他手举幡旗送葬！"

秦始皇一听这第三件，便皱起了眉。他万万没有料到这个小小的女子竟有这样大的口气。堂堂的一国之君，怎能为一个普通老百姓送葬？可秦始皇一心想要与孟姜女成亲，只好答应了。

秦始皇一声令下，士兵们很快在长城脚下找到了范喜良的遗体。发丧那天，葬礼好不隆重。秦始皇举着长幡走在前面，满朝文武大臣穿了孝服跟在后面，孟姜女身着孝服守在灵车边。鼓乐齐鸣，幡旗飘展，大队人马向范家墓地走去。

送葬队伍途经渤海边，只见孟姜女跳下灵车，奔向山崖，面向大海，纵身跳下……

秦始皇气得直咬牙，却毫无办法，只好命令把范喜良的棺材也扔进大海。

孟姜女和她的丈夫在大海里团聚了……

后来，人们为了纪念孟姜女，在山海关修了座"孟姜女庙"。如今，到山海关还能见到这座庙呢！

赵州桥的传说

赵州有两座石桥，一座在城南，一座在城西。城南的大石桥，看上去像长虹架在河上，壮丽雄伟。民间传说，这座大石桥是鲁班修造的。

相传，鲁班和他的妹妹周游天下，走到赵州，一条白茫茫的洨河拦住了去路。河边上推车的，担担的，卖葱的，卖蒜的，骑马赶考的，拉驴赶会的，闹闹嚷嚷，都争着过河进城。河里只有两只小船摆来摆去，半天也过不了几个人。鲁班看了，就问："你们怎么不在河上修座桥呢？"人们都说："这河又宽，水又深，浪又急，谁敢修呀？打着灯笼，也找不着这样的能工巧匠！"鲁班听了，心里一动。他和妹妹鲁姜商量，要为来往的行人修两座桥。鲁班对妹妹说："咱先修大石桥后修小石桥吧！"鲁姜说："行！"鲁班说："修桥是苦差事，你可别怕吃苦啊！"鲁姜说："不怕！"鲁班说："不怕就好。你心又笨，手又拙，再怕吃苦就麻烦了。"这一句话把鲁姜惹得不高兴了。她不服气地说："你甭直嫌我心笨手拙，今个儿，咱俩分开修，你修大的，我修小的，和你赛一赛，看谁修得快，修得好。"鲁班说："好，赛吧！什么时候动工，什么时候修完？"鲁姜说："天黑出星星动工，鸡叫天明收工。"一言为定，兄妹分头准备。

鲁班不慌不忙地往西向山里走去了。鲁姜到了城西，就急急忙忙地开工动手了。她一边修一边想：甭忙，非把你拉下不可。果然，三更没过，她就把小石桥修好了。随后，她悄悄地跑到城南，看看她哥哥修到什么样子了。来到城南一看，河上连个桥影儿也没有，鲁班也不在河边。她心想，哥哥这回输定了。可扭头一看，西边太行山上，一个人赶着一群绵羊，蹦蹦蹿蹿地往山下来了。等走近了一看，原来赶羊的是她哥。哪是赶的羊群呀，赶来的分明是一块块雪花一样白、玉石一样光润的石头。这些石头来到河边，一眨眼的工夫就变成了加工好的各种石料，有正方形的桥基石、长方形的桥面石、月牙形的拱圈石，还有漂亮的栏板、美丽的望柱。凡桥上用的，应有尽有。鲁姜一看，心里一惊，这么好的石头造起桥来该有多结实呀！相比之下，自己造的那个不行，需要赶紧想法补救。重修来不及了，就在雕刻上下功夫盖过他吧！她悄悄地回到城西动起手来，在栏杆上刻了盘古开天、大禹治水，又刻了牛郎织女、丹凤朝阳。什么珍禽异兽、奇花异草，都刻得像真的一样。刻得鸟儿展翅能飞，刻得花儿香味扑鼻。她自己瞅着这精美的雕刻满意了，就又跑到城南去偷看鲁班。乍一看呀，她不禁惊叫了一声——天上的长虹，怎么落到了河上？定神再仔细一瞅，原来哥哥把桥造好了，只差安好桥头上最后的一根望柱。她怕哥哥打赌赢了，就跟哥哥开了个玩笑。她闪身蹲在柳树后面，捏住嗓子伸着脖，"喔喔喔——"学了一声鸡叫。她这一叫，引得附近老百姓家里的鸡也都叫了起来。鲁班听见鸡叫，赶忙把最后一根望柱往桥上一安，桥也算修成了。这两座桥，一大一小，都很精美。鲁班的大石桥，气势雄伟，坚固耐用；鲁姜修的小石桥，精巧玲珑，秀丽喜人。

　　赵州一夜修起了两座桥，第二天就轰动了附近的州衙府县。人人看了，人人赞美。能工巧匠来这里学手艺，巧手姑娘来这里描花样。每天来参观的人，像流水一样。这件奇事很快就传到了蓬莱仙人张果老的耳朵里。张果老不信，他想鲁班哪有这么大的本领，便邀了柴王爷一块要去看个究竟。张果老骑着一头小黑毛驴，柴王爷推着一个独轮小推车，两人来到赵州大石桥，恰巧遇见鲁班正在桥头上站着，望着过往的行人笑哩！张果老问鲁班："这桥是你修的吗？"鲁班说："是呀，有什么不好吗？"张果老指了指小黑驴和柴王爷的独轮小推车说："我们过桥，它经得住吗？"鲁班瞟了他俩一眼，说："大骡大马、金车银辇都过得去，你们这小驴破车还过不去吗？"张果老一听，觉得他口气太大了，便施用法术，聚来了太阳和月亮，放在驴背上的褡裢里，左边装上太阳，右边装上月亮。柴王爷也施用法术，聚来五岳名山，装在了车上。两人微微一笑，推车赶驴上桥。刚一上桥，眼瞅着大桥一忽悠。鲁班急忙跳到桥下，举起右手托住了桥身，保住了大桥。两人过去了，张果老回头瞅了瞅大桥对柴王爷说："不怪人称赞，鲁班修的这桥真是天下无双。"柴王爷连连点头称是，并对着回到桥头来的鲁班伸出了大拇指。鲁班瞅着他俩的背影，心里说："这俩人不简单啦！"现在，赵州石桥桥面上，还留着张果老的毛驴踩的蹄印和柴王推车轧的一道沟，到赵州石桥去的人，都可以看到。桥下面原来还留有鲁班托桥的一只大手印，现在看不清了。

木兰从军

南北朝时期,北方有个武艺高超的姑娘花木兰,年轻漂亮,射得一手好箭。

一天,她正在放牧,忽见几个少年骑马扬鞭,弯弓搭箭,要去打猎。她便和他们比赛,结果她的猎物最多。回到家里,母亲责备她不该四处游荡,忘了放牧;父亲怒骂她不守闺训,但见她打了不少飞禽走兽,心中暗暗觉得奇怪。

木兰正夸口说自己射箭能百步穿杨,百发百中,乡里的里长走进院来。木兰抽箭搭弦,冷不防"嗖"的一声,把里长头上的帽子射了下来。里长大吃一惊,木兰的父亲连忙赔罪道歉,并罚木兰织布三天,不许走出房门半步。

原来里长是来送文书的。说是大汗要和邻国开战,急需将士,要征木兰父亲从军。

晚上,木兰父亲和老伴儿商量:自己年老多病,家里小儿才几岁,女儿又派不上用场,这可如何是好?夫妻俩愁得直叹气。隔墙的木兰听见了,也停下织机叹息不已。

木兰一夜未合眼,终于想出了一个好主意。第二天一大早,她偷偷溜出家门,上街买了一匹枣红马,又配上马鞍、马鞭和马笼头,还找人赶做了一件战袍。然后,木兰剪了头发,扎上头巾,穿上战袍,跨上枣红马,一下子变成了个棒小伙。

一切收拾停当,木兰骑着马一阵风似的赶回家,父母几乎认不出她了。她道明真相,父母也没有更好的办法,只得让她替父从军。一家人洒泪而别。

木兰告别家乡,随大军奔赴边疆。走哇走,大军来到了黄河旁。夜里,值勤的木兰听不见爹娘呼唤她回家的声音,只听见黄河的流水哗啦啦地响。

走哇走,大军停在了黑山下。这里已靠近敌人的阵地,备战的木兰没有时间想念家里的亲人,耳中只听见敌人的战马咴咴鸣叫。

多少次军情紧急,多少次关山飞渡,天寒地冻的北部边疆,月光冷冷地映着将士铠甲的清辉,连打更的锣声也透着十二分的寒气。

历经无数次战斗,聪明机智、英勇善战的木兰一次次立功,一次次提升,最后做了左路大将军。

十二年的战争过去了,大军胜利归来。皇上亲自召见木兰,赏了她许多金银财宝,又封她做兵部尚书。

木兰替父从军,为的是百姓和国家。她不要金银财宝,也不愿意做什么兵部尚书,她只要了一头能走远路的骆驼,骑着它回乡服侍双亲。

十二年过去了,父母已经白发苍苍。他们听到女儿归来的喜讯,相互搀扶着来到路口,迎接他们的宝贝女儿。小弟弟也已长大成人,正在家里磨刀霍霍,准备杀猪宰羊,犒劳犒劳凯旋的姐姐。

木兰终于回来了,骑着骆驼,身边还有几个伴她回家的战友。木兰让爹娘在屋里招待同归的伙伴,自己跑到房里,脱下战袍,换上以前的青布衣衫,梳好如云的头发,又对着镜子贴上美丽的面饰,这才羞答答地走了出来。

伙伴们一见,大惊失色:啊,共同战斗了这么多年,还不知道木兰原来竟是一个漂亮的大姑娘!

歌仙刘三姐
（壮族）

刘三姐的故事,脍炙人口,世代流传。"如今广西成歌海,都是三姐亲口传。"这是人们对古代歌仙刘三姐的热情赞颂。

传说古代宜山县下涧河边的壮族山村,有一个聪明伶俐、年轻美丽的农家姑娘,因她排行第三,所以就叫三姐。她自幼失去父母,与二哥相依为命,打柴种田过日子。刘三姐从小爱唱山歌,心灵手巧,插秧、打柴、编竹器、织壮锦,活路样样会,勤劳艺又精,口唱山歌手不停。刘三姐的歌才出众,歌声动人,远近闻名。每到中秋佳节,青年男女就都聚集在河边草坪上,抛绣球,对山歌,没有哪一个唱得过她。刘三姐才貌双全,方圆百里的后生纷纷慕名而来,一心要向她求婚。她落落大方地以歌相对,表明要以歌择婿。她开口唱道:

三月桃花朵朵开,三妹讲歌不讲财。

谁能唱歌胜过我,不用花轿走路来。

求婚的人络绎不绝,酬唱的歌声四时不断,就是没有一个能对倒刘三姐,一个个只好怀着敬佩的心情,恋恋不舍地告辞而归。其实,刘三姐的心里,早已悄悄地爱上了同村的李小牛。他们从小就一块儿放牛、打柴,在一起唱山歌,小牛也是一名出色的歌手。在共同的劳动和歌唱中,他们建立了真挚深厚的感情。三姐用柔美的歌声向小牛倾诉衷情:

妹相思，妹有真心哥也知；

蜘蛛结网三江口，水推不断是真丝（思）。

三姐给小牛送了绣球，小牛给三姐送了丝线，寄物定情，以终身相许。他们唱道：

风吹云劫天不动，河里水流石不流；

刀切莲藕丝不断，我俩连情永不丢。

这件事被当地有权势的财主莫海仁知道了，硬说刘三姐和李小牛私下定情，有失礼教，伤风败俗，要拿他们治罪。一天，三姐和小牛到河边的高山上砍柴，狠毒的莫海仁指使家丁窜到山上，乘人不备，把他们两人推下河去。小牛当场被淹死了，刘三姐被藤蔓托挂在岸崖上。莫海仁的家丁砍断藤条，三姐掉进湍急的河水里。恰巧，有一根木头漂来，三姐急忙抓住木头，顺水漂流到了柳州。一位老渔翁发现了，把她救上岸来。老渔翁很同情刘三姐的遭遇，把她收为义女。

刘三姐来到柳州不久，她能歌善唱的名声又很快传扬开了。财主莫海仁闻讯后，暴跳如雷，坐立不安，恶狠狠地说："刘三姐呀刘三姐，我没有把你杀死，也一定要让你名声扫地！"于是，莫海仁托人用重金从外地请来三个秀才，装了满满的一船歌书，专程到柳州和刘三姐赛歌，一心要唱倒刘三姐。

那天，刘三姐正在河边洗衣服。三个秀才乘船靠岸，就忙着打听刘三姐在哪里，说是奉莫海仁之命，要找她对歌，非唱赢她不可。

刘三姐见他们趾高气扬，又有满船歌书，来头不小，便随口唱道：

江边洗衣刘三姐，你要对歌快唱开。

自古山歌心中出，哪有船装水载来？

这一唱，秀才们像是吃了当头棒喝，相对默然，无词以对。当刘三姐问明他们三人的姓氏是陶、李、罗之后，接着又唱道：

姓陶不见桃花发，姓李不见李花开，

姓罗不见锣鼓响，三位先生哪里来？

三个秀才被刘三姐这一反问，不能继续装聋作哑，于是赶快翻出歌书，勉强凑几句对答。然而，不到几个回合，就被刘三姐犀利的山歌压倒了。刘三姐见他们这副狼狈相，用歌声讽刺：

风打桃树桃花谢，雨打李树李花落，
棒打烂锣锣更破，花谢锣破怎唱歌？

唱得三个秀才瞠目结舌，只好上船逃走。从此，刘三姐的声誉更高了，来向她学歌、请她去传歌的人更多了。

莫海仁一计未成又生一计。他派遣两个打手，乘夜深人静，将刘三姐捆绑起来，放入猪笼，丢下河去。等到乡亲们闻讯赶到，把刘三姐打捞起来，已经救不活了。那天正是中秋节，大家用传统的葬礼，把刘三姐遗体洗净，打扮得像她生前那样漂亮，埋在柳江边，坟前供祭着两条大鲤鱼，大家含悲唱歌悼念她。忽然间，坟墓裂开，只见复活了的刘三姐闪跳出来，骑在一条鲤鱼背上，跃然而起，飞升上天去了。另一条鲤鱼来不及起飞，就化成了屹立江边的鱼峰山。

后来，人们为了纪念刘三姐，每当中秋之夜，四乡歌手都云集在鱼峰山下举行一年一度的山歌盛会。这样代代相传，八月十五便成了壮族人民的传统歌节。

何首乌

早年间，嵩山玉女峰下住着一户何姓人家，家中只有母子两人，孩子名叫守虎，从小就特别懂事，还酷爱读书。

守虎十九岁那年，经过岁考，中了秀才。乡亲们非常高兴，就劝他说："守虎！再加把劲，中个举人吧。"守虎自己也非常想再读点书，于是，他就又发愤地学习起来。乡亲们经常资助他们母子俩，这个送吃的，那个送穿的，还有些年轻人帮着他们家种田，大家都盼着守虎能够魁名高中。

守虎受到众人的鼓励，整整三百日没有出门。过完年，他到府城去参加乡试。一考，果然中了解元。

当时的知府大人正想为闺女选个女婿，就托人向守虎提亲。守虎一家都非常高兴——这是双喜临门啊。

没过几日，知府就置办了酒席，让守虎和他女儿成亲。

知府第一眼看到何守虎时，兴头马上扫去一半。原来，守虎多年苦读，变得满脸皱纹，面色蜡黄，看上去倒像个四十多岁的人。这样相貌的人做知府的女婿，知府觉得实在是不配！但事已至此，也只得将就了，至少守虎是个新举人啊。

酒席宴上，内外来宾、州县官员都来给新郎敬酒。何守虎自小家穷，哪经过这种场面？几杯酒下肚，他便满头大汗。他习惯地把帽子一摘，竟然露出一头白发。客人们一看悄悄地说："啊……这知府的新女婿怎么是个老头啊？"知府见了，以为守虎骗了他，顿时怒火中烧，当众说："这个老头隐瞒年龄，欺上瞒下，给我把他赶出府去！"何守虎立即被赶出门外。

何守虎平时一心读书，有时候脸都顾不上洗，哪有空闲照镜子。现在，他借个铜镜一看，自己也吓了一跳，满头白发如霜，瘦得只剩下两只大眼了。他心里无限悲凉，心想：不如开荒务农吧。

第二天，守虎就拿起锄头，上嵩山垦地去了。

他来到青童峰背面，挖呀挖呀，天天不断，一鼓作气，开垦出了不少山地。

有一天，他干活干得又饥又渴又累。正在这时，他见草丛中长着一棵长秧的藤蔓，叶的形状像人心，茎上开满了绿白色小花，长势挺旺。他举起锄头，用力朝根部刨了几下，细长的根端结着一块东西。他摘下来，拿到水边洗去泥土，剥去棕黑色外皮，一看，里边是淡红色的，还呈现有云彩状花纹。咬一口，甜丝丝的，末尾有点苦涩味。何守虎正饥渴着呢，就大口地吃了起来，吃了以后，觉得浑身舒坦！

从此，只要他感到饥渴时，就刨下一两块这种黑东西吃吃。吃的时间长了，他觉着胳膊腿粗了，身体胖了，浑身有劲了。就这样，有时吃生的，有时吃熟的，他在山上吃了一百多天。

这时，已经是秋天了，他收了庄稼，带着粮食下山去了。

回到家里，他娘不认识他了。他变胖啦，变年轻啦，脸上没皱纹啦，最奇怪的是，头上的白发变黑啦！

何守虎拿镜子一瞧，镜子里那个年轻人，满头乌发，相貌堂堂，气色可好啦。

亲戚朋友上门来，看到何守虎像变了个人，以为他有天神相助。于是大家劝他说："守虎，你已中了举人，再进京去考，说不定还能中个状元呢！"

何守虎听了大家的话，就又温习起书来。第二年开春，他进京去赶考，到朝廷太和殿进行殿试，居然得了个第三名探花。

去年选女婿的那个府官,这时候升迁到朝廷来当御史。他见新选探花发黑如漆,眉清目秀,心里很欣赏。仔细一端详,觉得他很像去年那个被他赶出门的女婿何守虎,不禁连声追问。何守虎不计前嫌,就把开荒吃黑色植物的事,前前后后讲述一遍。宴席上,内外宾客听了以后,人人称奇,拍手喝彩。

从此,凡青年中有得白发病的,都到嵩山上刨那种植物吃。

这种药材原先没有名字,因为是何守虎发现的,于是,大家就称这种药叫"何守虎"。后来,何守虎成了朝廷的谏议大夫,为了避讳,就把这种药改名为"何首乌"。

桃园三结义

涿县城里有一条大街叫忠义庙街。相传,当年张飞就在这条街上卖肉。他把肉系在门前一口井里,用千斤石板盖上,井旁竖起一块牌子,上面写着:"谁能举起石,割肉白吃。"

有一天,关羽赶着小毛驴驮绿豆走到张飞肉铺门口,见了那牌子上写的字,心想:"好大的口气呀!"他上前用手轻轻地一掀,没费吹灰之力就掀起了千斤石,从井里拎出半爿猪肉来搭在小毛驴背上,一声没吭,就赶着小毛驴赶集去了。张飞回来后,他老婆把这事一五一十地对他说了。他一听就火了,立刻追到集上,要找人家算账。

张飞是个粗中有细的人。他想自己有言在先,牌子上写得明白,这回和人家争执占不住理;又一想,这次要不声不响,以后他总来白吃肉那还得了啊!于是,他想了另外一个办法来报复。他来到关羽的粮食摊上问:"你这绿豆干不干?"

关羽说:"干!干得很!"

"我用手捻捻(niǎn)试试行吗?"

"行!"

张飞抓起一把绿豆来,用大拇指一捻,绿豆成面了。他又抓起一把绿豆来捻,绿豆又成面了。他捻了一把又一把,没过多久,把关羽的半口袋绿豆给捻碎了七八升。关羽认得他是张飞,知道他是不服气,故意来找茬儿,就说:"老乡!你要买绿豆,买回去再捻成面儿好不好? 在这里你都给我捻成面,我还怎么卖!"

"你不是让捻吗?"

"谁让你都给捻了?"

两人说崩了,挽起袖子,拳打脚踢扭在一块。人们上前去拉,但谁也拉不开。这时候,恰巧刘备赶集卖草鞋走到这里,他见两条大汉大打出手,却不见一个人敢上前去拉架,就想上去劝解。别人见他弱不禁风的样儿,劝他不要去。刘备不听,上去两手往两边一拨拉,就把他俩给分开了,一手支住一个。关羽、张飞两人干跺脚,谁也摸不着谁。这就是人们常说的"一龙分二虎"。

张飞和关羽经过一番厮打,互相都佩服对方的力气,又经过刘备从中调停,两人竟成了好朋友。于是,三人在桃园拜盟结义。结义完了,下来就是排行次了。一般的拜盟兄弟当然是按年龄排行次,可是,张飞年龄最小,他不同意这样排行次。他说:"咱们排行理应比力气,谁力气大谁是大哥。"关羽说:"刘备一下把咱俩分开了,数他力气大,应该是大哥。咱俩不相上下,谁做老二老三都行,还比什么?"

张飞不吭声。刘备说:"这样不行,就斗智吧!"

张飞连声说:"好,好!"

刘备说:"咱们比谁能把鸡毛扔到房顶上去。谁一扔就上去了,谁就是大哥。好不好?"

三人都同意了。张飞性急,抓来一只鸡,拔下根鸡毛就使劲往房上扔,连扔几次都没扔上去。关羽也拔了根鸡毛使劲地往上扔,也没扔上去。轮到刘备了,他不紧不慢地拎起那只鸡,轻轻一抡就把整只鸡扔到房顶上去了。

张飞说:"你扔鸡不算!"

刘备说:"我总算把鸡毛扔上去了!"

张飞光哼哼,无言以对,只好认输。

刘备当了大哥,那么谁是老二谁是老三呢?刘备说:"张飞扔得最早,扔的次数最多,可是都没成功,按道理应该排老三,关羽排老二。"

张飞无话可说,哈哈哈地笑着说:"我认输,认输。"

张飞数芝麻

三国时,刘备手下有一员猛将名叫张飞,他打起仗来很勇猛,但脾气暴躁,说话办事粗心大意,缺少计谋。

对他的这些缺点,刘备也毫无办法。

刘备的军师诸葛亮是个有心人,他很想把张飞这个缺点改过来,使他成为有勇有谋的大将军。他把自己的想法告诉了刘备,刘备当然高兴。

刘备便问诸葛亮:"先生有什么妙计,能把三弟的脾气改过来呢?"

诸葛亮说:"我打算派张飞去把守荆州西面的大门秭(zǐ)归,你看如何?"

刘备把手直摆:"哎呀,这可不行,你知道三弟性烈如火,脾气太坏,让他独当一面,万万不可啊!"

诸葛亮心里早有安排,他笑了笑,把手中的鹅毛扇摇了两下,对刘备说:"主公放心吧,我会有办法让三将军改改脾气的。"

刘备很信任诸葛亮,就点头同意了。

张飞因在博望坡一战中不服从命令,被诸葛亮处分之后,一直被闲置,心情不好,听到诸葛亮让他去守秭归,心里很高兴,就乐呵呵地当即表示:"遵命!"

"慢"! 诸葛亮又摇了摇鹅毛扇,对张飞说道,"不过,我要求你上任前必须替我办好一件事。"

"行,请先生吩咐!"张飞张口就答应。

诸葛亮一招手:"来人。"只见一个兵士端出一大升芝麻来,弄得张飞莫名其妙。

诸葛亮对张飞看也不看,很认真地对他说:"这芝麻的多少,就是秭归城老百姓和兵马的人数,限你今夜数清。"

诸葛亮说到这里把头一抬,对张飞严肃地说道:"明日一早你当面数给我看,要不然,秭归城你不能守,三个月内也不许你跨马杀敌!"

张飞听到诸葛亮这一番交代和要求,急得直咬牙:"这、这……"却又不敢争辩,只好硬着头皮把一升芝麻带回营房去了。

急归急,张飞更怕三个月不让杀敌的惩罚,那滋味更难受呢。他只好忍气吞声地关上营门,数起芝麻来。

张飞一双大手平时只会摆弄长矛,粗而硬的手指头老半天也拈不起一粒芝麻来。他急得直冒火,便把手指头伸到嘴里沾唾沫。沾上唾沫的手指头,一碰上芝麻就粘上好多粒,不但数不清,而且还掉不下来。张飞气得直嚷:"诸葛亮,你

全阅读课本

害得我好苦哇！"

但没有办法，张飞只得边骂边数。好久好久，他才数出了一小酒盅芝麻。这时，军营已打二更鼓了。

一听二更鼓，张飞急得像热锅上的蚂蚁，火气直冒头顶，便气呼呼地大吼一声：

"给我拿酒来！"

"是！"张飞的兵士立即答应。这个兵士是诸葛亮为张飞精心挑选的有心人，他端来了一坛酒和一个小茶杯。

他见张飞咕噜噜喝了三杯酒之后，气消了一些，便说开了：

"三将军，不用急，心急吃不了热馒头。慢慢地数，一定能数清。"

张飞听了兵士的话，把眼一瞪，问道："慢慢数，要数到哪一天啊？"

"天下无难事嘛！只要用心去做，就没有做不成的。想一想，有什么法子能数得快一些？"

张飞脑子顿了一下，手里的杯子便"吧嗒"一声掉到芝麻上，一下子装了半杯芝麻。粗心的张飞此时脑子开了窍："俺用杯子装芝麻，先把杯里的芝麻数清，再用空杯子去量一升芝麻，不就……"

说罢，他就用杯子舀了平平一杯芝麻数起来。

不一会，他感到一杯芝麻也数得头昏脑涨了。突然，他眼睛一亮，看到原来的小酒盅，不由得大腿一拍："有了，我何不用酒盅来量芝麻，先用酒盅量杯里的芝麻，再用杯子来量一升芝麻呢！"

就这样，脑子开了窍的张飞不到一个时辰，在三更之前就把一升芝麻数清啦！

第二天一清早，他便大摇大摆地在诸葛亮面前，把一升芝麻按这个法儿数了一遍。

诸葛亮笑道："想不到三将军粗中有细、有勇有谋呢，这个数字虽然不准，但也八九不离十了！以后遇到麻烦事能多想想办法，我看将军完全可以对付的。"

后来，张飞在镇守秭归时，处处细心，很有功劳。当人们夸奖他时，张飞就想到诸葛亮让他去数芝麻的一片苦心，很是感激诸葛亮哩！

抬着毛驴赶路

很久以前,有一家父子俩要出远门。家里没有车,只有一头毛驴,父子俩便赶着毛驴上路了。

当他们路过第一个村庄时,父亲骑在驴上,儿子牵着驴走。村子里的人议论说:"瞧这爷俩,老子骑着驴,让儿子在地上走,真是个狠心的爹呀。"父亲听见人们的议论低下了头。出村后,父亲下来牵着驴,让儿子骑在驴上。

当他们路过第二个村庄时,村里人看着他们又议论上了:"瞧这爷俩,儿子骑在驴上,倒让父亲为他牵驴。这儿子真不知道孝顺老人。"儿子听了非常难受,出村后赶快下了驴,同父亲一起牵着驴走。

当他们走到第三个村庄时,村里人都嘲笑他们:"这一对笨蛋,有驴不骑牵着走,真傻透了。"父子俩一想:对呀,驴是骑的,怎么能牵着走呢?出村后,父子俩商量了一下:既然一个人骑驴一个人步行受人指责,干脆咱们爷儿俩都骑上吧。于是父子俩都骑在驴上,把小毛驴累得满身是汗。

当他们路过第四个村庄时,村里人指责他们:"你们真不懂得爱惜牲口,父子俩都骑在驴上,瞧那毛驴都快累塌了架子。"父子俩一想:也是呀,一头小毛驴怎么能驮得动两个人呢?出了村,他们都下来了,但他们不知该怎么办了:一个人骑不行,两个人骑不行,两个人不骑也不行,怎么办呢?想啊想啊,父亲开口了:"咱们抬着毛驴走吧。"儿子一听,觉得是个好办法。父子俩把毛驴放倒,用绳子把毛驴的四条腿捆上,找了根小树干当扁担,一前一后抬了起来。

当他们路过第五个村庄时,村里的人都跑出来看他们,指着他们大声讥笑:"这两人真比驴还蠢,天底下没有比这更笨的人了。"父子俩低着头,一言不发地匆匆穿过村子。他们累得满身大汗,气喘吁吁,出了村不远,他们再也走不动了,"咕咚"一声,把驴扔在地上。这回父子俩真发愁了,一头驴骑着不行,牵着不行,抬着也不行。放了它吧,又有点舍不得,宰了它吧,又下不了手。怎么办呢,父子俩实在想不出什么好办法了。

前边还有好几个村庄,父子俩和一头毛驴到底该怎么过去才不受人笑话或议论呢?这真把他俩难住了。

神笔唐伯虎

唐伯虎是个有名的才子，也是个大画家。大家都说，他画的牡丹能开花，他画的小鸟会唱歌，真是神了！

唐伯虎的画这么有名，上门求画的人也越来越多。有个有钱人，虽然不懂画画儿，但也想要一幅，就天天跟在唐伯虎后面，唐先生长、唐先生短的，想讨幅画。唐伯虎给他缠得不耐烦，就给他画了一幅。

有钱人喜滋滋地带回去一看，傻了——画上只有一枝竹子、一轮月亮，哪有什么开花的牡丹、唱歌的小鸟？他觉得唐伯虎在糊弄他，气得画儿也不挂了，卷起来随手扔到一边儿。

过了许多年，这个有钱人死了，他的儿子只会吃喝玩乐，从不干活，家里越来越穷，能当的当了，能卖的卖了，穷得叮当响。

有一天，他正愁得没法呢。他的妻子在柜子里翻来翻去，找到一张旧画，一看，正是唐伯虎画的，催他赶快把画儿拿到店里去卖了。

店老板打开画儿，看到唐伯虎的题字，眼睛一亮，不动声色地问他："你想卖多少钱？"

这个儿子和他爹一样，对画儿是个外行，一瞧，一枝竹子、一轮月亮能值几个钱？想了半天，斗胆要了二两银子。谁知，店老板一口就答应了。

很多人知道了这件事，都好奇地跑来看：不就是竹子、月亮嘛，左看右看，觉得一两银子都不值，便交头接耳，议论纷纷。店老板笑着说："今天是十五，大家到三十再来吧。"

到了月底三十日，这些人又跑来了。老板不慌不忙地把画儿打开，大声说："请看！"这一看，可奇怪了，画上只有竹子，不见了月亮。大家你看看我，我看看你，更不明白了。

只听店老板笑道："这个月亮可不一般，它和天上的月亮一样会变，那天是十五，月亮是圆的，今天是三十，月亮就没有了，这就是唐伯虎的神笔啊！"

这一来，大家才恍然大悟。唐伯虎的画儿果然是神了，只有行家才能一眼就看出它是个无价之宝！

祝枝山写联骂财主

　　祝枝山是明代书画家。有一年除夕，一个姓钱的财主请祝枝山写春联。祝枝山想：这个钱财主平日搜刮乡里，欺压百姓，今日既然找上门来，何不借机奚落他一番？于是，他吩咐书童在钱财主的大门两旁贴好纸张，挥笔写下了这样一副对联：

明日逢春好不晦气

来年倒运少有余财

　　过往的人们看到这副对联，都这样念道：

明日逢春，好不晦气

来年倒运，少有余财

　　钱财主听了气急败坏，知道是祝枝山在故意辱骂他，于是到县衙告状，说祝枝山用对联辱骂良民，要求老爷为他做主处置。另外，钱财主还暗中给县老爷送了些金银财物。当下，县令便派人传来祝枝山，质问道："祝先生，你为何用对联辱骂钱老板？"

　　祝枝山笑着回答说："大人差矣！我是读书人，无权无势，岂敢用对联骂人？学生写的全是吉庆之词嘛！"于是，他拿出对联当场念给众人听：

明日逢春好，不晦气

来年倒运少，有余财

　　县令和财主听后，目瞪口呆，无言对答。好半天，县老爷才如梦初醒，呵斥钱财主道："只怪你才疏学浅，把如此绝妙吉庆之词当成辱骂之言，还不快给祝先生赔罪？"

　　钱财主无奈，只好连连道歉。祝枝山哈哈大笑，告别县令，扬长而去。

苏小妹招婚

宋朝词人秦观，字少游，才华过人，为苏门四学士之一。他听说苏东坡之妹苏小妹不但相貌端秀，而且工诗善词，久有爱慕之心。一日，闻苏小妹要到庙中进香，便扮作游方道人，欲亲自相看，以试其才。待小妹到来之时，少游双手合十道：

小姐有福有寿，愿发慈悲。

苏小妹见是化缘的道士，便应道：

道人何德何能，敢求布施？

少游再施一礼道：

愿小姐身如药树，百病不生。

小妹随口就答：

随道人口吐莲花，半文无舍。

秦少游心下欢喜，又上前道：

小娘子一天欢喜，如何撒手宝山？

苏小妹有些不耐，便含嗔应道：

疯道人恁地贪痴，哪得随身金穴！

秦少游见苏小妹果真是名不虚传，便去苏家求婚。苏洵让每个求婚者写一篇文章，交女儿批阅。苏小妹在少游的文章上批道："不与三苏同时，当是横行一世。"苏洵便将苏小妹许给了秦少游。

成婚那天，小妹发现秦少游原来是"疯道人"，便有意相难。开始两题都没有

难倒秦少游,小妹便出一联让少游足对:

双手推开窗前月

少游怕对得平淡不能显示自己的高才,便坐在池塘边苦苦思索。直到三更,苏东坡出来打探妹夫消息,见少游在池塘边不住喃喃念着"双手推开窗前月",知是小妹发难,便悄悄拾起石子朝水池中投去。秦少游忽听"咚"的一声,见池中月影散乱,遂受启发,连忙对出下联:

一石击破水中天

这时,洞房门也"吱呀"一声开了。

阿凡提和国王
（维吾尔族）

在严寒的冬天,一日,京城内敲锣打鼓,宫廷里的传令官向人们吆喝着:"大家听着!国王陛下的圣旨传下来了:谁如果今晚上能赤着身子在城墙上坐一夜的话,那他就将得到国王的公主和一半江山……"

阿凡提听到这个消息,心想:我不妨试一下,捉弄捉弄这个想捉弄百姓的国王。于是,阿凡提走到宫里,对国王说:"最尊贵的人,我愿意在城墙上过夜。"

国王听了阿凡提的话,很感惊奇,便对手下人说:"你们把他的衣服脱光,让他上去,他一定会冻死的。哼,愚蠢的家伙!"

阿凡提说:"陛下,请你的仆人在城墙上放一块石头吧!"

国王说:"傻瓜,你要石头干什么啊?"

阿凡提说:"这是我的秘密,没有石头的话,我是不上去的。"国王答应了他的要求。

仆人们遵照国王的意思,脱去了阿凡提的衣服,让他爬到城墙顶上,同时送上去一块很大的石头。然后,仆人们便拿掉了梯子。他们想:"天气这么冷,他一定会被冻死的!"

这一夜,天气特别寒冷,可阿凡提却有办法御寒。他并不在一个地方蹲着,而是把那块石头,一会儿推过去,一会儿滚过来。就这样,他度过了一个严寒的夜晚。

第二天早晨,当国王和他的大臣们来到城下的时候,只听阿凡提不停地喊道:"哎呀,好热,真是热极了呀!"仆人们把衣服递给他,阿凡提穿上衣服走下城墙,对国王说:"尊贵的陛下,我赤着身子度过了一个严寒的夜晚。你现在应该遵守诺言,把你的女儿和一半江山给我了。"

国王哪有这份真心呢,他不过想开开心,才想出了这个把戏。谁知,阿凡提却没有被冻死。国王被问得无话可答,半晌,才又狡猾地问道:"喂! 阿凡提,你晚上看见月亮了没有?"

阿凡提说:"是的,我看见了月亮。"

国王把脸一变,厉声地吼道:"唔,原来你违背了我的条件,是借着月亮的光暖和你的。来人呀,给我把这个骗子赶出去!"就这样,阿凡提被赶走了。

阿凡提满腔怒火,觉得在城里再也待不下去了,便搬到荒野,在一口井的旁边住了下来。

在一个炎热的夏天,国王和他的大臣们整整在荒野打了一天猎,只觉口渴得要命。为了找到一口水,便在荒野里乱跑着。这时,国王忽然发现了一户人家,便跑上前去,厉声喊道:"喂,房主人在哪儿? 快出来接待客人!"

阿凡提走出来说:"公正的陛下,在我的家里,你需要什么,就尽管说吧。"

国王怒喝道:"水! 快要把我渴死了。"

阿凡提说:"唔,要水啊,那我就去提来。"

阿凡提向井边走去,他没有打水,却把水桶上的绳子解下来,埋在沙土里,自己坐在井边。

半晌,国王等得着急了,就命他的随从去找阿凡提。很快,那人就回来了,对国王说:"国王陛下,阿凡提说:'让你们这群傻瓜,自己到井边来。'你听这算什么话呀!"

国王怒骂了一句:"混蛋!"只好带着随从一起奔井边而来。国王一见阿凡提,便怒气冲冲地说:"蠢货,你给我打的水在哪儿?"

这时,阿凡提不慌不忙地用手指着井口道:"聪明的陛下,你往井里看。"国王不解地看了看井里的水,大吼道:"傻瓜,水的闪光怎么能使我解渴呢?"

阿凡提看着他那副凶狠、愚蠢的样儿,不觉失笑道:"唉,陛下,在寒冷的晚上，月亮的光既然能给我暖和，那为什么水的闪光，就不能使你解渴呢?"国王被问得目瞪口呆，一句话也说不出来。

神奇的聚宝缸

古时候，有一个孤身的老爷爷姓王，家里很穷，为了活命，他得每天上山挖地种庄稼。

那地是一块很硬很硬的山坡地。

一天早上，他又上山去挖地了。因为很久没下雨，地都干裂了，特别难挖。他使出浑身的力气，挖呀，挖呀，累得腰酸背痛，满头大汗，眼睛也睁不开了。

他躺在坡地上，闭眼歇了一会，便打起瞌睡来。不一会，他好像看到一只小白兔走到面前，对他说："老爷爷，我给你送粮食来啦!"

他高兴地睁开眼，却啥也没有，只见刚刚挖下去的土坑，又被一大块土疙瘩填满了。

他好生奇怪，就抢起锄头，对准这块土疙瘩挖去。

"通"的一声，露出一口小水缸来。

王老汉可高兴了，家里穷得连装米的东西都没有，这回可有了。

他干到天黑，便背起小水缸回家，把家里仅剩下的一小碗米倒了进去。

做晚饭时，他刚刚舀出一碗米，小缸里就又冒出一碗来;他再舀，就又冒出一碗:总共舀出了十碗米。王老汉十分惊奇。

王老汉又把一棵青菜放进缸里，一连从缸里拿出了十棵青菜。

这回，他明白了:他拾到的小缸原来是只聚宝缸。

这事让村里的大财主知道了。大财主想花大价钱买宝缸，王老汉不同意。

这可把财主惹火了，就找了一帮子坏蛋来抢。

王老汉气坏了，他举起聚宝缸，说："你要抢，我就把它砸了，反正不会给你。"

老财主傻了眼，只好带着那帮坏蛋溜啦! 但是，他并没死心，想来想去，想出一个"恶人先告状"的坏主意。他跑到县官那里说:

"报告老爷，我家祖上传下来的聚宝缸被西村王老汉给偷走了，请大人做主。"

县太爷忙派人把王老汉连同那口聚宝缸带进了县衙。

原来，县太爷听到"聚宝缸"三个字，心里也打起了小算盘：要是把一个金元宝投进缸里，不一会就能拿出十个金元宝，那该有多妙哇！

他装出很严肃的样子问王老汉：

"这缸你是怎么弄到的？"

王老汉一五一十地告诉了他。

老财主急得在一边大喊大叫，说王老汉是从他家偷走的。

县太爷猛地一拍桌子，大声吼道：

"住嘴！这聚宝缸原来是我家的，我们已经找了好多年了，难道你们想赖去不成？还不给我快滚！来人哪！把这两个刁民给我轰了出去！"

就这样，财主和王老汉都被赶出来了。

县太爷叫人把聚宝缸抬到家中。他爸爸听说有这样的事，就拿出金元宝来试验。

县太爷急于大显身手，忙说："爸爸，我来试给你看。"

"去去去，我亲自来。"他爸爸把县太爷一推，没想到用力过猛，"啪嗒"一声，自己却跌坐到聚宝缸中，县太爷赶忙拉他出来，谁知，拉出一个爸爸，缸里就又出现一个爸爸，一共拉出了十个爸爸。

县太爷这回可慌了，他急得直跺脚："你们谁是我的真爸爸呀？"

十个老头子都直着脖子叫唤："我是，我是。"随后，他们便互相吵开了，吵着吵着，十个老头子又打起来了，十个人满屋团团转。忽听"砰"的一声，聚宝缸被他们打碎了。顿时，十个老头子都不见了。

县太爷眼一直，一头栽倒在破缸上。

大阿福

传说很久很久以前，无锡惠山、太湖一带有四个妖怪，它们是毒龙、恶虎、刁马和臭鼋(yuán)。这四个坏东西经常危害庄稼，伤害百姓。有一次，它们比赛吃人，结果恶虎得胜，被拜为大王。因为这是只雌老虎，大家就叫它母大王。

四妖横行，闹得太湖、无锡一带"天无三日晴，地无三刻宁"，老百姓的日子实在过不下去了。大伙扶老携幼，逃往外地，一路唱着：

"龙、马毒，虎、鼋恶，满山遍野是白骨；大人愁，小人哭，家无藏粮田无谷。"

就在这时，一个胖墩墩、笑吟吟、圆头大脸的小女孩拦住了大伙，说："乡亲们，不要走，我去把四妖除掉！"

大伙认得她叫大阿福。只见她提着棍，挟着枪，拿着刀，真的像是去除四妖的。大伙都担心地问："阿福哇，你小小年纪，怎么打得过它们哪？"

大阿福坚定地说："你们等着，我非除掉它们不可！"大伙被感动了。一位老伯说："我这里有一把宝剑，也许可以助你一臂之力。"大阿福接过宝剑，谢过老伯和众乡亲，直奔密林中去了。

大阿福在密林里找了三天三夜，终于在太湖边找到了四妖。四妖中的毒龙首先发现了大阿福。它肚子正饿得咕咕叫，于是四脚一腾，蹿了过来。

大阿福将计就计，决定来个各个击破，回身就往北逃。

毒龙哪里肯放过这顿美餐，一直追了下去。追追追，逃逃逃。突然，大阿福猛一转身，一枪直刺毒龙的喉咙。毒龙躲闪不及，被刺中喉咙口。

但毒龙真毒，只见它伸出龙爪，一把向大阿福背上抓去，连衣服带皮肉，抓下了三寸多。大阿福忍住痛，又一枪刺去，终于将毒龙刺死在山脚下。毒龙变成了一座山，人称龙山；喉咙口的那个枪洞变成了一口井，就是现在的天下第二泉。

再说毒龙死后，刁马又猛地扑了过来。大阿福手起棍落，只听"啪"的一声巨响，棍子重重地打在马背上。刁马果然刁，它忍着痛，就势装死，倒在地上。大阿福正想往前走，刁马忽地蹿上来，对准大阿福的腰狠狠一蹄子踢来。

大阿福猛地一闪，被踢到屁股上。她的裤子被踢破了，屁股上鲜血淋淋。但她一声不吭，又举起棍子狠狠打向刁马。刁马狂叫一声，惨败而逃，最后在太湖滩断了气，变成了一座马山。据说那山腰有个坳，就是挨着棍子的地方。

二怪死后，臭鼋吓得拼命逃，四只脚爬得鲜血直流，还是不敢停下来，一直逃到太湖边。臭鼋正要下湖，只见一道白光从天而降，原来是大阿福的大刀向它砍来。

臭鼋头一缩，留下一个大硬壳。大阿福哈哈大笑，收了大刀，对准鼋背就是狠狠一棍，打得鼋背四裂，鼋头直伸。大阿福又手起刀落，将臭鼋的头砍了下来，变成了一个渚。这就是现在的鼋头渚。渚头上有些黑色的石块，据说是臭鼋的污血染成的。

这时，大阿福刀钝枪弯棍断，人也筋疲力尽。她正想坐在太湖边喘喘气，修修武器，只听耳边呼呼一阵大风，母大王一个饿虎下山，猛扑过来。大阿福怒吼一声，湖水滚滚；再吼一声，地裂山崩。她手执老伯所赠的宝剑，和母大王斗得天昏地暗,日月无光,直斗到第三天天亮。

此时的大阿福已经成了一个血人,但她想到乡亲们,又鼓足勇气,举剑直刺虎眼。可是恶虎真恶,它瞎了一只眼,仍不顾死活地扑向大阿福。大阿福猛一跳,恶虎扑了个空。它趁势用尾巴一扫,把大阿福扫倒在地。

恶虎正要再扑过来,在这紧要关头,大阿福咬紧牙关,一个鲤鱼打挺,宝剑直刺恶虎腹部。由于用力过猛,宝剑穿过恶虎的肚、肠、肺、心,直到脊背,最后嵌在那里拔不出来了。恶虎惨叫一声,带着宝剑向东南方向逃去,最后在苏州城外一命呜呼,变成一座虎山。这就是现在的虎丘山。那把宝剑落在山腰,成了现在虎丘山上的剑池。

英勇的大阿福因伤势太重,流血过多,也含笑离开了人世。当乡亲们找到她时,她还是胖墩墩、笑吟吟地坐在太湖边,和活着时一模一样。后来,乡亲们为纪念她,照着她生前的样子,用家乡的惠山黄泥捏了"大阿福"泥像,供在堂前和房中。如此代代相传,一直传到现在。

七兄弟

古时候,在高山下面是一片汪洋大海,大海旁边有一个村庄。村庄里有一个老汉,他有七个儿子。七个儿子长得又高又大,又粗又壮。老大叫大壮实,老二叫二刮风,老三叫三铁汉,老四叫不怕热,老五叫五长腿,老六叫六大脚,老七叫七大口。

有一天,老汉对七个儿子说道:"咱们庄西是高山,咱们庄东是大海,出门太不方便了,你们把它搬远一点吧。"

七个儿子答应着出去了。过了一会,老汉走出去一看,海也望不到了,山也不见影啦,四周尽是一马平川的土地。

老汉又对七个儿子说道:"这么样的好土地,哪能叫它闲着。你们在这上面种上些五谷杂粮吧。"

七个儿子答应着,就动手耕种去了。

过了些日子,那一马平川的土地上,长满了一眼望不到边的庄稼,快熟的麦穗沉甸甸,到腰高的谷子金闪闪。老汉和七个儿子都很欢喜。

可是，谁知道好事引了灾祸来。京城里的皇帝也知道了这个好地方，就派大臣拿着圣旨来催皇粮。

老汉不觉叹了一口气，对儿子说道："孩子，咱们不用再打算过好日子了，皇帝的贪心是个填不满的枯井呀！要是服从了他，那就要给他当一辈子牛马。"

七兄弟听了老汉的话，自然是都很生气，一齐说道："爹，不用怕，我们弟兄七个进京去和皇帝讲理。"

七兄弟还没走到京城，把门的大将军老远就望到他们了，吓得连忙关紧城门，上了铁杠，锁上一把大锁，爬到城门楼上躲了起来。

七兄弟到了城门跟前，老大大壮实喊道："开门呀，我们弟兄七个是进京来跟皇帝讲理的。"

大将军躲在城门楼里，仰着脸哆哆嗦嗦地说道："庄户人怎么能跟皇帝讲理！"

大壮实一听火了，伸手一推，只听哗啦啦的一声，城门和城楼子一齐推倒了，尘土飞扬，砖石乱滚，大将军也被砸死了。

七兄弟又往里走，到了午朝门外，午朝门关得严丝合缝的。老二二刮风说："大哥，你先歇歇，我去叫门。"他提起嗓子大声地喊道：

"开门呀，我们弟兄七个要进去跟皇帝讲理！"

二刮风叫了好几声也没人答应，不觉一阵生气，一口气喷出来，真好似刮起大风，午朝门和门两旁那盘龙的石柱连摇晃也没摇晃，一下子就被吹倒了。

满朝的文官武将都吓慌了，谁也不敢上前阻挡。弟兄七个到了金銮殿前，老三三铁汉说道："二哥，你先歇一会，我去跟皇帝讲理！"

三铁汉向前一走，皇帝早吓得脸皮干黄，慌忙叫道："庄户人怎能和我皇帝理论。快些推出去斩首！"

三铁汉听了，笑了一声说："先给你个胳膊试试看！"

他把胳膊朝一个武将伸去，正碰在他那把明晃晃的刀刃上，只听"砰"的一声，火星乱冒，刀就四分五裂地碎了。

皇帝吓得从龙座上滚了下来。好几个大臣好不容易才把他架回了后宫。

皇帝见杀不了七兄弟，就连声吩咐点火去烧。

一霎时的工夫，许多火球冒着浓烟，滚到了七兄弟的眼前。老四不怕热说道："你们先到后面歇一歇，这次由我来招架。"他一脚踏着一个火球，冷笑了一声说道："我还冷，这点火是太小了。"

皇帝又吩咐千万兵将，一齐去把七兄弟推到海里淹死。

五长腿听了，说道："不用费那些事啦，我正想着洗个澡呢。"他只几步就迈进了大海。蓝光光的海水，只没到了他的膝盖。他摇摇头说道："这太浅了，没法洗澡啦，但既然已经下来，还是摸点鱼吃吧。"

他弯下腰去，两只手就不停地往海岸上扔鱼，黑鱼、白鱼，一丈长的、十丈长的、一百丈长的大鱼也叫他弄上来了，眼看着岸上的鱼就堆得像小山一样了。

兄弟们一等也不见老五回来，二等也不见老五回来，老六六大脚说道："我去把他叫回来。"他一脚就踏到了大海边，冲着五长腿说道："五哥，正事还没说完，你怎么摸起鱼来了？"

六大脚话还没说完，七大口赶来，不耐烦地说："皇帝怎么能讲理！讲理他就不当皇帝了。"

他连和兄弟们商议也没商议，就一口把大海里的水喝干了。他回过头来，又一张嘴，海水从他口里一股劲地喷了出来。海水向皇宫冲去，冲倒了层层高墙，把皇帝和文官武将都淹死了。

爪哇国

从前，有一个爪哇国。这爪哇国地处偏远，交通闭塞，过着自给自足的原始的半部落式生活。国王愚昧荒诞，对臣民十分暴戾。臣民们敢怒不敢言，只有俯首称臣的份，唯命是从。

这爪哇国由于自然条件恶劣，人的生命十分有限，一般人活到五十岁就十分不容易了。国王认为活得长了就没什么用了，就成了老祸害了。因此，他规定到了六十岁不死就要被活埋。许多老人承受不了这一规定的压力，不到六十就死去了。

朝里有位大臣叫吴晓顺，今年父亲已六十有二。两年前，为了不让父亲被活埋，他颇动了一番脑子，为父亲修了个活人墓，让他在活人墓里生活，一日三餐按时送饭伺候着，颐养天年。

一日下午，吴晓顺给父亲送来饭菜后对他说："爹，我以后可能不能再亲自来给您老送饭了，就由志华来给您送吧！"志华是晓顺的儿子，已十几岁了，很懂事的，也深得爷爷的喜爱。"怎么，这就伺候够了？"老爹一脸的茫然。"不，不是。"

晓顺赶紧向父亲解释。

　　原来，这国王昨日夜间做了一个梦，梦见一只大公鸡产下了一个金黄蛋，一头老公牛生下了一头小牛犊。今日上朝，他让大臣们给他破解。大臣们面面相觑，无法回答。为此，国王大发雷霆，拂袖而去。一会儿，太监出来放话，限明儿早朝破解。否则，国法从事。这国法从事，大家都很明白，就是杀头的意思。以前，就是因为别的事情，有好几位大臣都先后被国法从事了。听了儿子这么一说，父亲道："这样吧，明天你就在家躺着，就让我的乖孙子替你上朝吧！"晓顺不明白，父亲又如此这般的跟他说了一通。晓顺惴惴不安地回家去了。

　　第二天早晨，晓顺没有起床，派儿子志华替他早朝去了。国王问道："晓顺怎么没来？"志华向前一步道："家父今天不能来了，现正在家里生小孩呢！"国王听了哈哈大笑，大臣们也都跟着笑了起来，暂时缓和了朝上紧张的气氛。"胡说八道，哪有男人生小孩的？"国王道。"家父说公鸡都能下金黄蛋，公牛都能生小牛犊，他为什么不能生小孩？"国王笑得前仰后合。过了一会儿，国王说："好了，这件事我就不追究了，快回去叫你父亲起床上朝吧，还有要事商量呢。"志华一溜烟跑了，大臣们也长长地吁了一口气。这一关总算过去了。

　　一日，叱咤国信使来访。虽然两国相邻，但这叱咤国气候宜人，草原肥沃，牛肥羊壮，一向有吞并爪哇国的野心，根本不把爪哇国放在眼里。来者不善，善者不来。这次叱咤国的信使给爪哇国的国王带来了一件礼物——用大铁笼子装着的一只大怪物。只见它长着白白的胡子，两只贼溜溜的小眼睛，尖尖的耳朵，长长的嘴巴，只要一张嘴，就会露出锋利的牙齿，怪吓人的。

　　在朝堂上，信使高昂着头颅，斜着眼睛，一副桀骜不驯的样子，根本不把爪哇国国王放在眼里。信使说："我们国王派我来给你们这等小国送这件礼物，无非有两个目的。一个呢，就是看看你们爪哇国国王，对我们叱咤国国王是否心诚。如果心诚呢，就把这件礼物收下，想办法制服它，并在简上刻出它的名字来。收到简后，我们大王将赠送你们一万头牛、一万只羊，作为我们两国世代友好的信物，世世代代友好下去。如果心不诚呢，就不要写出它的名字来，证明你们爪哇国实在是没人了，趁早投降我们大叱咤国，做一个附属国国王算了。否则，将会兵刃相见，到时候大家都会很难堪的。我给你们十天的时间。十天之后，这里相见。"

　　信使走后，国王迅速召集各位大臣商议此事。大家围着笼子转了半天，也没看出个所以然来。有的说像狗，有的说像獾，还有的说像狐，但仔细看看，都有几分像又都不十分像。国王说："我养了你们这些饭桶，关键时刻拿不出主意来，限你们十天之内给我弄清楚。第一个给我弄清楚并把信使打发走的，赏田千亩。否则，小心我要了你们的命！"群臣们面面相觑，四散而去。

话说那大臣吴晓顺回到家中，闷闷不乐，茶不思，饭不想的，一门心思只在那个动物身上。"得去给爷爷送饭了。"儿子提醒说。对，父亲年龄大，经历的事情多，见多识广，说不定他能够说得上来。送来饭后，吴晓顺把这个动物的相貌描述了一遍，老爹脱口而出："这是老鼠精。这东西在我们爪哇国很少见，在他们叽咤国有时会碰到，原因是他们那里草原枝繁叶茂，牛羊肥壮，食物充足，太适合老鼠繁衍了，这里边难免有得道成精的。想当年，我们和叽咤国打仗的时候，我就曾经在他们那儿碰见过。"听老爹这么一说，吴晓顺豁然开朗。"那怎么办呢？"儿子急切地问。"这事你不必着急，太急了就会让这怪物跑掉，只能到时候见机行事。"如此这般，老爹向儿子嘱咐了一通。

自从吴晓顺心里有了数以后，他变得不急了，也不再过问此事，成天跟没事人似的，好不清闲。这让其他大臣们好生纳闷。有好事的大臣到国王面前告了吴晓顺一状，国王听了十分生气，心想，到时候要是给我弄不明白，我非好好收拾收拾他不可。

转眼间十天的期限已到，国王坐在宝殿上，心里惴惴不安，大臣们更是一筹莫展。只有那叽咤国的信使坐在那宝殿旁，趾高气扬，不屑一顾的样子，身后还站着几个侍从。放在大殿中间空地上的铁笼子里的那只怪物，看起来悠然自得的样子。依照顺序，大臣们依次进行了辨认，并把辨认结果写在竹简上递了上去。国王看后，又顺次递给了信使。信使看了之后，不住地冷笑，把头摇得像拨浪鼓似的。眼看大臣们的竹简快要递完了，国王的脸色是越来越难看，真不知道下一步该怎么办。最后一个是吴晓顺了，国王的脸上都冒出了冷汗，这最后的宝只能押在吴晓顺的身上了。众人的目光也都落到了吴晓顺身上。

吴晓顺今天穿得有点特别，长袖长衫，左手藏在袖筒里，右手拿着竹简。他照例围着铁笼子转了一圈。他刚一转，就见笼子里的那个怪物在乱窜，就像害怕他似的。吴晓顺把竹简递给了国王，国王失望地摇了摇头，顺手递给了信使。信使看了以后，不动声色，心想："一定是这个大臣瞎蒙的，我就死活不承认，到时候把这个笼子带走，两国条约一签，照样能达到目的。"想到这，信使道："国王，这些竹简写得都不对，看来你的臣民就是这些水平了，我还是把这个宝贝收回去吧，看来你们也欣赏不了，你就等着签条约吧。"说完，信使一挥手，就想让他身后的人把笼子抬走。

"慢着。"吴晓顺挡在了笼子前，故意大声说："国王、信使，你们可都看仔细了，我的竹简上写的可是老鼠精。难道不是吗?"众大臣们听了以后，个个七嘴八舌的，大家都不信。这时，信使又说道:"你们见过这么大的老鼠精吗?"接着，又冲吴晓顺说道:"你有何证据说它是老鼠精? 简直是无稽之谈。"吴晓顺不慌也不忙，啥也不说。

众人以为他认输了，却见他突然举起左手衣袖，使劲一用力，只听见衣袖内有只猫"喵，喵，喵"地叫了起来。这一叫，大家吃惊不小，再看信使，脸色蜡黄，从椅子上跳了起来，都急出汗来了，指着吴晓顺语无伦次:"你，你，你……"再看笼子里的那个怪物吧，浑身筛糠，不住地打颤，越变越小，越变越小，最后竟现出了老鼠的原形，从笼子的空隙里钻了出来，向外跑去。恰在此时，只见吴晓顺左手袖子一甩，小猫飞也似的蹿了出去，把老鼠死死地摁在了爪子下。三下五除二，不一会儿，老鼠就进了小猫的肚子里。

信使一屁股瘫坐在椅子上，半天说不出话来。众大臣们情不自禁地鼓起掌来。国王终于露出了久违的笑容。在刻有"今收到老鼠精一只"的竹简上，国王郑重地刻上了自己的名字。叱咤国国王兑现了自己的诺言，从此两国人民友好往来，和平相处。

爪哇国国王要按照自己许下的诺言，奖励吴晓顺良田千亩，吴晓顺却坚决不受。他说:"这主意其实是我父亲出的，该受奖励的应该是我父亲。"国王说:"那就把你父亲请来吧，我要好好奖励奖励他。"吴晓顺说:"我父亲已经超过六十岁了，是一个活死人，在活人墓里，不能出来。"

这可怎么办? 国王陷入了深深的思考中，他心想:"在许多时候，许多情况下，还是老年人的经验多，像这次就多亏了吴晓顺的父亲，多亏了没有真的把他活埋了，要不可就惨了。再说，自己不也快六十岁了吗，难道让他们把自己也活埋了? 退一步讲，把超过六十岁的人活埋了，自己六十岁以后，不真正成了孤家寡人了吗? 到那时还有什么意思?"经过再三考虑，国王废除了六十岁不死就活埋这条规定。规定一出，举国上下皆大欢喜。

吴晓顺的父亲又回到了家中，颐养天年，享受着人间的天伦之乐。不过，吴晓顺还是拒绝了国王的奖赏，没过多久，就隐居到山野之中去了。

传家宝

从前，在偏僻的小镇上，有个三口之家的铁匠铺：铁匠老夫妻和他们的儿子，日子过得还凑合。

老铁匠苦干了一辈子，攒下的家产只是一个不大的铁箱。他用一把大铁锁将这只铁箱牢牢地锁住。箱子好沉好沉，连老伴也不知里面装的是些什么东西。

铁匠的儿子被妈妈娇惯得好吃懒做，他妈妈从来不让他干累活儿，他什么本事也没有学会。铁匠已经老了，他看儿子这个样子，很伤脑筋。

有一天，他当着老伴的面，对儿子说："孩子，我干了一辈子，就留下这一点儿家产。你到如今还是老样子，光吃饭不干活儿，一吊钱也挣不来，这样下去怎么办呢？"

这个懒儿子把爸爸的一番话不当一回事儿，居然满不在乎地把嘴一撇，答道："一吊钱还不好搞吗，那有什么难办的？"

老铁匠看儿子这种不知天高地厚的样子，挺认真地说："好吧，如果你真的能挣来一吊钱，我就把这一箱子家产都给你。"

儿子早就盯着箱子了，可就是没本事挣到一吊钱，急得抓耳挠腮。他妈妈担心他急出了病，便偷偷地把他叫到角落，塞给他一吊钱："快，给你爸爸去。"这下，懒儿子就不用愁眉苦脸的了，他从家里拿了一包吃的东西，在外东游西荡；把东西吃光了，又在大树底下睡了一觉，再回到家里。他把一吊钱往桌上一扔，对他爸爸说：

"爸，我把一吊钱挣来了，你那一箱子东西该给我了吧！"

老铁匠把铜钱放在手里看了看，随手往打铁炉里一扔，对儿子说："这钱不是你挣来的。"

懒儿子没想到他爸爸能一眼看穿这钱不是自己挣的，这又让他急得翻来覆去睡不着觉。

他妈妈看儿子这个模样，又心疼起来，就半夜三更爬起来，又塞给儿子一吊钱，还悄悄告诉他："天不亮就出去，很晚再回来，你爸就会相信钱是你干活挣来的了。"

儿子拿了他妈给的这一吊钱，天不亮就出去了，太阳下山时，他故意从二里路外跑回来，满头大汗地把钱交给他爸爸，还上气不接下气地说："爸，这钱可是我挣来的，累了一整天。"他歇了一口气，就伸手道："爸，这下你总得把箱子给我了吧！"

老铁匠这次连正眼也不看一下，便将钱甩到阴沟里去了，还生气地说："这钱也不是你挣来的，别想蒙我。"

他妈妈懂了老伴的心思，想到溺爱、袒护儿子，是害了儿子呀！于是，第三天早上，她把儿子唤到跟前，好好地教导了一番："孩子呀，你已经长大成人了，应该学会一样本事。只有自己挣钱，才能得到你爸爸这箱子家产。老老实实干活去吧！"

儿子领悟了。他走出家门，找活干去了。

他走了很多地方，脚也磨破了，终于在一条小河边上，找到一份很苦很累的活儿：将河水里一根根木材，扛到河岸上堆码起来。可第一天的工钱只够吃饭。

就这样，他衣服磨破了，肩头磨肿了，苦苦地干了十天，当凑足一吊钱时，已累得直不起腰来。他把这一吊钱捏得紧紧的，高高兴兴地回到家里，双手递给了爸爸。

老铁匠接过钱数了又数，还是往火炉里一甩，这一回，儿子不顾烫手，慌忙从火炉里把钱抢了出来："爸爸，我干了十天，整整十天，才得到这一吊钱呀，你怎么往火里甩？"

老铁匠这时才露出了笑脸，他高兴地说：

"嗯，这才像你自己挣来的钱。"停了一会儿，他继续说道：

"只有用自己的汗水换来的东西，你才会觉得可贵，你才懂得珍惜啊！"

说完，他将铁箱子抱了出来，打开铁锁，原来，宝物就是全套的铁匠工具。

老铁匠语重心长地说："我留给你的。"

刘墉智斗贪官

一天傍晚，乾隆皇帝来到午门散步。低头一看，只见午门到正阳门那段御道由于年久失修，不少地方已磨损得坑坑洼洼，觉得有失皇家体面，非整修一下不可。于是，他便令和珅承办此事，让他造出预算，限两个月之内竣工。

和珅受皇上宠信，一贯贪婪成性，是个雁过拔毛的角色。他奉旨之后非常高兴，觉得又得了个发财的良机。

三天后早朝时，和珅就带本奏道："皇上，这段御道确实有碍观瞻，必须全部换新。由于所需石料要从数百里外的房山采办，石匠要精雕细刻，故而工程浩大，即使从紧开支，至少也需白银十万两。"乾隆皇帝二话没说，立即批准。

此后，御道旁立即搭起不少工棚，并将御道两旁用草苫遮住，数百名匠人叮叮当当地日夜干了起来。结果，不足一月，御道就提前竣工了。

乾隆皇帝在和珅陪同下一看，果然御道平坦，焕然一新，不由龙心大喜，连声赞好。

次日早朝时，乾隆皇帝就当众宣旨："和爱卿这次主修御道，夜以继日，既快又好，提前一个月完工，劳苦功高，朕赏你白银一万两，再升官一等。"

和珅得意扬扬，名利双收，连忙谢恩。

谁知过了没几天，此事的底细被刘墉无意中发现了：原来和珅根本没有去房山采办石料，只是将原来的石块撬起来，令石匠在反面雕刻了一下，把下面的路基平整后，一铺上石块便跟新的一样。因此，工期缩短，成本又省，总共只花了一万两银子。

刘墉决心将它揭露出来，让和珅当众出丑。

第二天上早朝时，刘墉等大家进入太和殿后，便飞快地将身上的朝服脱下，反过来套上，然后悄悄地跟了进去。

乾隆皇帝端坐在九龙椅上，居高临下，低头一看，忽见群臣后面站着个衣着与众不同的人，觉得奇怪，再仔细一看，却是大学士刘墉。乾隆皇帝心想：他向来十分注意仪表，办事小心谨慎，今天怎么昏头昏脑地将朝服穿反了，这是怎么一回事？

这一细节很快被向来看着皇上眼色行事的和珅发现了。因当时规定：上朝时如果朝服不正，是要判罪的。他心想：刘罗锅，这下你有好果子吃了。便故意幸灾乐祸地说："刘大人，你今天怎么啦？"和珅这么一说，群臣见了都为刘墉捏了一把冷汗。

奇怪的是，那刘墉却低着头置若罔闻。

要是换个大臣，乾隆皇帝早就发火降罪了，但考虑到刘墉一向忠心耿耿，便改用责备的语气问："刘爱卿，你怎么将朝服穿反了，赶快出去穿好了再来见朕。"刘墉这才装着恍然大悟的样子出去，穿好了朝服又进来，跪地奏道："启奏皇上，微臣今日将朝服穿反了，确实不该，请皇上恕罪。不过，朝服穿反显而易见，可如今有人将御道仅仅翻了个面，再略加修饰，就侵吞公款，大肆渔利，该当何罪？"

刘墉话音一落，刚才还趾高气扬的和珅，顿时像矮了一截，脸色大变。

"什么？你说这御道是翻个面铺的？"乾隆皇帝一听，连忙追问，"刘爱卿，这到底是怎么一回事？快细细奏来。"

刘墉大步向前，伏地奏道："万岁，此事微臣偶然听说，并已去现场查看。不过，还是请皇上先问问和大人为妙。"

乾隆皇帝暗吃一惊，便问和珅："你还不实说？"

和珅见东窗事发，再也无法隐瞒，忙跪倒在地，说："微臣该死，确实未去房山采石，只是将原有的石块翻转过来雕刻了一下，重新铺上。"

乾隆皇帝顿时勃然大怒："你好大的胆，那么你总共花了多少银子？"

"一万两。"

"那其余的九万两呢？"

"这——"和珅光是拼命叩头，再也答不出话来。

刘墉奏道："皇上，这还用问，其余的早落入了和大人的腰包。嘿，想不到这么一项小工程，和大人竟能变出大戏法。望皇上明断。"

直到这时，群臣才明白刘墉反穿朝服的用意。乾隆皇帝早已怒气满腔，可一想和珅对自己功劳也不小，凡事又离不开他，故而板子只能高高举起，又轻轻落下："大胆和珅，竟敢欺君犯上。朕命你速将贪污和赏赐给你的银两退回国库，并降职一级。而这段御道须按你原来方案重新建造，所需银两则罚你出。下不为例，否则严惩不贷。"

和珅只得自认倒霉，表示认罚，并连连谢罪。纪晓岚奏道："皇上，刘大人参奏有功，理该有赏。"

乾隆皇帝朝刘墉笑道："好，朕赏刘爱卿朝服三件。不过，下次你不要将它再穿反了。"

刘墉忙道："谢主隆恩。如今御道之案已正，微臣怎么会再将朝服反穿呢！"

包公巧审青石板

宋朝时候，有一户穷人家，只有母子二人相依为命，过着很艰难的日子。谁知母亲又病了，儿子非常着急，希望能把妈妈的病治好。

有一个好心人给小孩儿找到一个卖油条的事儿。第二天，小孩儿便提着篮子，沿着大街小巷叫卖：

"卖油条嘞！又脆又香的热油条卖喽！"

因为大家都知道这孩子家里有个生病的妈妈，就都来买他的油条。一个半天，虽然嗓子喊哑了，腿也跑酸了，但油条也卖光了。

小孩儿好高兴，便找到一块大石头，坐在上面数起钱来。那油乎乎的小手，把一枚枚铜钱翻来覆去地数了两遍：一共一百个铜钱。

他盘算着，今天用赚下的钱，先给妈妈买药治病；明天赚下的钱，就给妈妈买点心；后天赚下的钱，再给妈妈买点儿肉；再后天……他越想越高兴。

跑了一个上午，累坏了，他不知不觉地把头一歪，便在大石头上睡着了。

一阵凉风吹过，卖油条的小孩儿醒了。他睁眼一看，一百个铜钱连一个子儿都没剩，全不见了。他急得没命地哭叫起来。

这时，包公刚好骑马经过。他看见一个小孩儿在哭，便关心地问：

"孩子，你为什么哭？有什么委屈吗？"

小孩儿抬头一看，见是一个黑脸大官在和自己说话，便想起妈妈说过，有一个专替老百姓申冤的包公，是个大黑脸，便"扑通"一声跪在包公面前，哭得更伤心了。

"包大人，我卖油条的一百个铜钱放在篮子里全不见了，呜呜呜……"

包公问清了来龙去脉，得知小孩儿正急等着这钱为妈妈治病的情况，便安慰这孩子："你只管放心，我一定把小偷抓到！"

包公下得马来，在青石板周围转了一圈，然后，又站在竹篮旁边沉思，再看看孩子的手，说一声："有了。"

突然，包公指着青石板大声喝问："青石板，青石板，小孩儿的一百个铜钱是不是你偷的，从实招来！"

小孩儿觉得莫明其妙：青石板没手，怎么偷呢？

很多人也围过来，看看包公怎样审青石板。

停了片刻，包公抬高了声调："你这个青石板，必须快快交代你干的坏事，哼，你休想逃过我的眼睛。"

青石板当然还在原地，毫无动静。

包公一脚踏在青石板上，又厉声说道："你这大胆的青石板，再不如实招来，我就要动刑了！"包公这么一说，他手下的人有的已经把棍子举起，有的把绳子抓在手中，好像准备要把青石板捆起来，狠狠地打它一顿。

"哈哈哈！"看热闹的人觉得十分可笑。

"青石板怎么能说话？这真是在开玩笑！"

"都说包公英明，我看他是一时糊涂了！"

"是谁在信口胡说？"包公大喝一声，立即转过身来大声斥责道，"我在审问石头，与你们何干？这里是审判的公堂，理应肃静，你们在此信口胡言，扰乱公堂。现在，所有在场的人都得受罚！来人！"

"在！"包公手下人齐声回应。

"在场每人各痛打四十大板！"大家看到包公发威，都吓得不知如何是好，纷纷下跪求饶。

"如若怕受皮肉之苦，每人罚交铜钱一枚。"

包公说罢便命左右端来一盆清水，放在石头前面；下令所有的人排队，依次向盆中投钱。

"啪，啪，啪"，一枚枚铜钱投入水中，溅起一个个小水花。数十人将铜钱投入水中，包公无言；直到有一人，钱刚入水，包公便大喝一声：

"此人就是偷钱贼，给我拿下了！"

这人"扑通"跪下，连连向包公磕起头来："请包大人饶命！小民下次不敢，下次不敢了。"

说着，连忙从身上又掏出九十九个铜钱放到青石板上。

卖油条的小孩儿看到小偷被抓到，十分开心；围观的人却都大眼瞪小眼，不知是什么道理。

包公看着众人惊疑的眼神，便笑着说道："各位父老，你们看。这水面上漂了一层油花，是此人投下铜钱时才出现的。沾油的钱正是卖油条小孩儿的铜钱哪！"

听包公这么一说，大家都恍然大悟——原来如此！再看青石板上的那些铜钱，还真的枚枚都油乎乎的呢！

小孩儿对包公感激不尽，围观的百姓都更加敬佩包公办案的神妙和机智了。

济公巧计救阿福

一天，活佛济公从灵隐寺下山，急着赶路。济公为何这样急，原来有个叫阿福的人，今日要大祸临头，济公要设法去救他。

阿福是个专卖狗肉的贩子，家中还有老母，娘儿俩过着清苦的生活。阿福脾气暴躁，自从懂事后，从没叫过一声娘，总骂母亲是"老不死"。

那天阿福卖狗肉回来，顺便买了一只老狗和一只小狗。今天阿福又要杀狗卖肉了。

他把尖刀放在地上，让母亲来帮忙，自己转身到里屋去拿水桶。

小狗看到母狗被捆绑在地，将要被杀，便偷偷地衔起刀，把它藏在身下，又偎依在母狗身旁，眼泪直流。

阿福忙忙碌碌，一切准备就绪，可不见了地上的尖刀。阿福大骂母亲看不住刀子。母亲被阿福骂惯了，只得忍气吞声。

阿福怒气难消，一脚踢开了小狗，却见刀子竟是小狗所藏。见此情景，他顿时醒悟过来：啊！畜生也如此通情爱母，而我却如此对待母亲，真是连狗都不如啊，还有什么脸面活在世上？一想到这里，只见阿福双膝跪地，对母亲哭喊道："亲娘啊亲娘！"

老母扶起了儿子，母子俩抱头痛哭。阿福发誓：从此以后不忘亲娘养育之恩。

一天，他高兴地挑着狗肉去卖。路过一个茅厕时，他放下担子，准备进茅厕小便。忽然，看见一个和尚过来，把担子抢走逃跑了，阿福急忙追赶。他刚跑出茅厕，便听到"轰隆"一声，茅厕墙断砖裂，好险啊！

二人一前一后，一个逃，一个追。济公越跑越快，跑进了小镇。他用扇子扇了三下，狗肉块变大，香味扑鼻。待阿福追上济公，狗肉早已卖完。

阿福抓住济公，责问济公为何抢他的狗肉担。济公哈哈笑道："贫僧知你今日定要遭难，才来救你一命。"

阿福这才想起自己差点被压死。济公将卖狗肉的钱和担子送还给阿福："银子二十两，回去孝敬老娘。"

从此，阿福孝母出名了，生意也越做越兴旺了。

海瑞断案

相传，离白牛荡不远处有一座白马寺，寺中的白马神和荡里的白牛神结下了不解之缘。白牛神非常同情白马神的不幸遭遇。

原来，白马神是上界的天马，传说弼马温孙行者开了马厩后，一时天马行空，奔腾不息。这一匹白马奔离了马群,很久才停住了奔跑。白马边走边看,这一看使白马动了凡心,云端下,凡间那青山碧水、桃红柳绿,美景胜过寂寞天庭,白马便想到人间来了。

正在这时,玉帝派风神传御旨,要所有天马速回马厩,独独这匹白马没回去。玉帝震怒,命天马鞭鞑白马,赶落凡尘。

白马跌落在白牛荡边,白牛神劝慰白马,并让白马暂时栖息在附近的一个小寺内。一天,吕洞宾路过小寺,对着白马唱了个偈(jì,佛经中的唱词):"若遇青天来,尔便脱尘海。"白马神把这偈告诉白牛神,一马一牛悟出了真谛。白牛神也劝白马神行善积德,及早返回天界做仙马。从此,白马经常在夜里帮穷苦百姓拉犁耕田,天明就回到小寺,每天累得热汗淋淋。

一次,雨过天晴,有人顺着马蹄印寻到小寺,发现木胎泥塑的白马浑身湿漉漉的,十分惊奇。从此,白马栖息的小寺香火不断。

一年又一年,白马栖居的小寺便被人们叫作白马寺。这一年,白马帮李老实一家拉犁耕田,却带来了灾祸。那一夜,李老实知道白马神暗中相助,便给白马留下了好吃的马料,白马没有吃。在回寺的路上,白马饿急了,吃了田里的麦苗。第二天,李老实发现白马吃了刁员外家的麦苗,心中暗暗叫苦。刁员外果然状告李老实偷割他家的麦苗,对簿公堂。李老实被判死刑,打入死牢,只等秋后问斩。

谁知"青苗案"激起民怨,朝廷命海瑞审理此案。海瑞微服私访,来到松江府。听到白马寺的传说,他不信泥塑的马会吃麦苗,可一时又没有线索。海大人寝食不安,思索良久,想出了主意。

等到了第二年春天,白马知道自己闯下了大祸,便卖劲地给李老实家拉犁耕田,临走时又报复地吃掉了刁员外家一大片麦苗。守在暗处的海瑞和公差见了立刻跟着。田岸路滑,海瑞索性脱了鞋袜追到白马寺。这时白马刚到,身上热汗直淌。海瑞见了,心痛地轻抚马背,叹道:"白马啊白马,你尚知良莠,明辨忠奸。下官虽有青天之称,怎比得上你明察秋毫啊!"

于是,海瑞在寺里审理"青苗案",将诬告的刁员外革除功名,发配充军。李老实忠厚可嘉,拨赠库银五十两。海青天扶起跪在地上的李老实,亲自送出寺门,又拿出自己俸银二十两给白马金塑全身。"青苗案"真相大白,白马见了海青天引颈长嘶,乘风归去。

李老实昭雪后,从此就不见白马显灵,传说升天去了。

现在虽然已经找不到白马寺的真实地点,但白马助耕和海瑞智断"青苗案"的故事却流传了下来。

画扇判案

苏东坡要到杭州来做刺史了。这个消息一传出,刺史衙门前面每天都挤满了人。老百姓想看一看苏东坡上任的红纸告示,听一听苏东坡升堂的三声号炮……可是,大家伸着脖子盼了好多天,却还没有盼到。

这天,忽然有两个人,又打又闹地扭到衙门来,把那堂鼓擂得震天响,呼喊着要告状。衙役出来吆喝道:"新老爷还没上任哩,要打官司过两天再来吧!"那两个人正在火头上,也不管衙役拦阻,硬要闯进衙门里去。这时候,衙门照壁那边转出一头小毛驴来,毛驴上骑着一个大汉,头戴方巾,身穿道袍,紫铜色的面孔上长着一脸络腮胡子。他嘴里说:"让条路,让条路! 我来迟啦,我来迟啦!"小毛驴穿过人群,一直往衙门里走。衙役赶上去,想揪住毛驴尾巴,但已经来不及,那人一直闯进大堂去了。

大汉把毛驴拴在廊柱上,信步跨上大堂,在正中的虎座上坐下来。管衙役的督头见他这副模样,还当是个疯子,就跑过去喊道:"喂! 这是虎座呀,随便坐上去要被杀头的哩!"

大汉只顾哈哈笑:"哦,有这样厉害呀!"

督头说:"当然厉害! 虎座要带金印子的人才能坐。"

"这东西我也有一个。"大汉从袋里摸出一颗亮闪闪的金印子,往案桌上一搁。督头见了,吓得舌头吐出三寸长,半天缩不进去。原来,他就是新上任的刺史苏东坡!

苏东坡没来得及贴告示,也没来得及放号炮,一进衙门便坐堂,叫衙役放那两个要告状的人进来。他一拍惊堂木,问道:"你们两个叫什么名字? 谁是原告?"

两个人跪在堂下磕头。一个说:"我是原告,叫李小乙。"另一个说:"我叫洪阿毛。"

苏东坡问:"李小乙,你告洪阿毛什么状?"

李小乙回答说:"我帮工打杂积下十两银子,早两个月借给洪阿毛做本钱。我和他原是要好的邻居,讲明不收利息;但我什么时候要用,他就什么时候还我。如今,我相中了一房媳妇,急等银子娶亲,他非但不还我银子,还打我哩!"

苏东坡转过来问洪阿毛:"你为啥欠债不还,还要打人?"

洪阿毛急忙磕头分辩:"大老爷呀,我是赶时令做小本生意的,借他那十两银子,早在立夏前就贩成扇子了。没想今年过了端午节天气还很凉,人家身上都穿夹袍,谁来买我的扇子呀!这几天又接连阴雨,扇子放在箱里都霉坏啦。我是实在没有银子还债呀。他就骂我、揪我。我一时在火头上,打了他一拳。这可不是故意打的呢!"

苏东坡在堂上皱皱眉头,说:"李小乙娶亲的事情要紧,洪阿毛应该马上还他十两银子。"

洪阿毛一听,在堂下叫起苦来:"大老爷呀,我可是实在没有银子还债呀!"

苏东坡在堂上捋捋胡须,说:"洪阿毛做生意蚀了本,也实在很为难。李小乙娶亲的银子还得另想办法。"

李小乙一听,在堂下喊起屈来:"大老爷呀,我辛辛苦苦积下这十两银子可不容易呀!"

苏东坡笑了笑,说:"你们不用着急。洪阿毛马上回家去拿二十把发霉的折扇给我,这场官司就算是两清了。"

洪阿毛高兴极了,急忙爬起身,一溜烟奔回家去,拿来二十把白折扇交给苏东坡。苏东坡将折扇一把一把打开,摊在案桌上,磨浓墨,蘸饱笔,挑那霉印子大块的,画成假山盆景;拣那霉印子小点的,画成松竹梅岁寒三友。没多久,二十把折扇全画好了。他拿十把折扇给李小乙,对他说:"你娶亲的十两银子就在这十把折扇上了。你把它拿到衙门口去,喊'苏东坡画的画,一两银子买一把',马上就能卖掉。"他又拿十把折扇给洪阿毛,对他说:"你也拿它到衙门口去卖,卖得十两银子当本钱,去另做生意。"

两个人接过扇子,心里似信非信;谁知刚刚跑到衙门口,只喊了两声,二十把折扇就一抢而空了。李小乙和洪阿毛每人捧着十两白花花的银子,欢天喜地地各自回家去了。

人们都把苏东坡"画扇判案"的新鲜事到处传颂,一直到今天还有人在讲呢。

东坡肉

苏东坡在杭州做刺史的时候,治理了西湖,替老百姓做了一件好事。

西湖治理后,四周的田地就不怕涝也不愁旱了。这一年又风调雨顺,杭州四乡的庄稼喜获丰收。老百姓为了感谢苏东坡治理西湖,到过年的时候,就抬猪担

全阅读课本

酒地去给他拜年。

苏东坡收下很多猪肉,叫人把它们切成方块,烧得红红的,然后再按治理西湖的民工花名册,每家一块,将肉分送给他们过年。

太平的年头,家家户户过得好快乐,这时候又见苏东坡差人送肉来,大家更高兴,老的笑,小的跳,人人都夸苏东坡是个贤明的父母官,把他送来的猪肉叫作"东坡肉"。

那时,杭州有家大菜馆,菜馆老板听说"东坡肉"很有名,于是就和厨师商量,把猪肉切成方块,烧得红酥酥的,挂出牌子,取名为"东坡肉"。

这道新菜一出,那家菜馆的生意兴隆极了,从早到晚顾客不断,每天杀十头大猪还不够卖呢。别的菜馆老板看得眼红,也学着做起来,一时间,不论大小菜馆,家家都有"东坡肉"。后来,经过同行公认,就把"东坡肉"定为杭州的第一道名菜。

苏东坡为人正直,不畏权势,朝廷中的那帮奸臣本来就很恨他,这时见他又得到老百姓的爱戴,心里更不舒服。他们当中有一个御史乔装打扮,到杭州来找岔子,存心要陷害苏东坡。

那御史到杭州的头一天,在一家饭馆里吃午饭。堂倌递上菜单,请他点菜。他接到菜单一看,第一样就是"东坡肉"!他皱起眉头,想了想,忽然高兴地拍着桌子大叫:"我就要这第一道菜!"

他吃过"东坡肉",觉得味道还真是不错,向堂倌一打听,知道"东坡肉"是同行公认的第一道名菜。于是,他就把杭州所有菜馆的菜单都收集起来,兴冲冲地回京去了。

御史回到京城,马上就去见皇帝。他说:"皇上呀,苏东坡在杭州做刺史,贪赃枉法,把恶事都做绝啦,老百姓恨不得要吃他的肉!"

皇帝说:"你是怎么知道的,可有什么证据吗?"

御史就把那一大叠油腻的菜单呈了上去。皇帝本来就是个糊涂虫,他一看菜单,就不分青红皂白,立刻传下圣旨,将苏东坡撤职,发配到远远的海南去充军。

苏东坡被解职充军后,杭州的老百姓忘不了他的好处,仍然像过去一样赞扬他。就这样,"东坡肉"也一代一代地传下来,直到今天,还是杭州的一道名菜。

清明·寒食的由来

　　清明，既是节气，又是节日，在周代就已经流行了。自古以来，人们在清明节留下了很多习俗。

　　清明以前禁火的习俗，始于春秋时期。晋献公的妃子骊姬为了让自己的儿子奚齐继位，就设毒计害太子申生，申生被逼自杀。申生的弟弟重耳，为了躲避祸害，流亡出走。在流亡期间，重耳到过齐、宋、郑、秦等很多国家，也受尽了屈辱。原来跟着他一道出奔的臣子，大多陆陆续续地各寻出路去了，只剩下少数几个忠心耿耿的人一直追随着他，其中一人叫介子推。有一次，重耳饿晕了过去。介子推为了救重耳，从自己腿上割下了一块肉，用火烤熟了送给重耳吃。

　　十九年后，重耳回国做了君主。他就是著名的"春秋五霸"之一的晋文公。重耳执政后，对那些和他同甘共苦的臣子大加封赏，唯独忘了介子推。有人在晋文公面前为介子推叫屈。晋文公猛然忆起旧事，心中有愧，马上差人去请介子推上朝受赏封官。可是，差人去了几趟，介子推不来。晋文公只好亲自去请。可是，当晋文公来到介子推家时，只见大门紧闭。介子推不愿见他，已经背着老母躲进了绵山（今山西介休县东南）。晋文公便让他的御林军上绵山搜索，没有找到。于是，有人出了个主意说，不如放火烧山，三面点火，大火起时，介子推会自己走出来的。于是，晋文公下令举火烧山。孰料大火烧了三天三夜，直到大火熄灭后，终究不见介子推出来。上山一看，介子推母子俩抱着一棵烧焦的大柳树，已经死了。晋文公望着介子推的尸体哭拜了一阵，忽然发现介子推的后背堵着个柳树洞，洞里好像有什么东西。掏出一看，原来是片衣襟，上面题了一首血诗：

> 割肉奉君尽丹心，但愿主公常清明。
>
> 柳下做鬼终不见，强似伴君作谏臣。
>
> 倘若主公心有我，忆我之时常自省。
>
> 臣在九泉心无愧，勤政清明复清明。

　　重耳将血书藏入袖中，然后把介子推和他的母亲分别安葬在那棵烧焦的大柳树下。为了纪念介子推，晋文公下令把绵山改为"介山"，在山上建立祠堂，并把放火烧山的这一天定为寒食节，晓谕全国，每年这天禁忌烟火，只吃寒食。重耳伐了一段烧焦的柳木，做了双木屐，每天望着它叹道："悲哉足下。""足下"是古人下级对上级或同辈之间相互尊敬的称呼，据说就是来源于此。

第二年，晋文公重耳领着群臣，穿着素服，徒步登山祭奠，表示哀悼。行至坟前，只见那棵老柳树死而复活，绿枝千条，随风飘舞。重耳望着复活的老柳树，像看见了介子推一样。他走到柳树跟前，掐了一条柳枝，编了一个圈儿戴在头上。祭扫后，重耳把复活的老柳树赐名为"清明柳"，又把这天定为清明节。

以后，晋文公重耳常把血书带在身边，作为鞭策自己执政的座右铭。他勤政清明，励精图治，把国家治理得很好。

后来，寒食、清明成了全国性的节日。每逢寒食，人们不生火做饭，只吃冷食。在北方，老百姓只吃事先做好的冷食，如枣饼、麦糕等；在南方，则多为青团和糯米糖藕。每到清明，人们把柳条编成圈儿戴在头上，把柳条枝插在房前屋后，以示对介子推的怀念。

端午节的由来

农历五月初五，是中国民间的传统节日——端午节，是中华民族古老的传统节日之一。这个节日的由来与战国时期的伟大诗人屈原有关。

大约公元前 340 年，屈原出生在楚国的贵族家庭。他年轻时就有出色的才干，很受楚怀王器重。然而，屈原实行政治改革的主张遭到以上官大夫靳尚为首的守旧派的反对。靳尚不断地在楚怀王面前诋毁屈原。楚怀王听信了靳尚的谗言，渐渐疏远了屈原。

公元前 229 年，秦国攻占了楚国八座城池，接着又派使臣请楚怀王去秦国议和。屈原看破了秦王的阴谋，冒死进宫陈述利害。楚怀王不但不听，反而将屈原逐出郢都，削职流放。屈原在流放途中走遍了现在的湖南、湖北的许多地方，写下了许多充满爱国忧民感情的诗篇，留下了《离骚》《天问》等不朽诗篇。楚怀王如期赴会，一到秦国就被囚禁起来。他悔恨交加，忧郁成疾，三年后客死于秦国。公元前 298 年，秦王又派兵攻打楚国。楚顷襄王仓皇撤离京城，秦兵攻占郢都。屈原在流放途中，接连听到楚怀王客死和郢城攻破的噩耗后，悲愤绝望，仰天长叹一声，抱起一块石头，纵身跳入汨罗江自尽了。

江上的渔夫和岸上的百姓，听说屈原大夫投江自尽，都纷纷来到江上，奋力打捞屈原的尸体，纷纷拿来了粽子、鸡蛋投入江中，有些郎中还把雄黄酒倒入江中，以便药昏蛟龙水兽，使屈原大夫的尸体免遭伤害。

　　从此，每年五月初五——屈原投江殉难日，楚国人民都要到江上划龙舟，投粽子，以此来纪念伟大的爱国诗人。端午节的风俗就这样流传下来了。

重阳节的由来

　　东汉时，汝南县里有一个叫桓景的农村小伙子，父母双全，妻子儿女一大家。日子虽然不算富有，但也过得去。谁知不幸的事儿来了，汝河两岸闹起了瘟疫，家家户户都有人病倒，尸首遍地没人埋。这一年，桓景的父母也都病死了。

　　桓景小时候听大人们说汝河里住有一个瘟魔，每年都要出来到人间走走。它走到哪里，就把瘟疫带到哪里。桓景决心访师求友学本领，战瘟魔，为民除害。听说东南山中住着一个名叫费长房的神仙，他就收拾行装，起程进山拜师学艺。

　　费长房给桓景一把降妖青龙剑。桓景早起晚睡，披星戴月，不分昼夜地练剑。转眼一年过去了，一天，桓景正在练剑，费长房走到跟前说："今年九月九，汝河瘟魔又要出来。你赶紧回乡为民除害。我给你茱萸叶子一包，菊花酒一瓶，让你家乡父老登高避祸。"费长房说罢，用手一指，一只仙鹤展翅飞来，落在桓景面前。桓景跨上仙鹤向汝南飞去。

　　桓景回到家乡，召集乡亲，把神仙费长房的话给大伙儿说了。九月九那天，他领着妻子儿女、父老乡亲登上了附近的一座山，把茱萸叶子每人分了一片，说这样随身带上，瘟魔不敢近身；又把菊花酒倒出来，每人酌了一口，说喝了菊花酒，不染瘟疫之疾。他把乡亲们安排好，就带着他的降妖青龙剑回到家里，独坐屋内，单等瘟魔的到来。

　　过了许久，忽听汝河怒吼，怪风骤起。瘟魔出水走上岸来，穿过村庄，走千家串万户，也不见一个人。忽然，它抬头见人们都在高高的山上欢聚。它窜到山下，只觉得酒气刺鼻，茱萸冲肺，不敢近前登山，它就又回身向村里走去。只见一个人正在屋中端坐，就吼叫一声向前扑去。桓景一见瘟魔扑来，急忙舞剑迎战。

　　斗了几个回合，瘟魔战不过桓景，拔腿就跑。桓景"嗖"的一声把降妖青龙剑抛出。只见宝剑闪着寒光向瘟魔追去,锥心透肺把瘟魔扎倒在地。

此后,汝河两岸的百姓,再也不受瘟魔的侵害了。人们把九月九登高避祸、桓景剑刺瘟魔的事,父传子,子传孙,一代一代一直传到现在。从那时起,人们就过起重阳节来,有了重九登高的习俗。

火把节的传说

(彝族)

每年农历六月二十四,是彝族人民传统的节日——火把节。

当夜幕降临,从石林到叠水,从圭山到长湖,数不清的火把映红了夜空,映红了人们的笑脸,激情的歌声与雄浑的大三弦声交织在一起,山寨沉浸在节日的欢乐之中……

关于"火把节",流传着这样一个神奇动人的传说。

古时候,在一座高高的山上,有个城堡,城堡里住着一个土司。他生就一双老鼠眼、扫帚眉和一张鲢鱼嘴,配上那尖凸的下巴,一张干瘦的脸上布满了麻子,人们给他起了个绰号——"黑煞神"。这"黑煞神"无恶不作,手下养着一大帮家丁、打手,残暴地统治和压榨着当地的彝族百姓。他巧立名目,横征暴敛,生孩子要向他交人丁税,上山打猎要交撵山租,下河捕鱼要收打鱼捐……各种苛捐杂税,逼得人民实在喘不过气来。为了反抗这个"黑煞神"的残酷统治,人们曾多次举行起义,但土司坚固的城堡难以攻下,许多人被抓去活活地打死了。

有个聪明能干的牧羊人,他的名字叫扎卡,想出了一个智取土司城堡的办法。他暗中串联了九十九寨的贫苦百姓,决定从六月十七起,将各家各户的羊都关在厩里,每天只喂点水,不喂草料,饿上七天七夜。起义的人就在夜里赶造梭镖,削好竹签,磨好砍刀、斧子,又在每只山羊角上缚上火把。大家约定在六月二十四晚上起义。到了这天晚上,当月亮还没有露面,山箐树林里的微风轻轻地吹起的时候,只听得一声牛角号长鸣,各路起义人马将羊厩门打开,点燃缚在羊角上的火把,驱赶羊群向"黑煞神"的城堡进发。

饥饿的羊群借着火光,争先恐后地上山抢吃树叶、青草。扎卡率领起义的人民,勇猛地向城堡冲杀过去,鼓声和喊杀声震天动地。"黑煞神"急忙登上城堡一看,只见满山遍野成了一片火海,从四面八方包围了城堡的人们,已经开始攻打城门了。"黑煞神"命令家丁、打手死守城门,自已却悄悄地钻进地洞藏身。此时,各路起义军已攻破城堡,蜂拥而入。人们到处找遍,可就是不见"黑煞神"。后来,扎卡将大管家抓来审问。怕死的大管家跪在地上磕头哀求饶命,并带领扎卡一行来到土司躲藏的那个地洞口。

扎卡让大管家下洞去叫"黑煞神"出来投降。这个平时狐假虎威的大管家竟吓得魂飞魄散,一下子瘫倒在地,爬不起来。众人正在张望,突然,从地洞里飞出一把匕首。扎卡眼明手快,挥起砍刀,将匕首击落。

扎卡和众人见"黑煞神"死活不肯出来,便决定用火烧死他。于是,一声令下,上千支火把立即将地洞的周围堆成一座小山,只见熊熊的烈火燃烧得更旺,片刻间,地皮也被烧得通红通红的,那作恶多端的土司"黑煞神"就这样葬身在火海之中。为了纪念这次反抗暴虐统治斗争的胜利,彝族百姓就定农历六月二十四这天为"火把节"。

阿诗玛

（彝族）

在古代,云南彝族有个支系撒尼族,撒尼族有个农家女名叫阿诗玛。传说她刚生下来时,脸像月亮白,身子像鸡蛋白,手像萝卜白,脚像白菜白。长大以后,阿诗玛便成为一个美丽聪明而又勤劳能干的姑娘。千万个撒尼姑娘,她是最好的一个。

对这样一位好姑娘,撒尼族小伙子谁不喜欢?而财主热布巴拉的儿子更垂涎于阿诗玛的美貌。于是,热布巴拉便派媒人海热到阿诗玛家给儿子说媒,但遭到阿诗玛的严词拒绝。她说:"清水不愿和浑水在一起,我决不嫁给热布巴拉家。不嫁就是不嫁,九十九个不嫁。"热布巴拉恼羞成怒,便率领恶奴将阿诗玛抢回家。

阿诗玛的哥哥阿黑紧追不舍,一直追到热布巴拉家,他要向热布巴拉讨回妹妹。但凶狠的热布巴拉父子却提出与他斗智、比武,如果他能取胜,就会放还阿诗玛。

在与热布巴拉父子比武时，阿黑战胜了他们；在和他们斗智时，阿黑也取得了胜利。热布巴拉要阿黑去寻找丢失的三粒小米。阿黑跑到树脚下，弓满，箭直，射得快，一箭将斑鸠射落下地，嗓子里吐出三颗细米来。通过与热布巴拉的斗智斗勇，阿黑终于将妹妹阿诗玛从热布巴拉家救了出来。

热布巴拉贼心不死。他带领恶奴，乘阿黑、阿诗玛兄妹渡河时，从河水上游决开堤坝，洪水奔腾而下，冲向阿诗玛。这时，应山上的仙女把阿诗玛救上山顶。后来，阿诗玛又被崖神害死，她的身体化作身穿美丽衣裳、背着竹篮、向远方眺望的一座奇峰，这就是我们今天所看到的"阿诗玛"奇峰。她的声音则化为石林中的回声，仿佛在说："日灭我不灭，云散我不歇。我的灵魂永不散，我的声音永不灭。"

颜回输冠

颜回爱学习，德性又好，是孔子的得意门生。一天，颜回去街上办事，见一家布店前围满了人。他上前一问，才知道是买布的跟卖布的发生了纠纷。只听买布的大嚷大叫："三八就是二十三，你为啥要我二十四个钱？"颜回走到买布的跟前，施一礼说："这位大哥，三八是二十四，怎么会是二十三呢？是你算错了，不要吵啦。"买布的仍不服气，指着颜回的鼻子说："谁请你出来评理的？你算老几？要评理只有找孔夫子，错与不错只有他说了算！走，咱找他评理去！"颜回说："好。孔夫子若评你错了怎么办？"买布的说："评我错了输上我的头。你错了呢？"颜回说："评我错了输上我的冠。"二人打着赌，找到了孔子。孔子问明了情况，对颜回笑笑说："三八就是二十三哪！颜回，你输啦，把冠取下来给人家吧！"颜回从来不跟老师斗嘴。他听孔子评他错了，就老老实实摘下帽子，交给了买布的。那人接过帽子，得意地走了。

对孔子的评判，颜回表面上绝对服从，心里却想不通。他认为孔子已老糊涂，便不想再跟孔子学习了。第二天，颜回就借故说家中有事，要请假回去。孔子明白颜回的心事，也不挑破，点头准了他的假。颜回临行前，去跟孔子告别。孔子要他办完事即返回，并嘱咐他两句话："千年古树莫存身，杀人不明勿动手。"颜回应声"记住了"，便动身往家走。路上，突然风起云涌，雷鸣电闪，眼看要下大雨了。颜回钻进路边一棵大树的空树干里，想避避雨。他猛然记起孔子"千年古树莫存身"的话，心想，师徒一场，再听他一次话吧，又从空树干中走了出来。他刚离开不远，一个炸雷，把那棵古树劈了个粉碎。颜回大吃一惊：老师的第一句话应验啦！难道我还会杀人吗？颜回赶到家，已是深夜。他不想惊动家人，就用随身佩带的宝剑，拨开了妻子住室的门闩。颜回到床前一摸，啊呀呀，南头睡个人，北头睡个人！他怒从心头起，举剑正要砍，又想起孔子的第二句话"杀人不明勿动手"。他点灯一看，床上一头睡的是妻子，一头睡的是妹妹……第二天，颜回就回到了孔子身边。见了孔子，颜回便跪下说："老师，您那两句话，救了我、我妻和我妹妹三个人哪！您事前怎么会知道要发生的事呢？"孔子把颜回扶起来说："昨天天气燥热，估计会有雷雨，因而就提醒你'千年古树莫存身'。你又是带着气走的，身上还佩带着宝剑，因而我告诫你'杀人不明勿动手'。"颜回打躬说："老师料事如神，学生十分敬佩！"孔子又开导颜回说："我知道你请假回家是假的，实则以为我老糊涂了，不愿再跟我学习。你想想：我说三八二十三是对的，你输了，不过输个冠；我若说三八二十四是对的，他输了，那可是一条人命啊！你说是冠重要还是人命重要呢？"颜回恍然大悟，"扑通"一声跪在孔子面前，说："老师重大义而轻小是小非，学生还以为老师因年高而欠清醒呢。学生惭愧万分！"从这以后，孔子无论到哪里，颜回再也没离开过他。

青春的泉水

（日本）

从前有一对老夫妇，老头子每天上山打柴，老太婆在家里操持家务。

有一天，老头子到森林里去打柴，到晚上还没有回来。老太婆整整等了他一夜。第二天一早，一个青年人背着一捆柴禾到了她家。

老太婆仔细一看：这不就是她家的老头子吗？他怎么长得和二十岁的时候一模一样！

"你这是怎么啦？"老太婆惊奇地问他。

她丈夫给她讲了以下一段故事：

"昨天我到山里去打柴，忽然刮起了一阵大风，一只从来没有见到过的美丽的小鸟飞过来,在我的头上转了几圈就又飞走了。我跟着鸟儿往前走,它把我带到了一个奇异的山谷,那里鲜花盛开,到处飘香,风景美丽极了! 不远的地方有一条小河。我渴了,就去舀河里的水喝。我一喝这种水,突然感到浑身增添了力量。等喝够了,我就在山泉旁边睡着了。深夜,我醒来一看,月亮是那样的明亮,鸟儿还在不停地歌唱。我一个人感到害怕,就连忙跑了回来。"

老太婆听了丈夫讲的这个离奇的故事,心里非常羡慕,就对丈夫说:"我也要找到这个泉水,我也要变得年轻!"

"好吧,你去找吧!"丈夫高高兴兴地给她指了路。

可是第二天,老太婆并没有回家。又过了几天,她还是没有回来。丈夫不得不去找她了。

他来到一片林中空地,一看,周围空荡荡的,一个人也没有。他心里越来越不安了,心想:"会不会是什么野兽把她吃掉了呢?"

他又到泉水边上走了一趟,还是没有找到老太婆的踪迹。他灰心了,刚要往回走,忽然听到一个小孩的哭声。

"有谁会把小孩带到这个荒凉的地方来呢?"他想着想着,便朝哭声传来的方向走去。

在一处茂密的草丛里,他发现了一个白色的东西,拿起来一看,原来是他家老太婆的一件衣服,里面裹着一个"哇哇"大哭的孩子。

"糟糕! 我的老伴变成个小娃娃了!"丈夫急得不知如何是好。

娃娃朝他点点头,哭得更凶了。

"可怜呀可怜,这就是你呀,我的老伴!"老头子对她说,"你太贪婪,青春的泉水喝得太多了,你已经变成一个吃奶的娃娃了。现在可叫我怎么办呢?"

老头子没有别的办法,只好把他的娃娃老太婆捧在手上抱回家。

从此以后,老头子每天都要抱着他的娃娃老太婆,挨家挨户地去求人家给她喂奶。

（陈志泉　译）

一寸法师
（日本）

很早很早以前，有一位老爷爷和一位老奶奶。这对老夫妇没儿没女，因此十分盼望得个小孩。盼呀盼呀，每天早晚，他们向神仙祷告："请神仙赐给我们一个小孩，即使是还没有指头大的小孩也好。"

结果，过了一段时间，老奶奶真的生了一个还没有指头大的小男孩。虽然这么矮小，但总归是个小孩呀，老两口儿爱如掌上明珠，精心抚养。这个小孩虽然很聪明，却老也不见长，因此，附近的大人们都管他叫一寸法师，儿童们也嘲笑他是个小不点儿。

有一天，一寸法师想到京城去见见世面，就对他父母说："爸爸、妈妈，请给我几天假。"

他父母听他这么一说，吃了一惊，问道："你想干什么呀？"

"我想上京城去见识见识，开开眼界，学点东西，将来当个有本事的人。"

"是呀，是呀！"老两口儿虽然放心不下，但想到一寸法师是这般聪明伶俐，也就立刻答应了。于是，一寸法师带上饭碗和筷子，他把饭碗扣在头上当帽子戴，把筷子当成手杖来拄着。还带上一根针，用麦秸当鞘，插在腰上。他说了声："那么，我走了！"就往外走去。走了不远，他遇见一只蚂蚁。因为他听人说过，沿着河往下游去就能到京城，所以一寸法师问蚂蚁道："蚂蚁大哥，蚂蚁大哥，去河边怎么走？"

蚂蚁回答："穿过蒲公英小巷，走到笔头菜路的尽头就到了。"

他往前走不远，就看见了蒲公英开花的地方，从那里进入小巷再往前走，果然矗立着笔头菜，那儿还流淌着一条大河。一寸法师赶紧摘下了一直当帽子戴的碗，把碗浮在水面上当船坐，把筷子当桨来划。

一寸法师刚一上船，碗船就漂开了，像箭一般飞快地前进，时而骨碌骨碌地打转转，时而随波摇晃，一直向下游流去。漂流的树枝差点儿碰着他的碗船，他立即用筷子当桨，一划就闪开了。有一回，有条大鱼游来，几乎把碗船弄翻了，好不容易用这支筷桨拨转船头，才防止了一场事故。

漂着漂着，水越流越慢，不一会儿船就靠了岸，终于到京城了。

一上岸，他又把碗当帽子戴，把筷当拐杖用，把针刀插在腰上。于是，法师首先去拜访京城的大臣。法师来到大臣的高宅大院门口，叫唤道："劳驾！有人吗？"

家丁答应："这就来。"走出去一看，门口一个人也没有。他觉得很奇怪，又走进去了。又有声音说："有人吗？劳驾！"

他又出来一看，还是一个人也没有。他又退回去，又有声音叫。他更觉得奇怪了，就又出去。他挪动大门的高齿木屐一看，原来法师站在高齿木屐的屐齿之间呢。

"我是一寸法师，到京城来想学点本领，请把我收为侯爷的家将吧！"

经他这么一说，家丁立即跑到大臣前报告："现在大门口来了一个名叫一寸法师的奇怪的小孩，他说他情愿当侯爷的家将。他头戴碗帽，手执筷杖，腰插一根针刀。他的个子只有小指头那么丁点大。"

"哦？"大臣听了，觉得很惊奇，"这可是少见的小孩子，带进来看看！"

于是，家丁对一寸法师说："侯爷有请，请进来！"说着，把一寸法师捏起，放在手心上，带到大臣面前。大臣也用手掌接过来，拿到眼前问："你就是一寸法师吗？"

一寸法师回答："是呀！您是侯爷吗？初次谒见大人，请您收留我为您的家将吧！"说着他在大臣的掌心上跪下行礼。大家看了，都十分惊讶。特别是大臣本人，更是觉得一寸法师又好玩，又可爱，真是爱不释手。

"好的，好的，一寸法师，我已接纳你为我的家将啦。"

"是，感谢侯爷大人！"法师又在大臣的掌上磕头行礼，大家更是佩服得很。这时大臣问道："喂，一寸法师，你能做什么？"

一寸法师回答说："我什么都行。"

"那么，你在我手掌上跳个舞吧。"

于是，一寸法师在大臣的手掌上跳了个"掌上舞"。这真是精湛娴熟、饶有风趣的舞蹈，法师仅仅这么一跳，就成了大臣家的红人，谁都想把他留在自己身边。大臣家的小姐尤其喜欢他。他的名声大振，不仅府上的人，就连大臣的亲戚朋友以及周围近邻也都知道了。

大臣让家丁在小姐的桌子上搭起了一个玩具般的小屋，供法师起居生活。小姐看书时，他就给她一页一页地翻书，要么就在砚台边上像走钢丝那样走着玩，而且几乎每天都陪小姐上清水寺的观音菩萨处参拜。但是，跟在小姐后面走，一不小心就会被人或马踩着，还得随时随地警惕猫或狗咬。所以，小姐经常把他装在和服的袖兜①里，或者藏在腰带②结扣里。

---

① 袖兜：日本的和服，袖口宽大，袖兜里可以装东西。
② 腰带：日本妇女穿和服时扎的装饰用的宽腰带。

有一天，他躲进小姐的腰带结扣里跟着出去，半路上有三个鬼，鬼鬼祟祟地瞧着他们，不知在说些什么。一寸法师想：这是不寻常的事，其中必有缘故。想到这里，他从腰带里跳下来，朝着鬼跑去。

　　因为一寸法师个子小，鬼一点儿也没有发觉，还一面指着小姐的方向，一面议论着。有一个鬼说："咱们把从那儿经过的小姐和她带着的一寸法师抓走，好不好？"另一个鬼说："可是，看不见一寸法师呀！"第三个鬼说："嗯，他是个像豆粒那么大的孩子，藏在小姐身上的什么地方呢？不是袖兜里就是怀里。"三个鬼如此这般地谈着。

　　一寸法师听到这里，把插在腰间的针刀从麦秸鞘里拔出来。刚好有一个鬼弯起胳膊枕着脑袋，躺在地上谈话。法师"呀"的一声，把刀扎进这个鬼的大眼睛里。这个鬼还以为是什么虫子飞到自己眼前来了，惨叫一声，连忙用两只手掩住眼睛。另外两个鬼看到伙伴这个样子，就问道："怎么啦？怎么回事？"说着，他们弯下腰，细看被刺伤眼的鬼的面孔。

　　正在这时，一寸法师又跳起来，以迅雷不及掩耳之势，把另外两个鬼的四颗眼珠，"喳喳喳喳"地连扎了四针。鬼虽然力大无比，但眼睛看不见，什么也干不成，只好挥舞着手，用脚乱踢，向空中瞎扑一气。到后来，甚至互相间又踢又打。有一个鬼嚎叫："哎呀！受不了，不得了！"另一个鬼说："逃跑吧，逃跑吧！"三个鬼嚷着："快跑，快跑！"于是，你东我西地逃命了。

　　鬼逃跑以后，一寸法师发现有一把小槌子掉在地上，这叫作万能小槌，是鬼的宝物。用这槌子一敲，要什么出来什么。这东西对人来说太有用了。由于鬼慌慌张张地逃跑，竟把它忘掉了。一寸法师捡起它来，拿到小姐跟前给她看。小姐看了，说道："一寸法师，这是万能小槌。用它一敲，要钱有钱，要米有米，你想要什么就出来什么！"

　　一寸法师却回答道："我不要钱，也不要米，只要我的个子快快长大！"

　　于是，小姐拿着小槌一面敲，一面说："长！长！一寸法师的个子快快长！"于是，法师的个子眼看着就长起来了，他成了一个英俊的小伙子。于是，法师娶了小姐，把老爷爷老奶奶也接到京城，一起过着安安乐乐的日子。

（陈志泉　译）

两个邻居
（日本）

许多年前，京都市有两个邻居，一个是穷鞋匠，一个是鱼店的富老板。鱼店老板从早到晚剖鱼、煮鱼，把鱼穿在竹子上，放在火炉上，熏好晒干。他做的鳗鱼特别好吃，他把鳗鱼浸在酱油里，然后放在油锅里炸，再浇上一些醋。一句话，这个人精通自己的行业！这个鱼店老板只有一个缺点：太吝啬，对谁也不肯欠账。

再说，他的邻居穷鞋匠非常喜欢吃鳗鱼，但他从来没有余钱去尝尝鱼的味道。但穷有穷办法，我们的穷鞋匠也找到了克制自己对鳗鱼渴望的办法。

一天中午，到了吃饭时间，他走到鱼店老板家里，从怀里掏出一块米饼，坐到烧熏鱼的炉子旁。穷鞋匠一边同鱼店老板谈话，一边贪婪地吸着熏鱼的香味。

这味道多好啊！鞋匠用鱼的香味就着米饼吃，好像感到自己嘴里有一块又肥嫩、又柔软的鳗鱼。

鞋匠就这么坐了一整天。

后来，吝啬的鱼店老板发现了鞋匠的计谋，就决定无论如何要收他的钱。

有一天早晨，鞋匠正在补一只鞋子，鱼店老板走进鞋匠家，默默地交给他一张纸，纸上写着鞋匠到鱼店里去过几次，吸了几次熏鱼的香味。

"先生，这张纸为什么交给我？"鞋匠问。

"什么为什么？"老板叫道，"难道你以为每个人都可以到我店里吸熏鱼美好的香味吗？不对！这种享受必须付钱！"

鞋匠一句话也不说，他从口袋里掏出两枚铜币，放在茶杯里，用手掌捂住，开始摇茶杯，铜币发出很响的声音。

过了几分钟，他把茶杯放在桌子上，用扇子碰了碰鱼店老板拿来的纸条说："现在，我们抵消了债务！"

"怎么抵消？你说什么？你不肯付吗？"

"我已经付给你了！"

"怎么付的？在什么时候？"

"我以铜币的声音付了你鳗鱼的香味。你要是以为我鼻子得到的比你的耳朵多，那么我可以把这个茶杯再摇几分钟！"

鞋匠说完，就伸手去拿茶杯。但吝啬的老板没等到发出声音，就已经急忙跑回自己的店里去了。

（左飞　译）

弃老山
（日本）

老爷爷和老奶奶把儿子和孙子都养大了，自己却老得不中用了。

一天，儿子要把他们扔到弃老山里去，就让自己的儿子和他一块把老爷爷老奶奶装在大筐里抬走了。儿子和孙子要回家的时候，孙子问："爸爸，把这大筐拿回去不？"

"没什么用了，一块儿扔掉算了。"

"等你老了的时候，这个大筐还可以用得上，我想还是拿回去好。"孙子说。

"是啊，我也有老的时候，也会被扔到这个山里来。"儿子顿时醒悟了，连忙把老爷爷和老奶奶抬回家里去了。

（丁全涛　译）

一个吹牛大王的经历
（日本）

从前有一个人叫宫本，特别喜欢吹牛，还爱嘲笑别人。每当有谁倒霉了，他就嘲讽说："你真笨，要是我就不会发生这种事，没人能骗得了我！"

有一次，宫本进城去买牛。他在市场上看中了一头高大强壮的牛，经过和卖主的一番讨价还价，终于成交了。

他牵着牛往回走，路过城门口时，忽然想去拜访他的一位朋友——鞋匠。于是，他就牵着牛来到鞋匠的作坊。

在那里，他又吹起牛来："你看，我买了一头多好的牛，你一辈子也甭想买到这样的牛！"

鞋匠有个徒弟叫依洛，他看了看那牛的确不错，好心地提醒道："这牛确实是条好牛。宫本先生，你可要小心，路上别被人偷了。"

宫本轻蔑地一笑，说："换成你倒是有可能。至于我，没人能治得了我的。"

依洛见宫本走了,就对师父说:"这个人太爱吹牛了,我想去治治他。"

"你怎么治他呢?"师父问。

"我准备偷走他的牛。"

"不要说得那么轻巧,他是个不好对付的人。"

"我自有办法。"学徒说完,就从墙上取下一双新鞋子,追赶宫本去了。

依洛顺小路走,一会便跑到了宫本的前面,把一只鞋子扔在了他要经过的路上,然后自己藏了起来。

宫本正哼着歌得意地走着,忽然看见了那只鞋。

"这是谁竟然把鞋丢了呢?不过只有一只,否则我就捡回去了。"

他绕过了那只鞋,继续往前走。当他转过一片树林时,又看见了同样的一只鞋。

"又是一只鞋,看样子和刚才那只是一双。"他得意起来,"要是再把刚才那只拾起来,不就有一双新鞋了吗?"这样想着,他就把牛拴在大树上,赶紧向第一只鞋那儿跑去。鞋还在,他捡了鞋子,又赶回去。可是,当他来到那棵大树下时,却发现牛不见了。他找遍了树林,但都没找到。

没有了牛,回去不好向妻子交代。他只好又返回城中,打算再买一头牛。

当他经过鞋匠作坊的门口时,鞋匠看见了他,招呼道:

"宫本先生,你怎么又回来了?牛呢?"

宫本愣了一下,说:"嗯……牛嘛,我不喜欢它了,在路上卖掉了,卖了个好价钱。现在想重新买一头。"

鞋匠暗暗好笑,因为依洛已经把那头牛牵回来了,就藏在后院。见宫本还在吹牛,鞋匠就说:"正好,我有一头牛想卖,这可是一头好牛哪,不知你是否能相中?"

他们就来到后院。宫本并没认出这就是他被偷走的那头牛,问道:"这牛你卖多少钱?"

"不要多,和你第一次买的那头一样多。"

"什么?"宫本叫了起来,"你这头牛比我刚才买的那头差远了,我那头牛才叫壮呢!"

鞋匠说:"你不买算了,我这牛不愁卖不出好价钱。"

宫本只好按鞋匠要的价买下了自己的牛。

宫本离开时,鞋匠说:"路上小心,别把牛丢了。"

"不会的,没人能偷我的牛。"宫本又吹牛了。

依洛就笑着对师父说:"我再把他的牛偷回来,看他这次怎么办。"

师父摇摇头说:"不可能的。他这次肯定不会上你的当了。"

"让我试试看。"依洛说完,跑了出去。他抄小路来到宫本第一次丢牛的那片树林里,正好见宫本过来了,他就"哞、哞、哞"地叫起来。

宫本听见了牛叫,心想:"这一定是我刚才丢失的那头牛,我马上去捉住它,就有两头牛了。"他把刚买的牛拴在一棵树上,就朝着牛叫的地方走去。奇怪,这头牛仿佛在和他捉迷藏似的,总是在离他不远处叫着,一直把他引到密林深处。他在那儿找了半天,也没发现牛,只好垂头丧气地回去牵他刚买的那头牛。可是,走到那儿一看,牛又没了。他只好又回到城里。

走过城门时,他碰见了正站在鞋铺门口的依洛。"怎么,你又回来了?你那头牛呢?"依洛故意高声问道。

"我把牛供奉给菩萨了,希望菩萨能保佑我。现在我到市场上去再买一头。"

"不必去市场了,你可以看看我师父的这头牛。"

宫本走到后院,见了那头牛说:"这牛根本不能和我刚买的那头比。"

鞋匠和徒弟忍不住大笑起来,他们笑得是那样响,把邻居都吸引过来了。鞋匠把宫本两次买牛两次被偷,现在还要第三次来买同样的牛的事说了。邻居也哈哈大笑起来。

这时,鞋匠说:"宫本,你要是改掉你吹牛的坏毛病,我就不要你这牛和钱了。"

宫本只好答应,毕竟买牛要花好多钱呢。

宫本买牛的故事很快传开了。后来,只要宫本一吹牛,人们就用买牛的事来取笑他,从此,他再也不敢吹牛了。

(邓建敏 译)

捧着空花盆的孩子
(朝鲜)

很久很久以前,在一个国家里,有一个贤明而受人爱戴的国王,他的年纪已经很大了,但是没有一个孩子。这件心事,使他很伤脑筋。有一天,国王想出了一个办法，说："我要亲自在全国挑选一个诚实的孩子，收为我的义子。"他吩咐发给每一个孩子一些花种子，并宣布："如果谁能用这些种子培育出最美丽的花朵，那个孩子便是我的继承人。"

所有的孩子都种下了那些花种子，他们从早到晚浇水、施肥、松土，护理得非常精心。

有个名叫雄日的男孩，他也整天用心培育花种。但是，十天过去了，半个月过去了，一个月过去了……花盆里的种子依然如故，不见发芽。

"真奇怪！"雄日有些纳闷。

最后，他去问他的母亲："妈妈，为什么我种的花不发芽呢？"

母亲同样为此事操心，她说："你把花盆里的土换一换，看行不行。"

雄日依照妈妈的意见，在新的土壤里播下了那些种子。但是，它们仍不发芽。

国王决定观花的日子来到了。无数个穿着漂亮服装的孩子涌上街头，他们各自捧着盛开着鲜花的花盆，每个人都想成为继承王位的太子。但是，不知为什么，当国王环视花朵，从一个个孩子面前走过时，他的脸上没有一丝高兴的影子。

忽然，在一个店铺旁，国王看见了正在流泪的雄日，这个孩子端着空花盆站在那里。国王把他叫到自己跟前，问道："你为什么端着空花盆呢？"

雄日抽咽着，他把他如何种花，但花种子长期不萌芽的经过告诉给国王，并说，这可能是报应，因为他在别人的果园里偷摘过一个苹果。

国王听了雄日的回答，高兴地拉着他的双手，大声地说："这就是我的诚实的儿子！"

"为什么您选择了一个端着空花盆的孩子做接班人呢？"孩子们问国王。

国王认真地说："因为我发给你们的花种子都是煮熟了的种子。"

听了国王这句话，那些捧着最美丽的花朵的孩子们，个个面红耳赤，因为他们播下的是另外的花种。

（万方娟　译）

九色鹿的传说

（印度）

古时候，在一座景色秀丽的山中，有一只鹿，双角洁白如雪，浑身有九种鲜艳的毛色，漂亮极了！人称九色鹿。

这天，九色鹿在河边散步。突然，一个人抱着根木头顺流而下，在汹涌的波浪中奋力挣扎，高喊："救命啊，救命！"美丽善良的九色鹿不顾自己的安危，跳进河中，费尽九牛二虎之力，终于将落水人救上岸来。惊魂未定的落水人名叫调达，得救后频频向九色鹿叩头，感激地说："谢谢你的救命之恩。我对天起誓，永做你的奴仆，为你寻草觅食，终身受你的驱使……"

九色鹿打断调达的话头说："你的心意我领了，但我救你并不是让你来做我的奴仆。快回家与亲人团聚吧。你只要不向任何人泄露我的住处，就算是知恩图报了。"

调达又起誓说："恩人请放心，如果背信弃义，就让我浑身长疮，嘴里流脓！"说完，千恩万谢地走了。

这个国家的王妃，妖媚动人，有一天梦到了毛色九种、双角银白的九色鹿，她突发奇想：如果用此鹿的皮毛做件衣服穿上，我定会显得更加漂亮！于是，她娇嗔地对国王诉说了美梦，要国王立即捕捉九色鹿，不然，就死在他面前。

国王无奈，只好张贴皇榜，悬重赏捕鹿，有知九色鹿行踪或捕获者，赠国土一半，并用银碗装满金豆，金碗装满银豆作为重赏。调达看了皇榜，心中暗喜：我当国王、发大财的机会到了。虽然我对九色鹿立过誓言，但它毕竟是个畜生，怕什么？于是，他揭了榜文，进宫告密，说自己知道九色鹿居住的地方。国王闻言大喜，调集了军队，由调达带路，浩浩荡荡地前来捕捉九色鹿。

山林之中，春光明媚。九色鹿在开满红花的草地上睡得正香。突然，好友乌鸦高声叫喊道："九色鹿，快醒一醒吧，国王的军队捉你来了！"九色鹿从梦中惊醒，起身一看，已处在刀枪箭斧的包围之中，无法脱身，再仔细一看，调达站在国王旁边，便明白了，心想：即使死也要把他的丑恶嘴脸公布于众。于是，九色鹿毫无惧色地走到国王面前，问："大王，你是怎么知道我的住处的？"

"是他告诉我的。"国王指着调达说。

"你知道吗？"九色鹿说，"这个人在河中快要淹死时，是我救了他，他发誓不暴露我的住地。谁知道他见利忘义，反复无常。圣明的陛下，你竟然同一个灵魂肮脏的小人来滥杀无辜，岂不辱没了你的英名？"

此时，调达无地自容，身上长满了烂疮，嘴里流出了脓血，臭不可闻，遭到了报应。明白了事实真相，国王非常惭愧，斥责调达背信弃义，恩将仇报，传令收兵回宫，并下令全国臣民不许伤害九色鹿。

王妃没有得到九色鹿的皮毛，又羞又恨，最后活活气死了。

戒　指

（印度）

这是很久以前的事了。有一天，一个农民正在田里干活，忽然看见树上掉下来两个鸟蛋。鸟蛋摔破了，从一个鸟蛋里面爬出来一只雏鸟，另一个鸟蛋却变成了一枚戒指。雏鸟飞到农民头顶上说："你把这枚戒指戴在手指上，以后缺什么就跟它讲，它能满足你的需要。"雏鸟说完便飞走了。

农民戴上戒指，向城里走去。进了城，他碰上了早已相识的珠宝商，赶紧把戒指摘下来给他看，问道："这枚戒指值多少钱？"

"这是一枚普普通通的戒指。"珠宝商略略看了一眼说。

"不，你说错了。雏鸟告诉我，只要戴上这枚戒指，需要什么跟它说一下，它就能满足要求。"农民将得到戒指的经过告诉珠宝商。

珠宝商听了惊叹不已。他想了想，就说："天不早了，你跟我回家住一宿，明天再回去吧。"珠宝商把农民带回家里，热情地招待了一番，然后请他到一个房间里休息。夜里，他见农民睡着了，便蹑手蹑脚地走进来，把农民手上的戒指摘下来，再把自己的戒指戴在农民手上。农民睡得很死，竟然不知道这回事。

第二天早上农民走后，珠宝商将戒指戴在自己手上，说道："戒指呀，请给我一些金子。"果然，金子马上出现在他面前。不久，珠宝商家里堆起了一座金山。时间过得很快，不知不觉雨季来了，大雨"哗哗"下个不停。有一天，雨水冲塌了金山，珠宝商被压在了金山下。

且说农民回家后，把得到戒指的事对妻子讲了。妻子跟他商议说："咱们跟戒指要点儿土地吧。"农民阻拦道："千万使不得。只要咱们勤快点儿，明年一定能再买几亩田。"一年后，农民一家通过自己的辛勤劳动，果然置了几亩田。农民妻子又说："咱们跟戒指要几头耕牛吧。"农民还是摇摇头。

几年过去了，农民家里积攒了许多财富。就在家丁兴旺、日子红火的时候，老两口先后去世了。在安葬农民的时候，小孙子跟自己的父亲说："有一次，爷爷告诉我，他手上的戒指是无价之宝，咱们把它珍藏起来吧！"

"不！孩子，就让这枚戒指戴在爷爷手上，跟他老人家一块儿去吧。戒指再珍贵，也抵不过老人家一生的功德。"农民的儿子边说，边把烧尸的干柴点燃。

戒指与农民一起消失在烈火中。农民一家怎能想到，那是一枚被人偷梁换柱的假戒指呀！

（丁一建　译）

神　罐
（印度）

一个村子里有个穷庄稼汉，名字叫索米拉卡。他替地主起早贪黑地干活，可是吃的只是稀粥，还是捣烂了的树叶、菜叶熬的。

有一回，索米拉卡的女人对他说："你给我到树林里去，找些能吃的野菜根。我已饿得走不动路了。"

索米拉卡来到树林里，爬上了一棵无花果树，就摘起无花果来。突然，他看见树枝上挂着两个罐子，一个泥罐子，一个木罐子，两个罐子都盖着盖儿。

"拿一个罐子吧。"索米拉卡打定了主意，"我们家的那一个已经四分五裂了。"

他就拿了个木罐子，嘴里还说：

"得了个罐子，我女人还不怎么高兴；要是罐子里有糕饼什么的，带回家去，那她才快活呢。"

他刚说完这句话，罐子盖突然往上微微掀起，他一眼看见罐子里有个米饼。

"这才是运气！"他叫了起来，纵身一跳就下了树。接着他说："我把饼带给我女人，她准欢喜！可惜罐子里只有一个饼，要不然，我也可以吃个饱！"

他的话还没说完，罐子盖儿又掀开了一道缝，里面有两个米饼呢。

"这可真是个神罐！"索米拉卡心里这么想，"我不该要什么糕饼，该要烧鹅掌尝尝。"

他刚说出这么句话，罐子盖又掀开了一点，他一眼看见了里面的烧鹅掌。

索米拉卡吃了米饼，吃了烧鹅掌，便往家走去。一路走来，心里高兴，嘴里就唱起歌来了。

他走回家去，得路过地主家门口。地主听见索米拉卡唱得挺高兴，心里就纳闷起来。这地主从来没看见过自己村子里的庄稼汉这么高兴过。

"喂，你来！"地主喊道，"我想跟你说句话！"

庄稼汉一进地主家门，地主就问他："你有什么可乐的，干吗在我家门口唱歌？"

"我交了好运啦，在树林子里找到了一个稀罕的罐子。"

"好哇，拿出来给我看看！"

索米拉卡把自己的宝贝摆在地毯上，说："我要炸鹌鹑！"

罐子盖跳了起来，地主一眼就看见里面的炸鹌鹑。他看着，眼热得两手都哆嗦起来，一心只想怎么才能把这罐子弄到手。

地主把炸鹌鹑拿在手里，对庄稼汉说："你给我到伙食房里拿瓶酒来，我要吃午饭了。"

索米拉卡还在伙食房里找酒呐，地主就趁这一会儿工夫，把神罐藏了起来，换了个一模一样的普通罐子，摆在地毯上。

索米拉卡拿来了一瓶酒，放在地毯上，说："好老爷，请原谅我，让我回家去吧，我女人病在床上。我回去，她就该欢喜啦。"

他拿着罐子，跑进自己的茅屋。他的妻子已经饿得等不及了。

索米拉卡一跑进茅屋，就高声叫道："老伴儿，你该高兴啦！如今你要吃什么就吃什么！"

他把罐子放在地上，大声说道："我要炸鹌鹑！"

罐子盖动也不动。

索米拉卡奇怪起来了，心想："罐子怎么不听话了？再试试看！"

他又吩咐了一声："我要炸鹌鹑！"

罐子盖还是一动不动。

"我的宝贝怎么啦？"索米拉卡担心起来，他说，"刚才在地主家里，我说一句，这罐子就依一句，可是这会儿却一点儿也不灵了。"

"这么说来，你把自己的宝贝给地主看过啦？"他的女人问他。

"给他看过啦，还请他吃了个炸鹌鹑呢。"

他的女人一听，就哭起来了，说："地主偷着把你的宝贝藏起来，却拿个普通罐子搪塞你。"

索米拉卡说："别哭，别哭，无花果树枝上还有个罐子挂在那儿，我这就跑去拿来。"

他跑到树林子里，从无花果树上把泥罐子摘下来，就往家走去。他一路走来，心里高兴，又唱起歌来了。

地主听见歌声，从窗户里往外一瞧：嗬，来到眼前的又是那个庄稼汉。只是他手里拿的不是个木罐子，而是个泥罐子，罐子上也有个盖儿盖着。

"难道他还有个神罐吗？"这个贼地主一转念头，心里说，"嗯，不用说也是个神罐，要不然，他不会唱得这么高兴。"

地主打定主意要把这个罐子也弄到手。他招呼索米拉卡进了屋子，对他说："你这是个什么罐子？卖给我吧。"

"不能卖，我的老爷。这个罐子是无价之宝，比珍珠还宝贵呢。"

地主生气了，他说："不愿意卖——就得白送给我！"

他一边这么说，一边就动手把罐子盖揭开。霎时间，罐子里一连飞出了二十个大拳头，全都朝贼地主猛打。地主的脑门上、后脑勺上、鼻子上、脊背上、胸脯上、肚子上没有一处不挨了大拳头。他一边哀号，一边往门外跑。可是，大拳头不放松，一个劲儿地打个不休。

"饶了我吧，索米拉卡！"他倒在地上，大声央告，"我求求你，你就吩咐一声，让大拳头收起！"

"还我罐子，大拳头就会收起。"

"我还，我还，只要你收起这些怕人的大拳头！"

"大拳头，给我回去！"索米拉卡吩咐道。

大拳头乖乖地进了罐子，不见了。

地主半死不活地爬进了屋子，从角落里拿出了罐子，哼呀哼地把罐子交还给索米拉卡。

交好运的索米拉卡高高兴兴地回到了家里。那天晚上，他跟他女人俩，一辈子第一回吃饱了肚子睡觉。

索米拉卡如今日子过得很好，他的街坊邻居也过得不坏。有些日子，穷人们没东西吃，索米拉卡就把木罐子拿出去，让挨饿的人都吃饱肚子。

夏天就这么过去了。

这时候，全国传遍了这么个消息，说国王的女儿要出嫁了。那个地主一听到这个消息，就来到王宫里，对国王说："啊，万王之王啊！请你下个命令，在公主结婚的那天,叫农民索米拉卡到王宫里来。他有个神罐。在婚礼宴席上你要什么,索米拉卡那神罐就会给你什么。"

一听到这个话,国王就下令叫索米拉卡带着神罐上王宫里来。

一国之主有无上的权力,一个农民怎敢不听他的命令。到了指定的日子,索米拉卡就来到了王宫里。

"把罐子给我看!有人说,那是个神罐!此话当真?"

"啊,万王之王啊,但愿你万寿无疆!这话可不假!"

"既然如此,就叫罐子把天底下最好吃的糖果给我拿来。"

国王的话刚说完,罐子盖就往上掀开了一道缝。他一眼看去,只见满满的一罐子糖果。国王一尝,就捧着罐子再也不肯放手了。他吃了又吃,直吃到罐子里空空的。

"这么出色的糖果,世上凡人是吃不到的!"国王赞叹着说,"把神罐给我留下,三天之后,贺客散了,我再交还你。"

索米拉卡朝国王鞠了个躬,就动身回家了。

王宫里大办喜事,贵宾们一连庆贺了三天。一连三天,贵宾们吃着奇妙的糖果,个个都赞不绝口:

"这样的糖果,就是神仙也没吃过!"

三天之后,贺客散了,索米拉卡来要罐子。

"你到这儿来干吗,蠢猪?"国王朝他这么吆喝。

"我来取我的罐子,慈悲的国王!"

"这王宫里的东西都是我的。你给我滚,要不然,我就吩咐一声,把你扔到大象脚底下!"

"啊,国王啊!"索米拉卡哀求道,"那是我的罐子……"

"你这奴才!倒顶撞起我来了!来,警卫。把他带下去,扔到大象脚底下!"

警卫们朝索米拉卡扑上来的时候,索米拉卡立刻从怀里掏出泥罐子,揭开了盖。霎时间,罐子里一连冲出了二十个大拳头,就打起国王来了。国王才挨了第一拳,就倒在了地上。可是,拳头还是一个劲儿地打个不休。

"收起拳头,索米拉卡!"国王哀求道,"收起拳头,我求求你!"

"只要还我神罐,拳头就会收起!"

"把神罐拿来!"国王朝侍从们叫喊,"快着点儿,要不然,这些拳头就得送了我的命!"

侍从拿着神罐跑了来,索米拉卡这才吩咐一声:"拳头,给我回去!"

随后，他朝国王又鞠躬又作揖，说：

"告辞了，公正无私的国王。我得回家去啦。家里已有好多饿汉等着我的神罐呢。"

国王一声儿也没言语。原来，这个欺诈人的国王脑门上结结实实挨了一拳，就此成了哑巴。

（徐亚倩　译）

哥儿仨
（印度）

从前有户穷苦人家，老的老，小的小，常常忍饥挨饿。为了吃顿饱饭，他们决定离乡背井，进城去当苦力。这天，父亲带着妻小离开村子。走着走着，太阳偏西了，一家人准备在路边的一棵大树下过夜。

父亲对大儿子说："孩子，你到树林里拾点干柴，咱们先把火生着，暖暖身子。"

老大拔腿就走，老二急忙拦住他："哥哥，让我去吧。"

"不，你俩留下，我去。"老三争着说。

"好吧，听我的。"父亲见他们哥儿仨争起来，便说，"老大去拾柴，老二去担水，老三砌炉灶。"

父亲说完，哥儿仨马上分头干开了。

没过多久，柴拾回来了，水担好了，炉灶搭起来了。接着，父亲生上火，母亲烧开了一锅水。可是，用啥做饭呢？一家人正在发愁，只听树上一只鸟儿叫道："多么勤快的人呀，可惜一粒粮食也没有。"

"你等着，我们把你捉住！"哥儿仨齐声说。

"小兄弟，不要急。我告诉你们一个地方，那里什么都有。"鸟儿说完便把他们带到一个山冈上，指着一块地方说，"把这儿刨开。"

他们刨开一看，里面全是珍珠、玛瑙和金银宝器。哥儿仨把这些贵重东西捡回来，交给父亲。第二天一早，这一家人又回到村里。父亲用珠宝换回许多粮食，日子过得好多了。

再说，这村子有户财主，知道这件事后跑来问："你家怎么一下子发起来了？"他们把事情经过照实讲了。

第二天，财主早早就带上老婆孩子离开家门，傍晚来到那棵大树下。财主跟大少爷说："你快拾柴去！"

"老二咋不去？"

财主又喊二少爷。老二支支吾吾地说："我太累了，老三去吧。"

财主看了一眼小少爷——他趴在地上一动不动，正在装睡呢。

见此情景，财主老婆急了，说："我去！"

"你？"财主没好气地说，"你在那儿坐着吧！"

就这样，财主一家人谁也没挪动一步。当然喽，什么干柴呀，水呀，炉灶呀，绝不可能从天上掉下来。

这一切，又被树上的鸟儿看见了，它故意打趣地说："喂，你们有的是粮食，怎么不生火做饭呢？"

听到鸟儿的叫声，财主和儿子们嚯地从地上爬起来，神气十足地说："我们要把你吃掉！"

"呸，亏你说得出口，想吃掉我没那么容易！"鸟儿说完便飞走了。

财主一家人眼巴巴地望着鸟儿飞去，一场美梦破灭了。

（冯晓琴　译）

马希拉罗比亚城的织毯匠
（印度）

在印度南部的马希拉罗比亚城有一个织毯匠，他的名字叫沙加拉达。他会织各种各样美丽的地毯，但他织得很慢，一年只能织一条。因此，他赚的钱也很少。

有一次，沙加拉达在织一条最最美丽的地毯。在快要完工的时候，织机突然断了。

沙加拉达本来就穷，再加上织机坏了，怎么能叫他不伤心呢？但是，生活不允许他白白地耽误时间。他擦干眼泪，提起斧子，准备出去找一棵合适的树，做一台新的织机。

他走了很多地方，看了很多的树，但没有一棵能使他满意。最后，他终于看中了海滩边上的那棵高大的黄杨。

"这棵树用来做织机最合适！"他兴奋地喊了起来。

可是，他刚刚举起斧子，忽然听到一个人的声音："沙加拉达，我的朋友，你就饶了这棵树吧！"

织毯匠看看四周，一个人也没有。他感到奇怪，就问："是谁在跟我说话呀？"

"是我。我是森林之神，黄杨就是我的家，你为什么要砍它呢？"

沙加拉达吓了一跳。但是，他一想到他那断了的织机，想到一家人的生活，还是想砍这棵树。他对森林之神说："要是我找不到一棵好树来做一台新织机，我那条地毯就织不完了。地毯卖不出去，一家人就要挨饿。森林之神啊，你做做好事，搬到别处去，让我砍了这棵黄杨吧！"

"不，这棵树你可不能动！我已经在这里住惯了，即使最热的天，海风一吹，这里也很凉快。你有什么要求，就对我说吧，我会满足你的。"森林之神说。

沙加拉达想了想，就同意不砍这棵树。不过，他要提什么要求呢？这件事，还得回去和妻子商量商量。

在回家的路上，他遇到了一个熟识的理发师。理发师问他："我的朋友，你急急忙忙上哪儿去呀？"

"请你别耽误我的时间！现在，森林之神都听我的话，我要回去和妻子商量商量，看看向他要些什么东西。"

"噢，既然是这样，你就跟他要一个王国好了。你当国王，我当你的谋士。这样一来，咱们俩就能享尽人间的快乐了！"

"也许你说的是对的，"织毯匠说，"不过，我还是得和妻子商量商量。"

"你这是怎么啦，我的朋友？你怎么能听一个女人的话呢？"

"也许你说得有道理。不过，我还是得和妻子商量商量。"

沙加拉达离开了理发师，就赶紧回家问他的妻子：

"亲爱的，森林之神说，我跟他要什么，他都能满足我的要求。我们应当向他要些什么呢？我的理发师朋友劝我要一个王国。"

"那个理发师也太蠢了，别听他的！你难道不知道吗，国王有操不完的心，他的周围全是一些奸臣。国王的生活是不会快乐的。"

"你说得真好，我的妻子！可是，我们能跟他要些什么呢？"

“你最爱的是什么呢？是织地毯吧！我看得出来，你爱织地毯都胜过爱我了！”

“是的，是的！亲爱的，你说得真对！”

“大家都称赞你的手艺，都爱买你的地毯。可是，现在你一年都织不了一条地毯，所以我们才这么穷。你去跟森林之神要一台好的织机吧，有了这种织机，你想要多少地毯就能给你织多少地毯，而且能织出最美的图案。”

沙加拉达听了妻子的话，就到海边去找森林之神。他越走心情越沉重，心想：让森林之神给我一台织机，地毯由它自己织，花纹由它自己编，我这个人还有什么用呢？不是只会卖地毯，赚大钱了吗？他越想，心里越不是滋味。见了森林之神，他就说：

“我什么也不要你的。要是你不让我砍这棵树的话，就请你帮我把那台断了的织机修好吧？”

“好的，我一定满足你的要求！”森林之神说。

沙加拉达高高兴兴地往回走。一进家门，他就看到，原来的那台织机已经修整一新。

沙加拉达又开始织地毯了。他白天织，夜里也织，忘记了世上的一切。妻子走到身边，他没有看见。理发师进来，他也没有看见。

他织完一条地毯，看了又看，一百遍都看不够！他笑了笑，自言自语地说：

“谁能知道我现在有多么幸福！当然，我可以当一个国王，有数不尽的金银财宝，有大量的奴隶，人人都会来奉承我。不过，我不会有一个真诚的朋友。森林之神也能让我变成一个富翁。不过，我会整天得不到安宁，生怕丢掉自己的财富。现在，我能亲眼看到自己织的美丽的地毯，亲耳听到大家发自内心赞美我的话。世界上还能有谁比我更幸福呢？还是一首民谣说得好：

人的理想，

只能通过他的劳动来实现。

人的一生，

只能通过他的事业来评判。”

沙加拉达活了很多年。他并没有积累起什么财富，但他是一个幸福的人，因为他织的地毯，比人们给他的金银还要美丽。他看着这些地毯，完全忘记了自己是个贫穷的人。沙加拉达的手艺在全国都出了名，甚至在他死后，人们还常常想起来：马希拉罗比亚城的那个织毯匠织的地毯多么美丽、多么耐用啊！

（宗泽群　译）

国王的秘密

（泰国）

古时候，泰国有一个国王整天愁眉苦脸，闷闷不乐。一些老百姓很替他担忧，以为国王生病了。但是，宫廷大夫说，国王像水牛一般强壮。另一些老百姓又担心，怕是国王没钱花了。但是，宫廷司库说："国王拥有的财富和粮食比中国还多得多。"举国上下传说纷纭，议论纷纷，都希望能找到真正的原因，揭开这个秘密。

然而，全国只有一个人知道国王的秘密，这人就是国王的理发师。有一天，他在给国王理发时，偷偷地对国王说："陛下，臣明白你为什么不高兴。"

"可不许对任何人讲。"国王马上制止道。

世上的事，往往是事与愿违的，这位理发师喜欢多嘴，不善于保守秘密，凡是他知道的事，怎么也藏不住，总会脱口而出。然而这一次，他下了最大决心不把这件事泄露出去，甚至连老婆问他，他也坚决地回答："请原谅我。这一次，我绝不泄露秘密。"

但是，老百姓探听到他知道国王的秘密，就成天围着他转，他走到哪里，就跟到哪里，希望从他身上打听一些消息。因此，他成了全国注目的中心人物。有一次，理发师泛舟于大湖之中，立刻有许多小船围拢过来。此事过后，理发师为逃避人们的纠缠，远离城市，到乡间去，没想到，又被周围的农夫包围住了。

他到寺庙烧香拜佛，也被熙熙攘攘的香客围得水泄不通。最后，他想也许待在家里可以清静些，结果连他的家也被人团团围住，不得安宁。理发师被弄得不知所措，痛苦极了。

理发师的处境使妻子很为他担忧，但同时也勾起了她强烈的好奇心，她多么想知道这其中的奥妙。有一次，家里又是里三层、外三层地围满了人。妻子实在憋不住了，跑到丈夫面前恳求道："告诉我吧，我决不转告任何人。"此刻理发师已感到，国王的秘密再也保不住了。于是，他飞快地冲进国王的御花园，数百名群众在后面追赶着他。他钻进一个树洞里，不顾一切地、撕裂着嗓门大声地述说国王的秘密。由于太紧张了，声音在颤抖，以致谁也听不清他嚷了些什么。然而这样做以后，理发师感到如释重负，轻松多了。于是，他长长地吁出一口气，钻出树洞往家里走去。沿路上，他感到今天的空气也格外清新，心情特别舒畅。

回到家里，当妻子恳求他将秘密和盘托出时，他非常轻松地说："我再也没有什么秘密啦，因此也没什么可说的了。"

"可是你什么也没说呀。"妻子惊讶地反驳道。

理发师一笑了之。

事也凑巧，皇家乐师要为国王造一个大鼓。国王十分喜爱打鼓，而且有精湛的打鼓技巧。于是，乐师们来到御花园选择优质木材。更为凑巧的是，他们正好选中了理发师藏身的那棵有树洞的大树。

他们锯下大树，由大象把它拖回王宫，用它制成了一个大鼓。当鼓制成后，国王举槌击鼓。"咚！咚！咚！"大鼓发出铿锵的隆隆声。国王满心欢喜，决定要在下一个重大节日里，在宫内表演一番。节日到了，数百名文武官员和百姓前来听鼓。国王举槌猛击大鼓。大家聚精会神地聆听："咚——达达——咚"，但除了鼓声以外，还伴有一个巨大的声音："陛下的头秃顶啦，头秃顶啦！"

听众们啼笑皆非。有的人用手捂住嘴巴，生怕笑出声来。国王看上去比以前更加愁眉不展了，他恼羞成怒地喝道："宫廷理发师在哪儿？"

理发师被带到殿前，国王训斥道："你为什么把我的秘密告诉大树？"

理发师惊恐万状，但他还是把前前后后发生的事情统统照直对国王说了。

"放了他。"国王见他忠诚老实，就命令道，"这不是他的过错。他不了解那棵树能重复人的话。"

百姓们焦虑地等待着，看国王将如何处置理发师。就在这时，大鼓重又嚷起来："陛下的头秃顶啦，头秃顶啦！"大家面面相觑，不知如何是好，气氛显得异常紧张。

这时，国王打破了寂静，从容不迫地对众人说道："是的，我承认这个事实。因为，没有任何人可以隐瞒自己的缺陷，也没有一个人是完美无缺的。"说着，国王坦然地笑了。这是多年来国王第一次笑。他心情如此愉快，是因为他再也没什么可隐瞒的了。

（夏祚群　译）

金 鹿
（缅甸）

很久以前，在一个大森林里，有一头金鹿。它是万兽之王，因为它有一种非凡的魔力：只要用金蹄在地上敲击一次，就有一枚金币出现。

一天，贪婪的国王打听到这个消息，欣喜若狂。他对金币早已垂涎三尺，于是命令他的部下到森林里捕捉金鹿。国王的部下在森林里四处搜索着。好几次，他们已经发现了金鹿，可金鹿总是一溜烟似的逃走了。

金鹿在逃跑的路上，遇到了一个牧人。金鹿恳求道："牧人，国王的部下正在追捕我，如果他们来到这里，请不要告诉他们你看见过我。"

"金鹿好友，"善良的牧人回答道，"这里地下有一个大洞，你赶紧躲到里面去，这样你就安全了。"

不一会儿，国王的部下赶到了。他们对牧人大声嚷道："你有没有看见一头金鹿打这儿经过？"

"噢，有，"牧人从容不迫地答道，"就在你们到来之前，我刚看见它跑进森林里去了。"

国王的部下信以为真，连忙向林子里追去。稍过片刻，牧人打开洞门朝里面喊了一声："金鹿好友，现在可以出来啦。国王的部下全都窜到林子里去了。你已经没有危险，可以放心地走啦。"

"好牧人，救命之恩永世不忘，"金鹿感激地说，"将来如果你遇到困难，我一定会尽力帮忙的。现在我赠给你一些金币，报答你的仁慈。"说完，金鹿用蹄子在地上敲了几下，一堆金币立刻出现在牧人面前。

这时，国王的部下从林子里转了回来。他们发现地上的一堆金币，知道牧人欺骗了他们，就把他带去见国王。

国王见到牧人，就厉声地对他说："据我的部下说，你知道金鹿藏在哪里。你必须在七天之内交出金鹿，把它带来见我，否则我就要你的命。"

牧人怎敢违抗王命。他面带愁容，拖着沉重的步子离开了王宫，到森林里寻觅金鹿。

牧人找遍了整个山林，连金鹿的影子都不见。最后，他来到一条河边，河中有一条大蟒蛇拦住了去路。

"牧人，"蟒蛇说道，"你来这里干什么？"

"我是奉国王之命来请金鹿的，"牧人如实地答道，"我不会伤害你的。"

"牧人，"蟒蛇温顺地说，"金鹿是我们万兽之王。既然国王差人召见它，想必是事出有因。我有一条小船，你往返可乘它渡河。"

牧人向蟒蛇道过谢，便划船渡过了河。在河的彼岸，他遇见了一只老虎。

"牧人，"老虎问道，"你到这里来干什么？"

"我是奉国王之命来请金鹿的，"牧人解释道，"我不会伤害你的。"

"牧人，"老虎热情地说，"我是万兽之王的保镖。我带你去见兽王！"

于是，老虎带着牧人去见金鹿。金鹿见到牧人，喜形于色，问他到此有何见教。牧人忧心忡忡地说："国王命令我七天之内必须带着你去见他，不然我就要被处死。"

"我的好友，你救了我的命，"金鹿说，"现在该轮到我救你了。让我们马上就去见国王吧。"

于是，金鹿、老虎和牧人一同来到河边。他们把老虎留下，金鹿和牧人乘上蟒蛇的小船，渡过了河。然后，把小船还给蟒蛇，他们便匆匆来到王宫。

在宫中，国王兴高采烈地接见了他们。他迫不及待地对金鹿说："金鹿，听说你用金蹄每敲打一次地面，就会出现一枚金币。如果确有此事，就请你为我敲打出许多许多的金币好吗？"

"好的，陛下。"金鹿满口答应，接着又说，"但是你得保证，不许命令我停下来。"

国王贪婪成性，便不假思索地说："即使金币堆成了山，我也决不叫你停下来。"

接着，金鹿要国王当面发誓，要是国王命令它停止敲打地面，那么所有的金币就会全部变成泥土。他们谈妥后，金鹿便开始敲击地面。它用蹄子不断地敲呀，敲呀，金币一枚接着一枚落在了国王的脚下。一会儿工夫，已堆积了一大堆金币，然而金鹿依然不停地敲击。金币越堆越高，最后几乎把国王掩埋了。财迷心窍的国王这时才惊慌害怕起来。

"停下来！"国王尖叫道，"不然我要被埋葬了。"金鹿冷冷地笑了笑，停住了蹄子。可是，当金鹿停下来的时候，所有的金币顷刻间全都变成了泥土，国王被深深地埋在土里。贪婪的国王看到全部的金币都已化为乌有，难过地死去了。

（冯晓琴 译）

三个商人买三条猫腿

（印度）

　　一个村镇里，有这么三个商人，一个叫白胡子，一个叫没胡子，另一个叫秃头。他们仨合伙做买卖。他们有座仓库，里面装着地毯、披肩、绸缎、男女时装和其他一应物品。世上的商人都害怕盗贼，所以他们三个人雇了一个名叫阿里的穷人给他们看守仓库。

　　没想到，搅得商人们不得安生的不是偷儿，而是老鼠。

　　仓库里老鼠成灾，把许多货物都咬坏了。

　　商人们吩咐阿里快去买一只猫来。

　　阿里说："我家有一只猫，很能捉老鼠，可以卖给你们。"

　　商人们问："你想要多少钱？"

　　阿里说："很便宜，每条腿要一个银币。"

　　这时，最吝啬、最狡猾的白胡子商人问："你的猫是四条腿吧？"

　　阿里回答说："当然是四条腿。"

　　"那我们只买三条腿。顶用的猫有三条腿就能够捉到老鼠。现在给你三个银币，我们买下三条猫腿，你把猫拿来吧！"

　　阿里问道："那第四条腿是属于我的，对吗？"

　　贪财的商人们说："是的。"

　　于是，阿里把猫放进了仓库。

　　谁料到，第一天就发生了倒霉的事：猫在捕捉老鼠的时候从货架上跌下来，把一条腿摔坏了。

　　商人们听说之后，异口同声地说："快去找兽医看看！"

　　阿里说："我将立即按你们的吩咐办。不过，尊敬的先生们，我想知道，你们谁给我钱去付治疗费？"

　　白胡子商人抢先声明："我不付钱。我买的是左后腿，猫摔坏的是右前腿。"

　　没胡子说："我付钱买的可是右后腿。"

　　秃头说："我买的是左前腿。"

　　白胡子说："属于阿里的那条猫腿摔坏了，医疗费应由阿里负担。"

　　阿里并没有争辩，他把猫装进口袋，进城去了。在城里，兽医给猫整了骨，把摔坏的腿包扎了起来。医生对阿里说：

　　"一周后才能好。现在它只得用三条腿跳来跳去了。"

阿里把卖猫得来的三个银币付给医生当了诊费，然后带着猫回来了。黑夜，他又把猫放进了仓库。

这一夜，老鼠可太多了。它们听说小猫摔断了腿，就闹腾得更加厉害了。可怜的猫儿为了捉老鼠，不得不用三条腿跳来跳去，好不辛苦！有一回，它在追捕一只最调皮的老鼠时，尾巴把油灯打翻到地上。这样，就引起了一场大火，仓库全烧掉了，货物变成了一堆灰烬。

商人们遭到这样惨重的损失，心里恼火极了，气得"嗷嗷"直叫。稍微冷静下来之后，他们说："全怪这只该死的猫，而这只猫又是属于四个人的，阿里该承担损失的四分之一。"

阿里说："我的全部财产就是一身破衣裳。可敬的先生们，你们从我身上是榨不出什么油水来的！"

白胡子说："我们的货物一共值一千卢比。如果你拿不出二百五十卢比，法官就会判处你做我们的奴隶，将终身为我们白白干活。"

商人们捉住阿里的衣袖，把他扭送到法官面前。

白胡子商人手里抱着小猫，猫的一条腿上还扎着绷带。

白胡子对法官说："公正的法官先生，这只猫捉老鼠时用尾巴把油灯扫倒了，引起了一场火灾，我们的货物全被烧光了。英明的法官，你说，难道猫的主人不应该平均分担这场火灾的损失吗？"

"应当。"法官说。

于是三个商人一起扑向阿里："你听见尊敬的法官说什么了吗？快给我们二百五十卢比，不然我们就让你当奴隶累死。"

这个时候，法官提了一个问题："为什么猫有一条腿包扎起来了？"

商人们齐声回答："猫捉老鼠时摔伤了一条腿，医生给它包扎起来了。"

法官问白胡子商人："告诉我，为了医治猫腿，你付了多少钱？"

"法官先生，猫摔伤的那条腿，不是属于我的。"

"那么，请秃头商人告诉我，你付了多少钱？"

"善良的法官，我买的那条猫腿没有摔坏，我为什么平白无故地付钱呢？"

"那么一定是没胡子商人付的治疗费了？"

没胡子也连连摇头说："不，猫摔伤的那条腿是属于阿里的，所以阿里付了这笔款。"

法官问："就是说，猫儿受伤的那条腿是阿里的？"

商人们又一次异口同声地说："是的，是属于他的。"

"另外三条腿分别属于你们三个人？"

"是的，一点不错。"三人齐声答道。

这时，法官想了想又问："就是说，猫儿是用三条没受伤的腿跑的时候撞倒了油灯？"

三个商人连声说："是的，是这样。"

法官这才判定说："看守仓库的阿里一个卢比也不应当付给你们。猫之所以撞翻油灯造成火灾，是因为它在捉老鼠。当时，猫是用属于你们三个人的三条腿在捉老鼠，第四条腿受伤包扎，并未参与捉老鼠。请你们走开吧，不要再打搅我了。"

听了这样的判决，白胡子气得把猫使劲扔到地上，把白胡须扯掉了好几根，气急败坏地走出了法庭。秃头和没胡子也跟着白胡子跌跌撞撞地走了出去。

阿里对法官的公正判决非常满意，他抱着自己的猫儿回到自己的小草房去了。

（章晨　译）

能使树开花的老人
（印度尼西亚）

古时候，有一位心地善良的老人，遇事总是为他人着想。有一天，他在路上碰见一条狗，狗用人的声音跟他说："喂，老爷爷，我是个孤儿，生活很苦，劳驾您把我带回家，我甘愿做您的仆人。"老人家很同情这条狗的遭遇，便把它带回去养起来。

几天以后，老人要到山上去砍柴，狗也想跟他一块儿去，老人同意了。一路上，狗在前面走，老人跟在后面。突然，狗停下来，狂吠着，指着脚下对老人说："请您刨开这里瞧瞧。"

老人刚刨几镐，便看见里面埋着耀眼的金子。他很奇怪，不敢再刨下去了。狗急忙说："老爷爷，您过得很清苦，就把这些金子带回去吧。"老人听了，捡了几块金子便回去了。

这件事被邻里老翁知道了,那是个见钱眼开、利欲熏心的人。他马上来到老人家里,请求把狗借他用一天。老人平素与邻里相处得很好,又很乐于助人,也就痛痛快快地答应了。

邻里老翁急忙把狗带到一个僻静的地方,悄悄地对它说:"告诉我金子埋在哪里,不然就把你杀掉。"可是,那只狗默默地趴在地上,根本不理睬他。老翁又重复几次,狗还是不作声。老翁火了,真的把狗杀了。

老翁无法隐瞒,将此事照实跟老人讲了。老人放声大哭,把狗葬在埋金子的地方。第二天清早,他又来到狗的墓前,献上一束鲜花。可是,他感到非常奇怪,这里本来是荒凉的山冈,怎么会突然长出一棵大树?老人想到自己种的稻谷还堆在场上,正愁没有臼和杵脱粒呢,便将那棵树锯断,做成臼和杵。但是,偏偏怪得很,每当他用臼和杵捣谷时,就会从里面蹦出来一些金子。

这奇闻又被那个老翁知道了。他不死心,非得把臼和杵借来用用不可。老翁来到老人家,硬把臼和杵抢走了。说来也是报应,臼和杵到了他的手里,从里面并未蹦出金子,而是蹦出沙粒。老翁气急败坏,又把臼和杵烧掉了。

老人赶紧来找老翁,他见自己珍爱的臼和杵变成一堆灰烬,心疼极了,只好从地上一点点收拾起来,装在布袋里带回家。老人走在半路上,忽然刮起一阵狂风,布袋里的灰烬被刮出来,飘落在路旁的一棵树上。这又是一桩奇事,那棵本来早已颓败的大树顷刻间变得青枝绿叶,枝头上挂满了一朵朵鲜花。老人惊喜万分,心想:"要是能让每棵树都变成这样,那该多好!"于是,老人边走边把灰烬向树上撒去,一座春天般的大花园果然出现在眼前。

从此,这个奇迹般的故事传开了。国王知道后,立刻下令将老人请入宫中,让他把灰烬撒到御花园里的树木上。老人遵旨照办,御花园也变成一片花海。国王见老人的奇闻名不虚传,分外高兴,给了他许多赏赐。

那个老翁这回又眼红了,他千方百计把老人剩下的一点儿灰烬偷去,径直来到王宫。他在国王面前毫不客气地说:"只要大王赏赐,我就能让宫中所有的树木开花。"国王点了点头。当老翁把灰烬撒向树上时,灰烬并没有落到树上,而是向国王这边飘来,差点儿迷了他的眼睛。国王勃然大怒,喝道:"你这个骗子,我要重重惩罚你!"

（章晨　译）

三个和一个

（印度尼西亚）

从前，苏门答腊岛上有个贫穷的农夫。在他那一块小小的土地上，长着一棵独一无二的香蕉树。

这天，三个行人——和尚、医生、高利贷者，走过穷人的茅屋旁边。高利贷者一眼看到了香蕉树，便跟两个同路人说："我们三个人，而农夫只有一个，他怎能拦住我们津津有味地吃他的香蕉呢？"

于是，这批不老实的坏蛋，就满不在乎地当着农夫的面，吃起香蕉来了。

"你们是干什么的呀？尊敬的先生们！"农夫绝望地叫道，"这是我的香蕉呀！"

"嘿，是你的，有什么根据呀？"和尚厚颜无耻地问道。

"这香蕉很合我们胃口，因此我们就吃啦！"医生补充道。

"别烦我们，要不，就叫你没有好下场！"高利贷者威胁道。

"他们三个人，而我只有一个。"农夫想了想，"论力气，我对付不了他们，但总不能眼巴巴地看着他们在我这里无法无天呀！"

于是，他就对这批不速之客说道："能在家里见到老佛爷和名扬四海的医生，我感到非常荣幸。但是，使我震惊的是，像高利贷者这样卑鄙的家伙竟跟你们在一起！看，他是多么贪心呀，你们摘一只香蕉，他就摘了五只，而且都是些熟透了的哩！"

这时，和尚气愤地喝道："你这个胀不死的高利贷者！对你佛爷太不恭敬啦！快给我滚，要不，我们就教训你！"

"他们三个人，而我只有一个。"高利贷者想了一想，就胆怯地溜掉了。

和尚和医生还在摘香蕉。

这时，农夫对医生这样说："别生气，可敬的先生！我觉得您的医术是无法治好人的。"

"我的医术？你这个不学无术的人，懂得什么呀？我使多少人恢复了健康啊！"

"我看是神使他们恢复健康的。"

"哪里是神？是我替他们治好的，不是神！"

"你说什么？你这亵渎神明的家伙！"和尚发起火来，"你胆敢怀疑神的威力！"

"虔诚的佛爷啊,他冒犯神明!"农夫跟着和尚大声叫了起来,"跟这样亵渎神明的人在一起,真是天大的罪过呀!"

"马上给我滚开!"和尚喝道。

"他们两个人,而我只有一个。"医生想了一想,慌忙丢下香蕉就逃掉啦。

当留下农夫与和尚一对一的时候,农夫问和尚道:"啊!你研究过许多佛经,你说说看,难道佛经不禁止侵犯别人的财产么?"

"不,佛经是禁止的。"和尚肯定地说。

"那你干吗吃别人香蕉呢?"

和尚正考虑怎样回答时,农夫拿起了一根非常沉重的棍子,给和尚指了指路,说道:"走你的路吧,虔诚的佛爷。从今以后,你休想再靠近我的香蕉树了!"

和尚向农夫手中那根非常沉重的棍子鞠了一个躬,就急匆匆地逃走了。

机智的农夫就这样赶走了这批不速之客。

（万方娟　译）

聪明的国王
（印度尼西亚）

有一个国家,当聪明的国王一天天变老的时候,来了一个巫师。他对国王说:"呵,国王,给你一罐魔水,喝上一口,你就可以长生不老。"

老国王可是个聪明人,十分小心谨慎。他命令把从宫廷边路过的头三个人带来觐见。不一会儿,一个著名的军人、一个富商和一个贫困的农民便被带到他的面前。

国王先问著名的军人:"请你告诉我,喝了这魔水,我会幸福吗?"

军人答道:"是的,会幸福的。您将万寿无疆,您征服全球的时代也就会到来。难道见到周围都是被自己征服的人,不是最大的幸福吗?"

这时,国王又问富商:"请你告诉我,喝了这魔水,我会幸福吗?"

富商答道:"是的,会幸福的。您将万岁万万岁,而您的财富则逐年增加。难道眼看着自己的财富不断增多,不是最大的幸福吗?"

这时，国王又问贫困的农民："请你告诉我，喝了这魔水，我会幸福吗？军人和商人对我讲的是实话吗？"

农民答道："啊，国王！无论军人还是商人，都只对你讲了一半实话。他们只告诉了你，为什么你会幸福，却故意只字不提为什么你会不幸。"

"你胡说什么呀？笨蛋！"商人和军人异口同声地喊道，"长生不老的国王怎么会有什么不幸？"

"英明的国王，请你听我说，"农民说，"你喝了这魔水，倒是会得到永生，会亲眼看到自己宝库中的财富日益增多，并将为自己的威力而自豪。但你心爱的妻子终有一天要去世，你所热爱的孩子们也要去世，你的子孙后代也都终将离开这个世界，你甚至不得不亲眼看着你的全部朋友和忠实的仆人统统死去，而你还将继续活着。总有一天，当你环顾四周时，在你身边，既看不到妻子，也见不到子孙，甚至连朋友和忠实的仆人也没有了。我们英明的国王呵，这就是你长生不老将要得到的幸福。如果你愿意的话，现在就把这魔水喝下去吧，那就可以长生不老啦！"

"决不！"国王激动地感叹道，"无论如何也不！如果我将失去所有的亲人和朋友，我要威力和财富干什么？"

就这样，国王一边感慨着，一边使劲地把装魔水的罐子丢在地上，摔了个粉碎。

大地吸收了魔水，而聪明的国王命人把罐子的碎片抛进了大海。

（邵焱　译）

智慧胜过黄金

（巴基斯坦）

有一天，商人和铁皮匠争论：财富和智慧，哪个更重要。商人说："如果穷得像田里的老鼠，智慧有什么用？"

"可是黄金也帮助不了傻瓜！"铁皮匠回答说。

"哼，你吹牛，"商人说，"黄金能够把一个人从任何灾难中救出来。"

铁皮匠不同意，说："没有智慧，黄金就一钱不值；有智慧，没有黄金，也能帮助人。"

"胡说！"商人生气了，"这是根本不可能的。如果你的智慧比我的黄金强，我送你一千卢比；如果我的黄金比你的智慧强，你做我的奴隶。你答应吗？"

"我同意。"铁皮匠回答说。

"那么，我们去找国王，把我们的争论告诉他，我们双方都不能反悔。"

接着，他们见到了国王，叙述了争论的情况。这个国王既残酷，又凶恶，他没有一天不杀人。这一天，他已经杀了三个无辜的人。这时，国王看到商人和铁皮匠，想叫刽子手来把他们也杀了。但他想起了父亲的遗训："一天杀人不得超过三个，否则没有人为你猎取大象，放牧你的马群，给你种棉花和水稻。"

国王不敢违背父亲的遗训，但他又想出了下面一条奸计：他交给商人一封用棕榈叶写的信，上面加了三道封漆，说："你同铁皮匠到邻国去，把这封信转交给邻国的国王。你们回来时，我将要赏赐你们。"

商人和铁皮匠到邻国去了，他们把信交给了国王后，就等待国王说什么。国王去掉封漆，展出棕榈叶信，高声读了起来："我的强大邻居！你要过好日子的话，就把这两个人杀掉！"

商人一听到信中写的内容，吓得马上跪在国王面前，哀求说："大王饶命！我把黄金都给你，只要让我活命！"

国王微笑了一下，说："我自己的黄金已够多了。卫兵！把这两人关押起来。一小时后，叫刽子手砍掉这两个外国人的头！"

卫兵们围住了商人和铁皮匠，牢牢监视着他们两人。商人哀求说："放我走吧，我一定重重谢你们，每人给一千卢比！"

"我们把你放了，国王就要杀我们的头。"卫队长叹了一口气说，"没有头，黄金也不能增添快乐。"

还没过一小时，刽子手来了，后面是国王和宫廷官员，刽子手刚拿起刀，铁皮匠就哈哈大笑起来。

"你笑什么，没理智的人！"国王感到十分奇怪。

"国王，我告诉你我笑的原因：五天之前，在我们国王的王宫里出现了一个伟大的预言者，这个预言者看到我们，就对国王说：'只要在你的国家里还有这个铁皮匠和这个商人，你的国家就要遭到可怕的灾难！例如，鼠疫、干旱、暴雨、饥饿。除掉这两个人吧，但你要记住，如果你把他们杀死，你的国家里的各种灾难就会一齐发生。所以，你要想法让别的国王杀死他们。这样，一切灾难就会降临到别的国土上。’”

国王听了这个故事，勃然大怒，狂叫道："这么说，你们的国王是想要毁灭我的国家！你们回去吧，告诉这个不守信义的家伙，六天后我的勇士们要踩毁他的土地，我要把他俘虏来，叫他在这里种田！"

铁皮匠和商人向国王行了礼，急急忙忙回去了。在路上，铁皮匠对商人说："现在你明白智慧比黄金强了吧？要不是我，你现在头也没有了！快给我一千卢比！"

"我们先回家再说，"商人回答说，"到了家里后再看情况。"

商人舍不得一千卢比，他决心要谋害铁皮匠。

三天后，他们就来到了国王面前，说："邻国国王向你宣战：三天后他的军队要踏平我们的庄稼！"

国王听了，吓坏了，问："那个国王怎么对我生气的？"

这时商人抢着说："这都是由于铁皮匠不好，国王才对你发火的。"

于是商人把一切经过都告诉了国王。国王听了，从王位上跳起来，叫道："我要砍掉你们两个人的头！来人，快叫刽子手来！"

刽子手来了，商人跪在刽子手面前哀求："先生，饶了我吧！我给你一头大象，一袋黄金。"

国王听到后，叫道："你们两人叫敌人的军队来进攻我国，我非杀了你们不可！"

刽子手挥了一下刀，铁皮匠就哈哈大笑起来，笑得眼泪也不断地滚出来。刽子手感到奇怪，放下了刀，看着国王。

"没头脑的人，你笑什么？"国王问。

"我笑，是因为你要处死我。你却不知道，只有我一个人才能迫使敌人的军队退回去。你杀了我，你自己必定要遭受灾难，所以我笑了……"

"我倒要看看你的话对不对！"国王说，"你听着：如果你不能使敌人的军队溃逃，我就要下令把你活活烧死。"

"你给我一匹马，敌人就不敢攻你的国土。"

"给他一匹马！"国王下令说。

铁皮匠骑上马，迎着敌人的军队驰去。在国境线上，他看到了邻国的军队，怒气冲冲的国王骑着马站在最前面。铁皮匠骑着马走到国王面前，挡住了他的路，说："你先杀死我，然后踏坏我国田里的庄稼吧！要知道，只要我活着，士兵就没有一个能跨过边界线！"

邻国国王想：如果我杀死他，那么可怕的预言就会实现，鼠疫、饥饿、旱灾就会降临到我的土地上！

"不能杀！"国王叫道，"让你的国王把你杀死吧，我不是你的敌人！"

于是邻国国王命令军队撤走了。

铁皮匠回来见国王，说："我已实现了自己的诺言，现在没有人威胁我们的国家了。"

国王非常满意，下令给铁皮匠一千卢比。铁皮匠把钱放进袋里，转身对商人说："现在你把输了的钱给我吧！"

商人不得不付了一千卢比。铁皮匠背上钱袋，告别时对商人说："要记住：黄金帮不了傻瓜，聪明的人没有黄金也能驱除灾难！"

（邵焱　译）

时间的故事

（埃及）

从前，在非洲有一个富人，名叫时间。他拥有无数的家禽和牲口，他的土地无边无际，他的田里什么都种，他的大箱子里塞满了各种宝物，他的谷仓里堆满了粮食。

这个富人拥有这么多的财产，连国外的人也知道了。于是，各国商人远道而来，随同来的还有舞蹈家、歌手、演员。各国派遣使者来，只是为了要看一看这位富人，回国后就可以对百姓说，这个富人样子是怎样的，怎么生活。

富人把牛、羊、衣服送给穷人，于是人们说世界上没有一个人比他更慷慨了，还说，没有看见过时间富人的人就等于没有生活过。

一年一年过去了，时间富人老了，生活不幸福了，财产日益少了，牲口也越来越少了，土地贫瘠了，谷仓空了。他的身体一年比一年瘦弱了，时间变成了一个可怜的乞丐。

但不是所有人都知道富人不幸了，所以，有一天某部落仍派出使者来向富人问好。部落的人对使者说："你们到时间富人的国家去，要想办法见到他。你回来时，告诉我们，他是否像传说中的那么富，那么慷慨。"

使者们就出发到遥远的国家去了。他们走了好多天，才到达了富人居住的国家。在城郊，他们遇到了一个瘦瘦的、衣衫褴褛的老头。

使者们问："这里有没有一个叫时间的富人？如果有，请告诉我们，他住在哪里。"

老人忧郁地回答："有的。时间就住在这里，你进城去，人们会告诉你的。"

使者们进了城，向市民们问了好，说："我们来看时间。他的声名也传到了我们部落，我们很想看看这位神奇的人，准备回去后告诉同胞。"

正当使者们说这话的时候，一个老乞丐慢慢地走到他们面前。

这时有人说："他就是时间！就是你们要找的那个人！"

使者们看了看又瘦又老、衣衫褴褛的老乞丐，简直不敢相信自己的眼睛。

他们问："难道这个人就是传说中的名人吗？"

当老头走到面前时，使者们问道："请告诉我们，你真的是那个远近闻名的时间富翁？"

老头回答说："是啊，我就是时间！"

"这怎么可能呢？在我们国家里，只听到你有数不清的财产，而且非常慷慨，所以，国王派我们来看看你如何生活。时间，你告诉我，我们回去该怎么说？"

"是的，我就是时间。我现在变成不幸的人了。"老头说，"过去我是最富的人，现在是世界上最穷的人。"

使者们点点头说："是啊，生活常常这样，但我们怎么对同胞说呢？"

老头想了想，答道："你们回到家里，见到同胞，对他们说：'记住！时间已不是过去那个样了！'"

（罗锦浩　译）

青年寻找幸福

（埃及）

有一个老人，在临死前对儿子说："孩子，我快死了。我希望你过上好日子。"

儿子说："父亲，你告诉我，怎么才能使生活幸福？"

父亲答道："你到社会上去吧，人们会告诉你找到幸福的办法。"

父亲死了，儿子就出发到外面去了。他走到河边，看见一匹又瘦又老的马在岸上走。马问："年轻人，你到哪里去？"

"我去找幸福。也许你能告诉我怎么找吧！"

"小伙子，你听我给你说，"马回答说，"我年轻时，只知道饮水，吃草料，我甚至连头也不必转到食槽里，就有人把吃的东西塞进我嘴里。除了吃以外，别的事我什么也不管。所以，当时我认为我是世界上最幸福的了。可是，现在我老了，别人把我丢弃了。所以我告诉你，青年时要珍惜自己的青春，千万不要像我过去那样。不要享受别人给你准备好的现成东西，一切都要自己干，要学会为别人的幸福而高兴，不要怕麻烦。这样，你就永远会感到幸福。"

这个青年继续走。他走了很多路，在路上碰到一条蛇。蛇问："小伙子，你到哪里去？"

"我到世界上去寻找幸福。你说，我到哪里去找呢？"

"你听我说吧，我一辈子以自己有毒液而感到自豪。我以为比谁都行，因为大家都怕我，结果我这种想法是不对的。其实大家都恨我，都要杀死我。所以，我也要避开大家。你的嘴里也有毒液，所以你要当心，不要用语言去伤害别人。这样，你就一辈子没有恐惧，不必躲躲闪闪。这就是你的幸福。"

青年又继续朝前走。走啊，走啊，他看见了一棵树，树上有一只加里鸟。它的浅蓝色羽毛非常鲜艳、光亮。

"小伙子，你到哪里去？"加里鸟问。

"我到世界上去寻找幸福。你知道什么地方能找到幸福吗？"

加里鸟回答说："小伙子，你听好，我给你讲。看来，你在路上走了很多日子了，你的脸上满是灰尘，衣服也破了，你已变了样，过路人要避开你了。看来，幸福同你是没有缘分了。你记住我的话：要让你身上的一切都显得美，这时你周围的一切也会变得美了。那时，你的幸福就来了。"

青年回家去了。他现在明白了：不必到别的地方去找幸福，幸福就在自己身边。

（罗锦浩　译）

勇士海森

（埃及）

从前有一个女人，生了一个儿子，取名海森。海森力大过人，非常勇敢，人们给他起了个绰号，叫勇士海森。母亲把他看成是掌上明珠。

海森为自己的绰号而自豪。每天早上醒来，他都要活动活动肌肉，然后挺起胸膛，走到母亲面前问道："妈妈，我是最勇敢的勇士吗?"母亲总是骄傲地回答："你当然是最勇敢的，我的儿子。"

有个邻居老太婆，没有孩子，非常嫉妒海森的母亲。一天，她对海森的母亲说："如果明天你的儿子再问你，他是不是最勇敢的勇士，你就说'夏娃的后代多如牛毛，世界是广大的，我的儿子'。如果你不这样对他说，他就会被骄傲冲昏头脑的。"

海森的母亲听了邻居的话，当海森第二天早晨又向她提出问题时，她便回答说："夏娃的后代多如牛毛，世界是广大的，我的儿子。"

"怎么? 妈妈，你不相信我是最勇敢的勇士?"海森说，"好吧! 我要出去周游世界。如果我发现了比我还要勇敢的人，我就永远不再回来了。"

母亲竭力劝阻海森，让他不要出去，可海森的决心是不可动摇的。他带上剑，装了满满一背囊粮食，告别了母亲，骑着马走了。他决心要看看世界上到底有没有比他更勇敢的人。

走呀，走呀，一天，他来到了一个荒凉的地方，发现前面不远处有两个人，一个骑着一头狮子，另一个骑着一只老虎。

"啊!"海森勒住了马缰，心想：他们两个人，一人骑狮子，一人骑老虎；我呢，骑的却是一匹马。看来，这两个人确实比我勇敢。

海森想了想，决定和他们认识一下，以便更多地了解他们。于是，他来到那两个人面前，翻身下马，向他们施礼。那两个人回了礼，也分别从狮子和老虎身上跳了下来，欢迎海森，邀请他和他们一起休息一会，等炎热的中午过去，再继续赶路。海森接受了邀请，就同他们一起坐在枣椰树下乘凉谈天。

太阳下山了，海森想，是动身的时候了，就问两个同伴要到什么地方去。那两个人说他们还想在这里住几天，轮流出去打猎和烤面包。他们问海森是否愿意和他们一起住几天。海森正想和他们较量一下力气和胆量，就欣然同意了。

第二天，轮到海森出去打猎，骑老虎的人捡柴，骑狮子的人留下来烤面包。

晚上，海森打猎回来不久，骑老虎的人也捡柴回来了，可是骑狮子的人却没有为他们准备好烤熟的面包。

"噢!"骑狮子的人说,"我把面包烤得又热又香,等你们回来吃,可是来了一个饥饿的老头,他向我要面包吃。"

"你做得很对! 人嘛,应该互相帮助。"海森高兴地说,那个骑老虎的人却什么都没说。

过了一天,轮到海森捡柴,骑狮子的人打猎,骑老虎的人留下烤面包。

和头一天一样,当海森和骑狮子的人回来时,骑老虎的人也没有把面包烤好。

"这回面包又到哪儿去啦?"海森问。

"噢!"骑老虎的人回答,"我把面包烤得又热又香,可是来了一个饥饿的老头,他向我要面包吃。"

"你做得很对! 人嘛,应该互相帮助。"海森仍然这样说,可那个骑狮子的人却一言不发。

第三天,轮到海森烤面包,那两个人出去打猎、拾柴。海森计算好了时间,开始做面包。他把面揉得不软不硬,做成面包条,放在"噼啪"作响的柴火上烤。

不一会,荒野上就满是面包的香味。海森闻到面包的香味,直流口水。"这面包闻着真香,吃起来一定更香。"他一边从火上把烤好的面包拿下来,一边想:这回呀,那个饥饿的老头连一点面包屑也休想得到。

其实,根本没有什么饥饿的老头,而是一个大黑怪。他从地下的大黑洞里爬出来,要海森把所有的面包都交给他。

海森打量了一下这个巨人说:"这么说,你就是那个每天都来抢面包的饥饿的老头?"

"是的,"巨人说,"你放聪明点,赶快像你的那两个同伴一样乖乖地把面包交给我。要不然的话,那你可是自找麻烦。"

"我喜欢麻烦!"海森高声叫道,"我决不把面包给你!"

"那我只好把你杀死!"巨人说着,就伸出可怕的大手来抓海森。

海森迅速地拔出剑。当巨人还没有碰到他的时候,他就一剑割下了巨人的头。

"哈哈!"巨人肩膀上马上又长出了第二个头,他嘲弄地大笑道,"你没想到吧? 我还有第二个头。"

"你也不知道我还有第二把剑!"海森麻利地拔出第二把剑,割下了巨人的第二个头。

"哈哈!"巨人的肩膀上又长出第三个头,他又大笑道:"我还有第三个头。"

"你看,我也有第三把剑。"海森拔出第三把剑,割下了巨人的第三个头。

就这样，海森一连割下了巨人的六个头。最后，他割下了第七个头，巨人就像一块沉重的大石头，倒在地上死了。

海森细心地检查无头尸体，发现巨人的左腿上有一块凸出的东西。他用剑在上边划开一个口子，露出一个透明的小盒，里面有七只绿色小鸟。他把小盒取出，放在自己的口袋里。

不久，打猎、捡柴的两个人回来了，他们向海森要面包吃。

海森拿出了烤好的面包，那两人都羞愧地低下了头，一声不吭。海森指着巨人的无头尸体，冷冷地说："每天来向你们要面包吃的那个饥饿的老头已被我杀了，尸体就在这里。"

那两个人低着头，无言以对。海森接着说："我们到巨人居住的那个世界去看看好吗？我走在前面，抵挡危险。"

那两个人为了掩饰他们的怯懦，就一起叫了起来："不！不！我们要走在前边抵挡危险。"

"好吧，那我们就轮流走在前边吧。"海森说。他把一条绳子束在骑狮人的腰上，然后把他慢慢地吊进黑洞去，可刚刚放到一半，他就大叫起来："火！火！快点把我拉上来！"

海森把他拽上来，解下他腰上的绳子，系在骑虎人的腰上，然后把他吊进洞去，可是刚放到一半，他也大声喊起来："火！火！快快把我拽上来！"

海森又把他拽了上来。这回该轮到海森下洞去了，他的两个同伴将绳子系在他的腰上，放他下洞。刚下到一半，他感到有火在燃烧，可是他却大声说："继续放！继续放！快点！快点！"他终于到达了洞底，发现洞里有一个宫殿般的大厦，泉水不停地喷涌，空气凉爽舒适。

海森在洞中穿来走去，被这里的景色迷住了，他很想知道谁是这个宫殿的主人。

突然，海森听见什么地方有人低声哭泣。他顺着声音找去，在一个小屋里，发现了一个年轻美丽的姑娘被捆在床上，动弹不得。

海森走到床边问："你是人，还是鬼？"

"我是人。"姑娘回答，"一个大黑怪把我抢来，硬逼着我嫁给他，我拒绝了，他就天天打我，把我捆在这里，怕我逃跑。"

海森替姑娘松开绳子，告诉她那个黑怪已经被杀死了，再也不会来欺负她了，还说他要把姑娘送回到地面去。

姑娘听了非常高兴，她很感激海森，于是就把黑怪的秘密宝藏告诉了海森。

姑娘帮助海森把金子和宝石装进了许多口袋里,海森用绳子把口袋捆好,然后发信号给上面的人,让他们往上拉。运完宝石和金子,海森又将绳子系在姑娘身上,姑娘也被安全地拉了上去。最后,该轮到海森了。可是,那两个人看到不但有了这许多金子和宝石,还得到了一位美丽的姑娘,就起了坏心,把海森拉到一半就松了手。海森一下子掉了下去。

由于往下掉的冲力很大,又砸穿了一层地面,海森来到了更下一层的世界中。他看到那里的人都在不停地哭泣。海森问他们发生了什么事情。人们告诉他,这里有一个海神,他每年都要娶一个漂亮的姑娘做新娘。现在,轮到国王的女儿了,她必须嫁给那个海神。

海森让他们带他去见国王的女儿。他发现国王的女儿正一个人坐在海边呜咽,等着海神来娶她。

海森坐在她旁边安慰她。姑娘感谢海森的好意,劝海森马上离开,否则海神会把他杀死的。海森只是大笑。他把头枕在姑娘腿上,告诉她说,如果海神出现,就赶快叫醒他。说完,他就睡着了。

过了一会儿,姑娘看到海神从海里出现了,便害怕地哭了起来。泪珠落在海森脸上,海森一下子醒了过来。"你快逃命吧!"姑娘哭着说,"否则,海神会杀死你的。"可海森却勇敢地站起身,拔出剑来。

"海森,你快给我滚开,把新娘留下!"海神威胁道。

海森并不答话,他举起剑猛地向海神头上劈去,海神却一动也不动。

"你白费力气,海森。"海神嘲笑说,"我不会像凡人那样死掉,我的生命并不在我身体内。"

"这么说,我的命运都捏在你的手心里,我是必定要死的了! 你能告诉我,你的生命藏在什么地方吗? 我马上就要死了,永远不会泄露秘密的。"

"我的生命藏在七只活着的绿色小鸟中,这些小鸟关在黑色巨人左腿上的透明小盒里,而这个巨人却活在上面一层的世界中。海森,你的死期到了!"海神狂妄地说。

海森听了海神的话,想起他从黑色巨人的左腿上取下的那个透明小盒中活着的七只绿色小鸟。于是,海森请求海神给他一点时间,他好把自己的灵魂还给上帝。海森转过身来,偷偷地拿出那个小盒,一下子用手掐住了那七只小鸟的脖子。只听海神一声怪叫,就掉进海里死了。

那些躲在远处观看的人们涌上前来,他们高兴得又喊又叫,都夸海森真勇敢。他们把海森举起来,送到了国王那里。国王非常感谢海森救了他的女儿,答应把女儿许配给海森，并把财富分给他一半，海森都谢绝了。

"我只有一个要求，"海森对国王说，"请你帮助我，把我送回上面的世界去。我是属于上面那个世界的。"

"我会这样做的。"国王说。他立即召集了全国最有能力的术士和魔术师，命令他们设法满足海森的要求。

术士和魔术师们在那里坐了整整一夜，不停地背诵咒语。天亮时，他们让海森坐在一只魔鹰的翅膀上。这只鹰飞过七层世界，最后终于把海森送到了最上面的世界。

海森上来后，找到了那两个骑狮子和骑老虎的人，他们正为独占那个姑娘和全部财宝而互不相让，争吵不休。海森杀死了这两个家伙，带着姑娘和财宝回到了母亲那里，并把全部经过告诉了母亲。

第二天清晨醒来后，海森活动了一下肌肉，挺起他的胸膛，走到母亲面前问："我是最勇敢的勇士吗？"

这一回，母亲毫不犹豫地回答："你确实是最勇敢的，我的儿子。"

（吴绵　译）

聪明的法蒂玛

（阿拉伯）

我们这里有个叫法蒂玛的小姑娘，村里人都叫她美丽的法蒂玛。法蒂玛不但美丽无比，而且聪明过人。

一天，法蒂玛和同村的五个女孩子一道去森林里拾柴。归来时，她们迷路了，发现在密林深处有一堆火光。她们来到火堆旁，看见那里坐着一个丑陋的老巫婆。

老巫婆一见她们便哈哈怪笑，说："啊！真主总算把你们全给我送来了。哦，六个，一共六个。这可太好了。我可要先喂喂你们啦！"说着，便拿出几块烧饼给她们吃。

法蒂玛看看烧饼，又看看老巫婆，低声对同伴们说："我看她准是个老巫婆，不要吃她给的东西。"说完，又故意高声地对老巫婆说，"烧饼烤得又干又硬，让我们到河边去取点水来再吃，好吗？"

"不行，不行。如果让你们到河边去，你们会从那儿溜走的。"

"难道你不会用绳子把我们一个个拴起来吗？那样，我们就都跑不了哇！要不然，你给我们去河边打水也行！"

老巫婆想了一下，说："好，我就把你们一个个都拴起来。那样，我只要拉一拉绳子头，就知道你们还在不在。"

于是，六个女孩都被放到河边打水去了。

老巫婆坐在林中，一会儿拉拉这根绳子头，说："嗯，她还在！"一会儿又拉拉那根绳子头，说："哈，她也在！"就这样，她放心了。

哪知法蒂玛早已把拴住她们的另一头绳子解开，系在树上，溜走了。

六个小姑娘拼命地向前跑啊跑。

老巫婆等了半天，不见她们回来，便起身去河边寻找。当她发现自己上当后，非常气恼。她一边追赶，一边狂叫着："小丫头们，你们竟敢欺骗我。看我把你们一个个都给抓回来！"说着，她念起了咒语，"前有大河，河中有大鳄。英雄好汉，也难逃脱。"

六个小姑娘拼命地向前跑啊！跑啊！眼看老巫婆快要赶上来了，她们又被一条大河挡住了去路。

法蒂玛眼尖，一下就看到了河中的鳄鱼。她高声地向鳄鱼叫道："鳄鱼大哥，请您把我们渡过河去，好吗？"

鳄鱼问："你们给我什么报酬？"

法蒂玛说："您先把她们五个渡过去。然后，您可以吃掉我。"

"好吧！"于是，鳄鱼一边渡着，一边数着，它把法蒂玛的五个同伴一个一个地渡过河去后，高兴地说："好啦，下面一个就该给我当点心了。"

恰好这时老巫婆已追到河边，她不问青红皂白，一下就趴到鳄鱼背上，连连说："快渡！快渡！"鳄鱼把老巫婆渡到河心，便沉下去，一口把她吃掉了。但是，它很遗憾地自言自语说："这难道就是刚才那个胖小丫吗？怎么尽是一些骨头渣呀？"

法蒂玛到哪儿去了？

原来，聪明的法蒂玛早在鳄鱼渡第五个小女孩时，就悄悄地抓住鳄鱼的尾巴，一道游过去了。

（肖觉 译）

渔夫与魔鬼的故事

（阿拉伯）

从前有一个渔夫，家里很穷，他每天早上都到海边去捕鱼。但他立下一条规矩，每天至多撒四次网。有一天早上，他撒了三次网，却什么都没捞到。他很不高兴。第四次把网拉拢来的时候，他觉得太重了，简直拉不动。他就脱了衣服，跳下水去，把网拖上岸来。打开网一看，发现网里有一个胆形的黄铜瓶，瓶口用锡封着，锡上盖着所罗门的印。

渔夫一见，笑逐颜开，说道："我把这瓶子带到市上去，可以卖十块金币。"他抱住铜瓶摇了一摇，觉得很重，里面似乎塞满了东西。他自言自语地说："这个瓶里到底装的什么东西？我要打开来看个清楚，再拿去卖。"他就从腰带上拔出小刀，撬去瓶口上的锡封，然后摇摇瓶子，想把里面的东西倒出来，但什么东西也没有。他觉得非常奇怪。

隔了一会儿，瓶里冒出一股青烟，飘飘荡荡地升到空中，继而弥漫在大地上，逐渐凝成一团，最后变成个巨大的魔鬼，披头散发，高高地耸立在渔夫面前。魔鬼头像堡垒，手像铁叉，腿像桅杆，口像山洞，牙齿像白石块，鼻孔像喇叭，眼睛像灯笼，样子非常凶恶。

渔夫一看见这可怕的魔鬼，呆呆地不知如何应付。一会儿，他听见魔鬼叫道："所罗门啊，别杀我，以后我不敢再违背您的命令了！"

"魔鬼！"渔夫说道，"所罗门已经死了一千八百年了。你是怎么钻到这个瓶子里的呢？"魔鬼定神一看，眼前不是所罗门，而是一个渔夫，便说道："渔夫啊，准备死吧！你选择怎样死吧，我立刻就要把你杀掉！"

"我犯了什么罪？"渔夫问道，"我把你从海里捞上来，又把你从铜瓶里放出来，救了你的命，你为什么要杀我？"

魔鬼答道："你听一听我的故事就明白了。"

"说吧，"渔夫说，"简单些。"

"你要知道，"魔鬼说，"我是个无恶不作的凶神，曾经跟所罗门作对。他派人把我捉去，装在这个铜瓶里，用锡封严了，又盖上印，投到海里。我在海里待着。在第一个世纪里，我常常想：'谁要是在这个世纪里解救我，我一定报答他，使他终身享受荣华富贵。'一百年过去了，可是没有人来解救我。第二个世纪开始的时候，我说：'谁要是在这个世纪里解救我，我一定报答他，把全世界的宝库都指点给他。'可是没有人来解救我。第三个世纪开始的时候，我说：'谁要是在这个世纪里来解救我，我一定报答他，满足他的三个愿望。'可是整整过了三百年，始终没有人来解救我。于是，我非常生气，我说：'从今以后，谁要来解救我，我一定要杀死他，不过准许他选择怎样死。'渔夫，现在你解救了我，所以我叫你选择你的死法。"

渔夫叫道："好倒霉啊，碰上我来解救你！是我救了你的命啊！"

"正因为你救了我，我才要杀你啊！"

"好心对待你，你却要杀我！老话确实讲得不错，这真是'恩将仇报'了！"

"别再啰唆了，"魔鬼说道，"反正你是非死不可的。"

这时候，渔夫想道：他是个魔鬼，我是个堂堂的人。我的智慧一定能压制他的妖气。于是他对魔鬼说："你决心要杀我吗？"

"不错。"

"凭神的名字起誓，我要问你一件事，你必须说实话。"

"可以，"魔鬼说，"问吧，要简短些。"

"你不是住在这个铜瓶里吗？可是照道理说，这个铜瓶既容不下你一只手，更容不下你一条腿，怎么容得下你这样庞大的整个身体呢？"

"你不相信我住在这个铜瓶里吗？"

"我没有亲眼看见，绝对不能相信。"

这时候，魔鬼摇身一变，变成一团青烟，逐渐缩成一缕，慢慢地钻进了铜瓶。

渔夫见青烟全进了铜瓶，就立刻拾起盖印的锡封，把瓶口封上，然后学着魔鬼的口吻大声说："告诉我吧，魔鬼，你希望怎样死？现在我决心把你投到海里去！"

（仲跻昆　译）

箱子的故事

（阿拉伯）

从前有个国王，他有个特别受宠爱的儿子。一天，王子对父亲说："父王，让我到市场上去看看您的臣民吧。"

"去吧，你想做什么都随你便。"国王回答说。

王子来到市场上，对大家宣布说："我出两个谜语，你们要是猜不出来，今天就别想做买卖！卖的不许卖，买的不许买。第一个：早晨走路用四条腿，中午用两条腿，晚上用三条腿——打一生物。第二个：什么'树'上长十二个杈，每个杈上长三十片叶？"

大家都哑口无言，没有一个人猜得出来。集市就这样散了摊儿。

一个星期以后，又到了赶集日，王子又来了，问道："我出的谜语，你们找到答案了吗？"

这回大家还是无言以对，怏怏离去。买主没买到货物，卖主没做成生意，市场又都收了摊儿。

在赶集的当中有一个市场的看守人，他一贫如洗，只有两个女儿：大女儿的容貌漂亮极了；小女儿呢，长得瘦弱单薄，但聪明非凡，才智过人。

晚上，爸爸回到家来，小女儿问他："爸爸，这两次你去集市，回来都两手空空，这是怎么回事啊？"

"女儿啊，"看守人回答说，"王子到集市来了，宣布说：'你们要是猜不出我出的谜语的谜底，买卖就别做了。'"

"王子让你们猜什么谜语？"小女儿接着问。

"他让我们猜：早晨走路用四条腿，中午用两条腿，晚上用三条腿——打一生物；还有什么'树'上有十二杈，每个杈上有三十片叶子。"

小女儿想了想回答道："这很容易，爸爸。第一个谜语说的是人。人的生命之晨——幼年的时候，是用双手和双脚在地上爬；长大以后用两条腿走路；到了晚年，就要拄一根棍子了。那棵'树'说的是'年'，一年有十二个月，每个月有三十天。"

一周过去，又逢赶集日，王子再次来到市场。他问道："今天你们猜到了吗？"

看守人说："猜到了，王子。早晨用四条腿，中午用两条腿，晚上用三条腿走路的生物是人：幼年的时候，他用双手和双脚在地上爬；长大以后用两条腿走路；到了晚年，就要拄一根棍子了。那棵'树'说的是'年'，一年有十二个月，每个月有三十天。"

"今天开张吧！"王子命令道。

黄昏将临，王子走到看守人面前对他说："我要到你家去做客。"

看守人答道："欢迎您，王子。"

于是他们就步行往家走。这时王子说了两句令人费解的话："我躲避了上帝的恩赐；我违背了上帝的意愿。"

看守人不解其意，一句也答不上来，只好沉默不语。

他们终于到了家门前，看守人的小女儿给他们开了门，对他们说："欢迎光临。妈妈出去了，去看一个她从未见过面的人；兄弟们正在用水冲水；姐姐待在两堵墙之间。"

王子迈进门来，看见看守人的大女儿美貌无比，说道："盘子真美啊，可惜有一道裂纹。"

夜幕降临，全家人都到齐了，为招待贵宾专门杀了一只鸡，做了一份丰盛的盖浇饭。当看馔端上来的时候，王子说："让我来分这只鸡！"

他把鸡头分给了父亲；翅膀给了两个女儿；鸡大腿撕给两个男孩子；鸡胸脯分给母亲；轮到自己面前，只留了两只鸡爪。大家吃着饭，度过了这愉快的夜晚。

王子转身来到聪明的小女儿身边，对她说："你说：'妈妈去看一个她从未见过的人。'我想她一定是位接生婆；你说：'兄弟们用水冲水。'他们刚才一定是浇园子去了；至于你姐姐'在两堵墙之间'，说明她那时在织布，她的身后有一堵墙，面前是架织布机。"

小女儿回答："在你们开始上路的时候，你跟我爸爸说'我躲避了上帝的恩赐'，意思是你要避避雨吧？对于土地来说，雨水是上帝的恩赐。后来你说'我违背了上帝的意愿'，你是拒绝死神吧？依照上帝的意愿，人总是要死的，然而我们都不愿意死。进门以后，看见我姐姐，你说：'盘子真美啊，可惜有一道裂纹。'这是打比方，说我姐姐虽然长得标致，人品出众，只可惜她是穷人家的女儿。后来你给大家分鸡，我爸爸是一家之长，分得一个鸡头；妈妈是一家的主心骨，得了鸡胸脯；给我们两个女儿翅膀，表明我们迟早要远走高飞；给兄弟们鸡大腿，表明他们是家庭的依靠，是家里的台柱子；你自己呢，留下了鸡爪，因为你是客人。来，你靠双脚走来；去，你也要靠双脚离去。"

第二天一清早，王子找到父王，对他说："我要娶市场看守人的小女儿为妻。"

国王很生气，说道："什么？你，一个王子，怎么能娶看守人的女儿呢？这简直是奇耻大辱，有失国体！"

"如果你不答应，我就永生永世不结婚。"王子态度十分坚决。

国王只有这个独生子，最后只好让步："好了，我的儿子，既然你爱她，就娶她吧！"

王子送给未婚妻一份丰厚的彩礼，金银绸缎，奇珍异宝，琳琅满目。但是，他同时郑重地向看守人的小女儿宣布："你要牢牢记住：如果有一天你的智慧超过了我,那一天就是我们分道扬镳的日子。"

她回答说:"一切听从你的安排。"

不过,在婚礼前夕,她派人找来一位细木匠,定做了一口大箱子。大箱子有一人多高,箱盖上钻了好几个小孔。她用绸缎给箱子做了衬里,把妆奁整整齐齐地放到里面,然后把它搬进了新房。

婚礼那天成了全体臣民的喜庆节日,人们整整欢庆了七天七夜。国王大摆盛宴招待宾客。

王子和妻子一直相亲相爱,在王宫里过着幸福美满的生活。老国王去世以后,王子就继承了他的王位。

有一天,年轻的国王在朝廷上审理一个案件。有两个女人带着一个孩子,在公堂上争执不下。

一个说:"这孩子是我的!"

而另一个却说:"这孩子是我的!"

她们先是大吵大闹,后来竟互相揪着头发扭打起来。国王也被闹得束手无策。这事惊动了内堂的王后,引起了她的好奇心。于是,她问一个侍从发生了什么事。那侍从回答道:"两个女人在那儿争一个孩子,她们都要求判明孩子是自己的后代。陛下如今也查不出究竟谁是孩子的生母。"王后想了片刻,然后说道:"请陛下在审案的时候,干脆告诉那两个女人:'我要把孩子劈成两半,你们每人各分一半。'这样,就能立刻判明谁是孩子的生母了。"

侍从跑到堂上,把这个判案的办法告诉了国王。国王转身对大臣说:"拿一把刀来,我们把孩子劈开分给她们吧!"

"啊,国王陛下,你的判决多么公正!"一个女人说道。"不,陛下!"另一个女人喊道,"请不要把孩子杀死!"

于是,国王把孩子判给了那个要求不要杀死孩子的女人,说道:"不愿让孩子死的,才是他的生身母亲。"

退朝以后,国王来到王后面前,对她说:"你还记得在我们结婚那天定下的协议吗?我曾宣布过:'有一天你的智慧超过了我,那一天就是我们分手的日子。'"

她回答说:"我记得的,但也请你恩准:我们在一起吃最后一次午餐,然后我就离去。"

国王同意了她的请求,并慨然补充道:"宫里的东西,凡是你心爱的都可以带走。"

她亲手准备了菜肴,趁国王不注意的时候,在里面放上了安眠药,然后把菜端到国王面前。他毫无戒心，又吃又喝，结果突然昏睡过去。她把国王扶起来，让他躺在那只备好的箱子里，小心翼翼地把箱盖盖好。然后，她把随身侍从都叫来，宣布她要回娘家，小住几日。她命令侍从把那只箱子运到娘家去。这样，她就离开了王宫。一路上，她寸步不离那只箱子，只怕有一点差错。

一进娘家门，年轻的王后立刻打开箱盖，亲手把丈夫移到床上，自己坐在床头耐心地等待他苏醒过来。

直到晚上，国王才睁眼醒来，惊奇地问道："我这是在哪儿？是谁把我带到这儿来的？"

她回答道："是我。"

他接着问："怎么回事？我怎么会来这里的？"

她面带微笑地答道："你还记得吗？你对我说：'看看你的身边，王宫里的东西，凡是你心爱的都可以带走。'然而，宫中没有任何东西比你更令我珍爱，这样，我就把你用箱子运来了。"

从此，国王和王后彼此更加心心相印。他们回到王宫过着幸福的生活，一直白头到老。

（李维中　译）

阿里巴巴与四十大盗
（阿拉伯）

一

多年以前，在波斯某一城市有兄弟二人，一个叫卡西姆，另一个叫阿里巴巴。他们的父亲当初曾留给二人一小笔财产。这财产两人均分了，但不久就被全部用尽。老大呢，娶了一个富商之女为妻，之后又开了一家大的店铺，而且还有了一座里面装满贵重东西的仓库。至于老二阿里巴巴，则娶了一个贫苦人家的女儿，依靠每天在丛林里砍木柴出卖为生，生活甚为艰难。

有一天，阿里巴巴砍了许多柴，多得使他的几头骡子用尽全力才能驮完。正在这时，远方突然有一大团烟尘向他滚滚扑来。等烟尘靠近时，他才看清是一群人骑了快马朝他风驰电掣般地飞奔而来。他很担心这些人会是一伙将他和他的骡子全部杀死的强盗，因此他便把骡子赶到一片矮树丛里躲起来，而自己则藏在一棵树上。这棵树紧靠一个耸立的悬崖绝壁。当马队到了这里时，骑手们都下了马，不再前进。阿里巴巴数了一下，一共四十个人，而且断定这些人是一伙刚抢过一列商队的大盗。

这些人来到阿里巴巴所藏身的大树底下时，解开马缰绳，卸下马鞍上的袋子，每个袋子看起来都非常沉重。这时候，众强盗中的一人，也就是强盗头子，穿过矮树丛，走到悬崖前面，大喊一声："开门，芝麻！"岩石上一下子就开了一扇门，等所有强盗都进入门内后，门就自动关了。阿里巴巴一直躲在树上，一动也不敢动，以免强盗跑出来把自己杀死。

过了很久，门突然打开了，强盗头子站在门口守着。每出来一个人，他都计算数目。等所有的人全从石洞里走出来后，他就念了魔咒："关门，芝麻！"于是，洞门便关闭了。

阿里巴巴一声不响地躲在树上，直到强盗们走得很远，一点也看不见为止。这时，他自言自语地说："我倒要看看是不是我一下命令这门也自己开关。"于是他便大叫一声："开门，芝麻！"

他刚一说完，门马上就开了。他看到了一个巨大的岩石山洞，光线由洞顶的缝隙透了进来。洞里放满了一大包一大包的东西，还有一堆堆钱币，有的钱装在布袋里，另有不少钱则散放在地上各处。看见了这些宝藏，阿里巴巴深信这个洞多年以来一直是强盗们的仓库。阿里巴巴并没有一直站在那儿盘算自己该怎么办，而是走进洞里去。他刚一进洞，门就在他背后关上了。他没有因此而不安，因为他已牢牢记住了能叫门再自动打开的咒语。他并不注意自己身旁那一包包珍贵货物，却只拿了几口袋钱币，出洞后把钱驮在骡背上，接着就用柴捆覆盖在钱上，大喊一声："关门，芝麻！"门又关上了。

阿里巴巴用最快的速度，匆匆赶回家去见妻子。进大门后，他先将大门牢牢闩好，然后便把那些闪闪发光的钱币倒了出来，向妻子诉说了自己的奇遇。他妻子听了，大为惊异，马上就去数钱币。

"你也太笨了，"阿里巴巴对妻子说，"我们应该先在地上挖个洞，把财宝藏起来，以免邻居发现咱们的秘密。"

"很好，"她说，"可首先我得称一称钱，这样才能知道我们有多少钱。"

全阅读课本

"只要你能保密而且能快点儿干，"阿里巴巴回答说，"你愿意怎样就怎样吧。"于是，她立刻去卡西姆家借秤。

卡西姆的老婆十分好奇，她想知道她弟媳究竟要买哪种粮食，所以就偷偷地在秤盘底下抹了一些蜡和羊板油。阿里巴巴的妻子对这丝毫没有注意，就去称金币了，而阿里巴巴则忙于挖洞来埋金币。当这一切都完成了，金子也稳稳当当地藏起来时，她跑去哥嫂家还秤，竟一点儿也没注意到秤盘底下抹了蜡和羊板油的地方黏上了一枚小小的金币。

卡西姆的老婆一见秤盘底下黏的那枚小金币，就自言自语地说："什么！他们夫妻二人能有那么多金子，竟需要用秤来称吗？"她大为惊异，不知道像阿里巴巴这样的穷人怎么会弄来这么多钱。她丈夫当晚一回到家，她就对丈夫说："卡西姆呀，你可以认为自己是个富人，但阿里巴巴实际上比你有钱得多。他的金子如此之多，竟然得借用我们的秤来称。"她便把弟媳借秤之事一五一十地说给丈夫听，而且还拿出她在秤盘底下找到的那枚小金币给他看。

听到自己弟弟发财的故事以后，卡西姆不但没有高兴，反而妒火中烧。他彻夜难眠，第二天一大早便去阿里巴巴家，要弟弟把事情说清楚。阿里巴巴这时发现自己再也无法保密，就告诉了哥哥一切，而且还答应给他一部分财宝。

"我要自己去取那些宝贝，"卡西姆很不礼貌地说，"告诉我山洞在哪里和怎样去开门。要是你不肯说出来，我就不替你保密，那你就会失去你已经拿到的一切。"

阿里巴巴照哥哥的话做了，与其说是由于受到哥哥威胁，还不如说是出自他自己的心地仁厚。他把岩洞和悬崖峭壁的情况，以及能使洞门开关的咒语一五一十地全告诉了哥哥。卡西姆呢，他非常仔细地听着弟弟的这些交代，第二天就雇了十头骡子前往岩洞去。他找到了悬崖之后，首先肯定自己找着了门，然后就大叫一声："开门，芝麻！"使他大为高兴的是，洞门立即敞开，一下便看见了洞内堆积如山的珠宝财富。

他兴冲冲地走进岩洞，站在那里吃惊地望着眼前的这一片金银财宝时，他身后的门也就随之关闭了。他兴高采烈，东走西逛，饱览着那一包包绫罗绸缎和一堆堆璀璨的宝石。终于，他开始动手了，把金子整整装满了十袋，放在门口准备装上骡背。由于他太忙了，加上一心一意地苦思冥想自己的财宝，竟把开门的咒语忘得一干二净。他不是喊"开门，芝麻！"而是大喊大叫"开门，大麦！"他惊慌失措地发现大门依然紧闭，纹丝不动。他在极端焦虑中，把自己能记得的一切谷物名字一遍遍地重复，却始终想不起咒语上的那个词，就仿佛他从未听见过那个名

125

字一样。他从肩上甩下那些装黄金的袋子，绝望地在洞里走过来又走过去。

大约是中午时分，众强盗偶尔走过自己的宝库附近，吃惊地发现了卡西姆拴在门口的骡子。有些强盗就去树林里搜寻骡子的主人。强盗头子则赶快下马，念了开门的咒语，打开了大门。

卡西姆在洞内一听见马蹄声音，便知道强盗们已到门外，随时可以处死自己。他决心逃跑，所以大门一开，他立刻冲了出去，一下子把强盗头子撞倒在地。然而，他很快就被外面的强盗制服了。这些人用剑刺向他，把他杀死了。

卡西姆已经装好了的布袋很快就在洞内被发现了，而阿里巴巴原先拿走的财宝却未被发现，因此，强盗们无人怀疑到另外还有一人已经知道了他们的秘密。可万一有人知道了怎么办呢？于是，强盗们便一致同意对敢来盗宝的人先行警告，使他知道窃贼的下场会是什么。这样，他们就把卡西姆的尸体肢解了，挂在洞内。然后，他们重新上马，去路上埋伏，等待又一个商队的到来。

到了晚上，卡西姆还没回家，他妻子深感不安，就跑到阿里巴巴家哭着说："兄弟呀，卡西姆到现在还没回家！我知道他到哪儿去了，也知道他去干啥事，我真害怕他遭到不幸了。"

阿里巴巴对此也忧虑不安，以致彻夜未眠。第二天一早，他就赶着骡子向森林走去。他一到岩石边，就看见附近有格斗的痕迹，心里极为震惊，赶快走向山洞。大门一开，他就发现自己最害怕的事情已经发生，为了保护自己的安全，他立刻匆匆用布包了哥哥的断尸残骸，装到一头骡子背上，用树枝小心盖好。他又拿了几袋金子驮在另外两头骡子背上，念了咒语，把洞门关上，赶回家去了。到家后，他把金子交给妻子保管，而把装尸体的袋子搬往哥哥家，轻叩着嫂嫂的大门。

卡西姆的妻子有个女奴，名叫莫姬雅娜，她为人非常精明，一听叫门便下了门闩，请阿里巴巴进院子来。嫂嫂也立刻从房里出来，一边哭一边说："阿里巴巴哟，你脸上已满面愁容，快对我说出了什么事啦。"

阿里巴巴把事情告诉了她，另外还加了一句："要来的已经来了，剩下的事就是我们必须保密。"这位不幸的嫂嫂也同意弟弟这一建议。阿里巴巴就和莫姬雅娜商量了一下，要女奴照他的话去做，赶快去找药店。交代完这事后，他便回家去了。

"是你主人家哪个病了呢？"药店售货员问莫姬雅娜。

"我的天呀！"她哭着说，"卡西姆病得快死了，他已经既不能吃东西也不能说话了。请您马上把刚才医生开的这种猛药卖给我吧，不然我怕我的这个好心的主人活不成了。"

这一整天，阿里巴巴夫妻二人来回奔波于自己家和哥哥家，众人都看见了，因此，当晚卡西姆病死一事，谁也没有怀疑。

次日一大早，莫姬雅娜找到一个名叫巴巴·慕斯塔伐的老皮匠，拿出两枚金币给他。

"这钱是给你的。"她对皮匠说，"请拿起你的缝补家什和我走一趟，不过，当我们走到半路某处时，你得让我蒙起你的眼睛来，以免你知道我们要去的地方。"

巴巴·慕斯塔伐一边看着手里的金币（当时天还没亮，以致他很难看清究竟是多少钱），一边回答说："嗯，你给的钱可不少呀。赚人这么多钱，你要求我干什么呢？难道是让我去干坏事？"

"真主在上，决不许人干坏事！"莫姬雅娜说，"你就跟我走吧，啥也不用害怕。"

皮匠同意了以后，莫姬雅娜便领着他走，到了她说的半路那个地方后，她拿出手帕蒙住了皮匠的两眼。于是，她就把皮匠领到主人家，到一个光线很暗的房子里才把手帕取下。她嘱咐他把死者被切断的肢体都缝在一起，以便为死者举行一个体面的葬礼。皮匠完工后，她又给了他一枚金币，然后仍然用来时的办法把他送回店里。这以后，家人就为死者按常规穿好寿衣，向邻居及亲朋好友发出讣告，再按丧葬习俗虔敬地完成了一切礼仪。

一切都进行得有条不紊，没引起任何怀疑。几天以后，作为死者亲弟弟的阿里巴巴，就把自己的财富搬到嫂嫂家里。每次搬时都特别注意，一定在夜深人静时才搬。此后又不久，他便正式宣布与嫂嫂结婚。对这个消息，谁也没有感到惊奇。

二

当四十大盗又回到森林里他们的宝洞时，他们找不到卡西姆尸体，极为沮丧。

强盗头子说："我们必须查清事实，要不然我们将失去所有宝藏。"

于是，众强盗决定派他们中的一个人化装出去，找出知道他们秘密的那个人。有一个强盗当即自告奋勇地担当起查访任务，而且愿意立下军令状：如完不成任务，自己甘愿被处死。

"这很好，"头子说，"因为我们的情况万分危急，非生即死。只要我们还想活命并且还想保留我们的金银财宝，就必须孤注一掷。"

于是，这个强盗就化装成一个旅客，天刚一亮，就进城了。他在街上走来走去，走到了开门比一般商店都早的巴巴·慕斯塔伐的摊子。

"老哥您好，"强盗说，"您工作开始得很早，这么早您能看得见吗？天还没大亮呢。"

"您一定是生人，"巴巴·慕斯塔伐说，"不然的话您应当知道我的眼睛很好。就在昨天，我还在一个比这里还黑暗的房子里把一具尸体缝合了起来。"

"啊！"强盗心里自言自语地说，"我今天的运气可真好。"于是，他故意装着惊奇的样子对老皮匠说："您太会开玩笑了。您能把您在那里做过如此奇怪工作的房子指给我吗？要是您能办到，这里我给您两枚金币。"

"我敢保证我做不到，"巴巴·慕斯塔伐回答说，"因为有大半路我是被蒙着眼睛带去的。"

"那么，"强盗说，"您也许还能记得一点吧。来，也许我们能一同找到那所房子。"对于巴巴·慕斯塔伐来说，两枚金币是个很大的诱惑。他把钱看了很久之后，放进了自己衣袋内，站起来准备试一试。"我不敢承诺一定能找到原路。"他说，"不过，我一定尽力而为。"

接着，他就先领强盗走到莫姬雅娜开始蒙他眼睛的地方，让强盗照之前蒙他眼的方式把他双眼蒙了起来。他在街上慢慢地前行，一边走一边数步子，直到最后他停在卡西姆家门口，也就是阿里巴巴现在住的地方。

巴巴·慕斯塔伐说："我想我上次是走到这里，决不会再远。"

这样，强盗就在这一家门口用粉笔做了个记号，接着便把给他带路的老人打发走了。他问了附近几家居民，得悉这一家主人最近猝死，而且还知道了阿里巴巴前不久还穷得潦倒不堪，现在却突然富了起来，而且他还把自己住处的全部房地产所值之钱给了卡西姆的儿子。从这些事实来分析判断，强盗认为阿里巴巴正是他要搜寻的人。

这天，莫姬雅娜出门办事时看到大门上面的白色粉笔符号，十分惊异。

"这是干啥的呀？"她自言自语地说，"要么就是有仇人要加害我的主人，要么就是哪个顽童恶作剧乱画的。不管怎样，提高警惕以防可能到来的灾难总没有错。"

于是，她回到家中，拿了支粉笔，在街道两旁每一边都选了两三家大门，在上面画了同样的符号。事情办完后，她完全未对主人讲起。

此时，那个强盗回到了森林里的匪窝，把情况一一报告了。强盗头子首先表扬了那个强盗的细心和能干，接着就对众强盗说："伙计们，咱们一点也不能浪费时间了。也许只要一天,有人就能把咱们的巨大财富搬得精光。我和这位给大家带来这个好消息的人一同出发,当我见到那所房子时,再决定要采取什么措施。现在,你们大家立刻分成几组进城去,一起到广场上,我很快就会与你们会合。"

众强盗一致同意这一计划,他们每二三人一组进城去,以免引起外人的任何怀疑。前面提到的那个探子带着强盗头子走到阿里巴巴住的那条街上。等走到门上画有粉笔符号的一家时,他就指出来说就是这一家。然而,强盗头子看见隔壁一家大门上也同样标有类似的记号,就问他能否肯定哪一家大门是自己亲手标上的。这个强盗吃惊得简直无法回答,尤其是当他发现还有五六家大门上都有同样的记号。

强盗头子知道自己的方案已经落空,就前往他的伙计们等他的广场。

"弟兄们!"他说,"我们白费了力气,现在只有马上回到森林里去。至于我们的探路人,他已向我认了罪,承认了自己有罪,不该办事不认真。"

众强盗觉得这个探子已是罪不可赦,于是对他处以死刑。紧接着,另一个强盗自告奋勇地去接替前面那个失败了的强盗,继续完成任务。他的请求马上得到同意,于是他也像前面说过的那个强盗一样先找了巴巴·慕斯塔伐,被带到那家大门口后,他就用红粉笔做了记号,而且把记号画在一个很不显眼的地方。

可是,不论什么都逃不过明察秋毫的莫姬雅娜的眼睛。她一看见红粉笔记号,就把整条街所有的房子都画上了同样的红色记号。

这个强盗一回到驻地,就自夸他做的记号如何隐秘,可是,等强盗头子和他一同去那条街上找时,两个人谁也无法决定究竟是哪一家。众强盗万分沮丧,就又按原先军令状的规定,把这第二个强盗也处死了。

此时,强盗头子由于已经死了两个弟兄,非常难过,决定这一次他亲自进城侦察。他用和前面二人同样的办法找到了阿里巴巴的家之后,在门上不做任何记号,而是再三仔细观察,认准了大门,以致肯定不可能再弄错。这样他才回到盗匪巢穴,对伙伴们谈了自己的计划。

他对大家说:"现在你们去找十九头骡子来,每头骡子背上驮两只大坛子。一只坛子里装油。剩下的三十七只坛子是空的,我在每只空坛子里装一个人。"

事情照这样办好后。十九头骡子背上也载满了坛子,强盗头子一人赶了骡子进城,径直走向阿里巴巴的家。这时他发现阿里巴巴正坐在自家的大门口乘凉。强盗头子让骡子停了下来,然后说:"先生,我带了些油来,准备明天在市场上卖。我刚刚走了很远的路,现在天色已晚,还没找到住处。要是我今晚能在您这里歇脚,我将感激不尽。"

阿里巴巴当即同意了这一要求。仆人们把坛子从骡背上卸了下来，一一放好。阿里巴巴对莫姬雅娜说，要把客人招待好。他还对女奴说："明天一大早我要去澡堂洗澡，在我回来之前，给我煮好一碗肉汤。"

晚餐之后，强盗头子装着去看骡子，走到院子里，对着一个个坛子里的伙伴，轻言细语地说："今天半夜时候，我一说话，你们就立刻走出来。"之后，他便回到主人房子里，莫姬雅娜手拿油灯，把他带到为他准备好的客房里就寝。

正当莫姬雅娜在厨房里快忙完自己的工作时，她的灯刚好因油尽而熄灭了。"主人明天早上的肉汤我一定得准备好。"她自言自语地说，"家里的油已经用光，那边棚子里有许多装满了油的坛子，我的灯只要用他一点点油就行了。"

于是，她走到棚子那里，小心翼翼地打开了其中的一坛。正在这时，坛子里有人耳语道："怎么，时间到了吗？'，

"不，还早着呢，你耐心点吧。"她立刻这样回答。

她用这种办法看遍了所有坛子，对所有强盗都不惊不慌，用同一说法回答他们，直至最后她找到了那一坛油。接着，她就尽快地把油舀到自己油壶里，然后回到厨房，点燃油灯，架起一堆柴来烧。随后，她又回到油坛子那里，拿把很大的壶灌满了油，再将这一大壶油放在柴火上煮。等油煮得滚烫时，她把油舀到小壶里，一壶又一壶地分别倒入每个坛子中，烫死了坛里的强盗。

不到一个钟头，强盗头子悄悄地起了床。他一看天色漆黑而又万籁俱寂，不禁喜从中来，甚为满意。可是，当他发出信号要众强盗从坛子里出来时，棚子里既无声音又无动静。这种沉寂使他大为吃惊。他蹑手蹑脚地轻轻走到院子里，用手摸到第一个坛子，却惊异地感到手底下的坛子竟是热乎乎的。接着，他就闻到了油味，而且油还冒着热气。这使他明白，自己原先的锦囊妙计已被识破。他检查了一个又一个坛子，发现里面连一个活人也没有。他想到救自己的命要紧，就硬扭开通向后花园的门上的锁，逃之夭夭了。

莫姬雅娜等强盗头子走了之后，没有马上去睡，为的是必须肯定他不会再回来。最后，直到她完全相信他再不会返回了，自己才去睡觉。她对自己今晚能够救了主人和他全家而十分高兴。

次日一大早，阿里巴巴从澡堂回来，看见客人的骡子还在棚子里，甚为惊奇。他问莫姬雅娜是何原因。

于是她就把主人带到那些坛子前，并告诉了他所发生的一切。阿里巴巴对女奴的忠于职守感恩戴德，就给她以自由，并且送给她一大笔钱。但莫姬雅娜对主人这一家感情太深了，她不愿离开，而愿继续和主人一家住在一起，并负责管

理全家的奴仆。

至于那个强盗头子呢,他在狂怒与极端失望中回到了森林里,独自住了几星期后,想出了如何整死自己敌人的另一条诡计。他在城里消磨了很长时间,了解到卡西姆的儿子已过继给阿里巴巴,还开了一家大商店。

强盗头子也在商场里租了一间铺面,从岩洞里拿了许多捆最漂亮的商品来这里卖。他自称是个商人,店里卖的货物质地精美,花色品种齐全,应有尽有,使得他受到人们的深深尊敬。卡西姆少爷就是众多想巴结这位新商人的人之一,而且受到了殷勤而热情的接待。少爷受宠若惊,不久便把这位新朋友介绍给自己的继父。阿里巴巴想邀请这个冒充的商人在家吃晚饭,强盗头子婉言谢绝了,说:"我不能在您府上吃饭,是因为医生嘱咐我不能吃盐。"

"您要是真不能吃盐的话,"阿里巴巴说,"那不要紧,我们仍然可以在一起欢聚。您来了,我家做的菜里一律不放盐。"

可是,莫姬雅娜对此却非常不理解。"这位难侍候的人是谁?"她问道,"有哪个人能不吃盐呢?"

"他是谁跟你有啥关系?"阿里巴巴回答道,"他是我儿子的朋友,我怎么吩咐,你照办就行了。"

"好吧。"莫姬雅娜说,但她仍然对客人感到奇怪。晚餐做好了,有一盘菜她亲自端到房里,以便有机会看看这个怪客人到底是啥样子。尽管强盗头子已化了装,她一进房里,还是一眼就认出了他,便仔细审视他,发现他在自己长袍底下藏了一把匕首。

"哦!"她心里想道,"客人不吃盐,原因就在此。他想刺杀我的主人,却没有想到还有我在。"

晚饭吃完,桌子一收拾干净,莫姬雅娜就来到门口,全身舞女装束,腰上缠了一条银腰带,带上佩了一把镶有宝石的匕首。她脸上蒙了一块价钱昂贵的面纱。她一进门,就向主人和客人行了个屈膝礼,问能否由她表演一个舞蹈。

"行,过来吧,"阿里巴巴说,"让咱们的客人看看你能表演些什么。"

强盗头子对她的这种半途干扰并不高兴,不过他仍然装出很愉快的样子。于是,莫姬雅娜就开始跳舞。她娴熟优美地跳了几个舞后,用手取出匕首,开始了一系列难度很高的特技表演,舞得出神入化,精彩绝伦。她一下把匕首指向阿里巴巴,一下把它指向客人,有时则指向卡西姆少爷。最后,她气喘吁吁,仿佛是跳累了,就学着职业艺人那样,左手拿起她的小手鼓一一呈向三位观众。

阿里巴巴在小手鼓里丢了一枚金币,他的养子也照样办了,然而,当强盗头子从他长袍衣兜里摸出钱包准备付钱时，莫姬雅娜突然把匕首一下刺入强盗的心窝。

阿里巴巴大惊失色。"你这个该死的女人！"他大声吼叫着，"你这是干啥事？你把我的名誉全毁了。"

"不对，老爷，我救了您的命，"莫姬雅娜一边回答，一边猛然掀开那个客人的长袍，使强盗暗藏的匕首暴露出来，"您好好看看这个男人吧，看看您刚才躲过了怎样的一关。"

阿里巴巴知道自己欠了这位勇敢的少女太多的恩情，他一再向她深深致谢。"你既然已经是自由人了，"他对她说，"那我就只剩下一种办法来酬谢你。我知道小卡西姆长期以来一直是你的忠实情人，我同意你嫁给他，而且永远分享我的家产。"

不久，卡西姆少爷就与莫姬雅娜结了婚，并举行了盛大的婚礼。又过了一段时间，阿里巴巴既小心谨慎又不无风险地去了一趟山洞，非常高兴地发现财宝还在那里，未被人动过。这使他充分相信再无任何人知道岩洞的秘密，于是就取了尽可能多的财宝，把它们牢牢地捆在自己的马鞍上，回到家里，把经过情形讲给全家人听。他依靠山洞里随时能拿到的财宝，日子过得更加兴旺发达。这么多钱，他用得既明智得体，又乐善好施，慷慨大方。这样，他后半辈子的生活过得很舒适，而且在社会上享有崇高的威望。

（刘光敏　译）

国王和商人
（阿拉伯）

从前有一个非常富有的商人，住在一幢像宫殿一般豪华的宅院里，还拥有许多仆人，穿的是天鹅绒衣服。当他骑着马到街上去时，前前后后簇拥着许多护卫他的士兵。这件事被这个国家的国王知道了，就下令把这个有钱的商人带到他那里去。

商人由五十个士兵陪伴着来到了皇宫。

"这是怎么回事？"商人问。

国王说："你有那么多仆人，你的房子比我的还要好哩！"

"陛下!"商人回答,"所有我花的钱都是自己的呀!"

"这我知道,但你比我生活得好那可不行。"国王说,"你犯了罪,你必须为此付出自己的脑袋。"

"陛下!"商人不禁流出了眼泪,"仅仅为了这点我就得死吗?"

"除非你能回答我向你提的三个问题,否则你就得死。"国王说,"这三个问题是:地球的中心在哪里?绕着世界走一圈要多少时间?我这会儿在想什么?"

不幸的商人害怕极了,因为他知道自己回答不出这些问题。

"陛下,您是否能给我一些时间考虑考虑再来回答这些问题呢?"

"给你六个星期时间。"国王说,"一个星期也不能再多了。"

商人走遍全国,到处寻找能回答这些问题的人,但大家都笑话他。最后,在经过一间茅屋的时候,他遇见了一个牧羊人。

"你怎么啦?"牧人问道。

"倒霉透了。"商人回答,接着就向他叙述了那件事情。

"别垂头丧气啦。"牧羊人说,"你带我到皇宫去,那你就不会掉脑袋了。你把丝绒的披风给我。"

牧羊人披着商人的披风来到了国王面前。

"我是来回答您的问题的。"牧羊人说。

国王笑了起来。

"好吧!"国王说,"地球的中心在哪里?"

"这里。"牧羊人用脚跺了跺他站的地方说,"如果您不相信,可以把地球量一量,那您就会信服了。"

"回答得好。"国王说,"现在你回答第二个问题:绕世界走一圈要多长时间?"

"这很容易,"牧羊人回答,"如果陛下和太阳一起起床,然后再跟着它一直走到第二天早上,那你仅仅只要一天时间就可绕世界一周啦!"

国王放声笑了起来:"我不曾料到你会这么快就把问题回答出来了。现在,第三个问题:我这会儿在想什么?"

"陛下,您正在想我是一个有钱的商人。而实际上我却是一个牧羊人。"说着,他把丝绒的披风脱了下来。

国王大笑起来:"你比商人聪明多了。"国王又说,"商人呢,我饶了他的命;你呢,我赏你一袋钱。"

（千里　译）

住在醋罐里的老太婆

（英国）

　　从前，有个老太婆，住在一个醋罐子里。有一天，一个仙姑打那儿路过，听见那个老太婆正在自言自语。

　　"惭愧，惭愧，真是惭愧，"老太婆说，"我本不该住在一个醋罐子里。我应该住在一间漂亮的小茅屋里，墙上爬满了玫瑰。我该这样才对。"

　　于是，仙姑说："那好，今天晚上你上床睡觉时，翻三次身，然后闭上眼睛。到了早晨，你就会见到你想看到的东西。"

　　老太婆上床睡觉时，翻了三次身，然后闭上眼睛。到了早晨，她睁开眼睛一看，发现自己正躺在一间漂亮的小茅屋里，墙上爬满了玫瑰。她又惊又喜，但忘记了感谢仙姑。

　　仙姑北游，南游，东游，西游，忙碌着她要做的事情。不久，她想：我去看看那个老太婆现在怎样了。她住在那间小茅屋里，一定很快活。

　　她一到茅屋门口，就听见老太婆正在自言自语。

　　"惭愧，惭愧，真是惭愧，"老太婆说，"我本不该住在这样一间小茅屋里，孤孤单单的一个人。我应该住在一排房子中间的一幢漂亮的小房子里，窗口挂着花边窗帘，门上有黄铜做的门环，外面有人在欢快地叫卖贝类和淡菜。"

　　仙姑有点吃惊，但她说："那好，今天晚上你睡觉时，翻三次身，然后闭上眼睛。到了早晨，你就会见到你想看到的东西。"

　　老太婆睡觉的时候，翻了三次身，闭上眼睛。到了早晨，她果真躺在一幢漂亮的小房子里，周围是一排小房子，窗口挂着花边窗帘，门上有黄铜门环，外面有人在欢快地叫卖贝类和淡菜。她又惊又喜，但忘记了感谢仙姑。

　　仙姑北游，南游，东游，西游，忙碌着她要做的事情。过了一些时候，她想：我要去看看老太婆现在怎样了。她现在一定过得很幸福。

　　她来到那一幢小房子门口，只听见老太婆在自言自语。"惭愧，惭愧，"老太婆说，"我本不应该住在这样一排房子里，周围全是平民百姓。我应该住在乡间的一座高大的府第里，四周是一个大花园，还有仆人供我使唤。"

　　仙姑很是吃惊，心里不太高兴，但她还是说："那好，你睡觉的时候，翻三次身，闭上眼睛。到了早晨，你就会见到你想看到的东西。"

　　老太婆睡觉的时候，翻了三次身，闭上眼睛。到了早晨，她果然躺在乡间的一座高大府第里，周围是一个漂亮的大花园，还有一些仆人供她使唤。她又惊又喜,说话也学得斯斯文文,但她忘记了感谢仙姑。

仙姑北游,南游,东游,西游,忙碌着她要做的事情。过了一些时候,她心里想:我要去看看老太婆怎么样了。她现在一定生活得很幸福。

但是,她刚一走近老太婆客厅的窗口,就听见老太婆在自言自语。

"真是太惭愧了,"老太婆说,"我竟然孤独地生活在这里,与上流社会完全隔绝。我应该是一位公爵夫人,常常坐着马车,在随从们的前呼后拥下去见女王陛下。"

仙姑很吃惊,心里很生气,但她还是说:"那好,今晚你上床睡觉时,翻三次身,闭上眼睛。到了早晨,你会见到你想看到的东西。"

于是,老太婆上床睡觉时,翻了三次身,闭上眼睛。到了早晨,她果然成了公爵夫人,有自己的马车,要去觐见女王,还有自己的随从。她又惊又喜,但她还是忘记了感谢仙姑。

仙姑北游,南游,东游,西游,忙碌着她要做的事情。过了一些时候,她心里想:我最好去看看老太婆现在怎样了。她现在成了公爵夫人,肯定很快活。

但是,她一走到老太婆在城里的豪华府第的窗口,就听见老太婆在自言自语:"真是太惭愧了,我竟然只是一个公爵夫人,要向女王大献殷勤。我自己为什么不能成为一个女王,坐在黄金宝座上,头戴金冠,四周全是大臣呢?"

仙姑心里凉了半截,非常生气,但她还是说:"那好,你上床去睡觉,翻三次身,闭上眼睛。到了早晨,你就会见到你想看到的东西。"

于是,老太婆上床睡觉,翻了三次身,闭上眼睛。到了早晨,她果然就在皇宫里,成了一个名副其实的女王,坐在黄金宝座上,头戴金冠,四周全是大臣。她十分高兴,对他们发号施令起来,但她又忘记了感谢仙姑。

仙姑北游,南游,东游,西游,忙碌着她要做的事情。过了一些时候,她心里想:我要去看看老太婆怎么样了。这回她一定心满意足了吧!

但是,她一走进宫廷,就听见老太婆在自言自语。

"太惭愧,太惭愧了,"她说,"我竟然是这样一个小国的女王,而不是统治整个世界。实际上,我最适合做教皇,统治世界上每一个人的思想。"

"那好,"仙姑说,"你上床去,翻三次身,闭上眼睛。到了早晨,你就会见到你想看到的东西。"

老太婆于是上了床,脑子里浮想联翩,得意极了。她翻了三次身,闭上眼睛。到了早晨,她又回到她的醋罐里去了。

(齐霞飞 译)

金盆子

（英国）

有一次，一个农民被送进了监狱。他可不是一个坏人，也未做过任何坏事。因为那会儿国王要钱打仗，就到处搜刮钱财，向百姓增派捐款。那个农民穷得身无分文，只剩下一片土地。当国王的手下来到他家时，他说："我一文钱也拿不出来，穷得连饭也吃不起了。"

国王手下的人大笑起来。"别以为我们会相信你，"他们说，"我们听说你很富有，你有一只金盆子呢。"他们搜查了每一间屋子，可在每一间屋子里都没有找到任何值钱的东西。于是，他们便逮捕了农民，把他送进监狱。"不交出金盆子就别想出去！"他们说。那可怜的农民非常忧愁，他虽身在监狱，心里却挂念着他的庄稼。他的妻子一个人没有力量耕地。

一天，他接到妻子写给他的一封信。信中写道："我真替我们的庄稼担心，春天就要来了。"农民悲伤地读着信，想道：怎么办？后来，他想出了一个好主意，暗自笑了起来，他给妻子回了一封"别去翻地"的信。信中写道："我的金盆就藏在地里，除非我通知你，否则不要种马铃薯。"

农民把此信交给监狱看守，他说："请把这封信，送给我的妻子。"当然，监狱看守照例是要把犯人的来往信件一一拆开过目的。他们读过农民妻子的来信，现在又读了农民的回信，一个看守嚷道："嗯，听起来倒很有趣，看来这个农民的确是个富翁，他明明写着有一只金盆埋在地里。"

"可他没说在哪块地里。"另一个看守说，"这个农民有一大片土地。"

"没关系！"第一个看守说，"反正我们已经知道他的地里藏有金盆子。"

两周之后，农民接到他妻子写来的第二封信。"出了件稀奇的事儿，"他的妻子写道，"两周前来了十个人，全都带着锄头，一来就开始挖地，把我们的地全都翻了一遍，后来又走了。我真不明白，据我看，他们似乎在寻找什么东西，怎么办？"

当农民读着妻子的信时，他笑了。"我虽然是在监狱里，现在可以放心了。"他立即给妻子写了一封回信，信写得十分简单。"那些人已经替我们翻了地，"他写道，"因此，你可以种马铃薯了。"

（艾湫 译）

渔夫和神鸟

（英国）

一个老渔夫，靠钓鱼来养活一家两口人，总是有了上顿，没有下顿，过着贫困的日子。

一天，他在河边钓鱼，飞来了一只名叫加赫卡的神鸟。它对他说："我每天给你送来一条大鱼，你去卖了，就不再挨饿了。"

老渔夫千恩万谢。

当天夜里，神鸟就飞来了，将一条大鱼扔在院子里。

那鱼银鳞闪光，足有二丈长，还活蹦乱跳。

第二天清早，老渔夫上街，卖掉鱼，得了不少钱。

神鸟加赫卡真守信，每天在这个时间扔下一条大鱼。大鱼各式各样，老渔夫每次都能卖到好价钱。老渔夫再也不愁吃，不愁穿，还积攒了不少钱。老渔夫盖起了新房。新房是一座小楼，还带有花园。老渔夫夫妻俩住得好舒服。

神鸟见老渔夫住上了新房，高兴地拍打着翅膀，它的叫声像是在欢笑。

神鸟还是每天飞来，还是每天丢下一条大鱼。老渔夫还是每天去卖鱼，还是每天卖得不少钱。

一天，老渔夫提着神鸟给的大鱼到街上去，听见国王的侍从官在传令："谁知道神鸟加赫卡的影踪，国王将把半个王国赐给谁。"

"我知道！"老渔夫正想喊出口，但立刻咽了下去。他想没有神鸟，就没他今天的好日子，不能出卖恩人。再一想，国王要赐给半个王国，国王的恩还要大，自己的生活还要富裕。说，还是不说？他拿不定主意。侍从官看他有些异样，就带他去见国王。

原来国王生了一场大病后，双目失明了。据说只要用神鸟加赫卡的血来擦一擦就会重见光明。

"你只要告诉我神鸟加赫卡在哪里，我一定会给你半个王国。"国王对渔夫说。

老渔夫见王宫很豪华，国王生活得很舒服，又听到国王说得很肯定，他就把神鸟什么时候到家里来说了出来。

国王一听，顿时喜出望外，终于找到了神鸟的影踪，自己的眼睛就可重见光明。他立刻命令，派兵捉拿神鸟加赫卡。

那晚，国王的四百个卫士埋伏在老渔夫住房的四周。老渔夫在院子里摆了宴席。

神鸟又飞来了。老渔夫恭恭敬敬地说:"感谢神鸟大恩,今天特地设宴款待。"

神鸟不知是计,丢下大鱼,飞落下来。老渔夫急忙抓住神鸟的大腿,高喊:"捉住了,捉住了!"

四面伏兵快速上前。

神鸟展翅飞升,将渔夫带上了半空。一个卫士连忙抓住老渔夫的腿。神鸟升空,另一个卫士又慌忙抓住前一个卫士的腿。前一个后一个,四百个卫士连成一长串。神鸟有神力,直上云霄。老渔夫没了力气,一松手,他和四百个卫士都跌在岩石上,没有一个能再站起来……

(李健学　译)

征服巨人的杰克
(英国)

乡村的生活真快乐,可是,不知从哪儿冒出了一个巨人科尔摩兰,而且就住在附近的一条路边的山洞里。这个人非常凶狠,他永远都感到饥饿,每天早上都要到公路上去抢劫,遇到什么抢什么,人、羊、鹅、猪、狗,一律不能幸免。

有个人运了一车蘑菇去赶集,科尔摩兰就把他抓住,连人带马都一起吃了,甚至连马鞭子也没有放过,统统吞下了肚子。他真是一个永远填不饱的饭桶!

乡村的居民人人都胆小,他们服服帖帖地把自己的鸡和猪主动地送给他,恭恭敬敬地说:

"科尔摩兰先生,请吃吧!"

"科尔摩兰先生,您尽快地吃吧!"

"科尔摩兰先生,您还想吃些什么呢?"

人们都向他鞠躬行礼,那虔诚的样子就别提了,脑袋都能碰到地!

科尔摩兰吃胖了,胖得像一个草垛。他已经不需要再到路上去抢劫了,就天天躺在洞里睡大觉。他想吃谁,就对他吆喝一声:"喂,老头子,快到我这儿来。要显得精神些,我现在就要吃你了,吃活的!"

"遵照大人您的吩咐,我就来,我就来!"可怜的老人恭恭敬敬地答应,"我到了，您就请吃吧！"

如果不是一个名叫杰克的小孩子挺身而出的话，这个巨人科尔摩兰大概能活一千年，他能把你、把我、把我们大家统统吃光。

杰克是个勇敢的孩子，什么人都不怕。他下了决心，一定要惩罚这个巨人，把他的脑袋砍下来。

一天早上，当大家还在熟睡的时候，杰克就拿起一把父亲的铁锨，悄悄地来到了科尔摩兰居住的山洞，要在他的门口挖一口陷阱。

巨人听到了外面的响声，就醒了。

"是谁在外面？"他喊了一声。

杰克根本没有理他，他藏到一个草丛里，等巨人睡着了再接着干。科尔摩兰在草堆里翻了几个身，就打起呼噜来。杰克整整干了一天，到了晚上，终于挖成了一个深深的陷阱。他用树枝把口盖好，又在上面撒上了一层雪。乍一看，根本不知道这里有一个坑，还以为是一片平地呢。

在一切都完工之后，杰克后退了几步，就喊了起来："喂，科尔摩兰，你起来吧！"

他往洞里掷了一块石头，正好打在科尔摩兰的额头上。

巨人气得浑身发抖，他三步并作两步跑出了山洞，想抓住这个杰克，先把他撕成碎块，再一口一口地把他吃掉。可是，他万万没有想到，一出门，就掉到陷阱里，而且一落到底！

陷阱很深很深，他几次想爬上来都没有成功，每次刚爬上就又重新掉了下去。起初他还破口大骂，挥舞着拳头恐吓杰克，后来，他终于哭了，向杰克求饶："我以后一定做个好人！"他又喊道，"我一定爱护大家，保证不再欺负任何人了！"

"我不相信你！"杰克回答说，"你是个心毒手狠的杀人魔王，今天你是恶有恶报！"

杰克毫不留情地挥舞起铁锨，一下子就把科尔摩兰的脑袋砍了下来。

村里的人听到这个消息，一个个高兴得又蹦又跳。

"谢谢你，杰克，你为我们除了一大祸害！"青年人和老年人都异口同声地感谢他、拥抱他、吻他。

姑娘们送给他一条丝腰带，上面还绣着赞美的词句："杰克是个最强大、最勇敢的人，他征服了巨人科尔摩兰。"

杰克系上这条丝腰带，把大刀磨得特别锋利，就出去旅行了。他还要去征服另外一些专门欺负别人的巨人。

在那些吃人的魔王中，最为狠毒的要数巨人勃兰德波尔。

杰克一心想征服勃兰德波尔，因为他去年劫走了邻居铁匠家的独生女儿，这个美丽的长着棕黄色头发的少女，被这个吃人魔王关在他的地下室里。要想把她救出来，只有把勃兰德波尔杀掉。

春去夏来，杰克还没有找到勃兰德波尔的踪迹。他寻遍了森林，寻遍了原野，就是找不到这个吃人魔王。

有一天，赤日炎炎，杰克经过长途跋涉，太疲劳了，就躺在一个阴凉的小沟里睡着了。这时候，正好勃兰德波尔从他身边路过。他看到一个小孩子在沟里睡觉，就俯下身子朝他仔细端详了一番。忽然，他看到这个孩子的腰带上绣着两行端端正正的大字："杰克是个最强大、最勇敢的人，他征服了巨人科尔摩兰。"

勃兰德波尔自言自语地说："原来就是这个小孩杀死了我的亲侄儿，我一定要找他报仇！"

勃兰德波尔与一般的巨人不同，他有两个脑袋，一个小，一个大：一个是老头子的脑袋，一个是年轻人的脑袋。他们看见正在熟睡的杰克，一个脑袋就喊："应该把他放在水里煮！"另一个脑袋又喊："应该把他放在油里煎！"两个脑袋吵得面红耳赤，互相顶撞了起来。

"下水煮！"一个脑袋喊。

"用油煎！"另一个脑袋也毫不示弱。

他们看到杰克被他们吵醒了，就连忙缩起舌头，把自己装扮成好人，对杰克唱起了赞歌："亲爱的孩子呀，我们多么爱你！我们亲你，我们疼你，最软的床儿让你睡，最好的摇篮也给你，甜甜的糖儿给你吃。"唱到这儿，两个脑袋发出一阵狞笑，又一起唱道，"吃完了我们再吃你！"

他们还以为这最后一句杰克没有听见呢，他们哪里知道，杰克早就记在心里了。他心里有数，这个长着两个脑袋的恶魔勃兰德波尔是想把他带回去再吃。

杰克想逃，但勃兰德波尔一把抓住了他的腿，把他塞到口袋里，回家以后，摸了摸他的脑袋，把他放在一张床上。

"晚安！"一个脑袋说。

"祝你做一个好梦！"另一个脑袋也说。

两个脑袋都客客气气地向杰克告辞了。杰克又听到在门外一个脑袋对另一个脑袋说：

"等这个小鬼一睡着，我就一棍子打死他，把他放到锅里去煮。"

"不行，得用油煎！"另一个脑袋喊了起来。

“不行，用水煮！”

“不行，用油煎！”

杰克一骨碌爬了起来，在屋子里跑过来跑过去。他想逃出去，可门紧锁着，窗户外面又有铁栏杆，真是一点办法也没有。他冥思苦想，终于想出了一个好主意。他找来一根大木头，把它放在床上，盖好毯子，就让这根木头代替他去送死：只要巨人一砸这根木头，杰克就有救了！

杰克藏在炉子的后面，没过多久，楼梯上便响起了巨人的脚步声，他的步子特别沉重，整个房子都被震得发抖。

门被打开了，巨人手里拿着一根棍子，走到床前，用尽全身的力气砸了下来。他哪里知道，杰克正躲在炉子后面呢，安然无恙！

“我终于把这个孩子干掉了！”巨人一边走，一边高兴地自言自语，却没有想到要把门关上。

杰克高兴得笑了起来，跟在他的后面悄悄地跑了出去。巨人回到自己卧室，往床上一躺就睡着了。杰克在他的枕头底下掏出了一把钥匙，上面写着“地下室”三个字。他一想，铁匠的女儿，美丽的长着棕黄色头发的少女杰尼不正关在那个地方吗？他连忙跑过去，放走了这个可怜的姑娘，然后，又回到自己的屋里，甜甜地睡了一觉。

早上，杰克睡醒之后，就去找巨人勃兰德波尔。巨人看见他，不由得浑身直打哆嗦。

“你怎么还活着呢？”一个脑袋问他。

“你怎么没有死呢？”另一个脑袋也问他。

“我为什么要死呢？”杰克反问他们。

“我们不是在夜里拿棍子把你砸死了吗？”一个脑袋说。

“是往死里砸的呢！”另一个脑袋又补充了一句。

“小事一桩！”杰克笑了笑说，“这一棍子对于我来说根本无所谓，我还以为是老鼠尾巴碰了我一下呢！”

“他真是个大力士！”巨人心里想，“难怪他征服了科尔摩兰呢，在他面前，我的大棍子都成了老鼠尾巴了！我还是趁早躲开点吧，可别让他把我也弄死了。可是，往哪儿跑、往哪儿藏呢？”

“上阁楼！”一个脑袋说。

“下地窖！”另一个脑袋又顶了起来。

“不行，还是上阁楼！”

"不行，还是下地窖！"两个脑袋还是吵个不停，身子一步也没有挪动。这个巨人不知道自己是哪一个脑袋说了算。

杰克迅速地站到一个椅子上，一刀砍下了这两个脑袋。他们一起顺着楼梯往下滚，一边滚，一边还在喊：

"不行，上阁楼！"

"不行，下地窖！"

杰克征服了这个巨人，又立即回到了自己的村庄。

全村的男女老少都知道杰克又立下了新的功劳，大家都高高兴兴地欢呼着，欢迎他胜利归来。

最高兴的还是那个铁匠，美丽的长着棕黄色头发的姑娘的父亲。他送给杰克一匹骏马。杰克骑上它，又到别的遥远的国度去了。他还要征服另一些凶恶的吃人魔王呢。

（朱文武　译）

说谎比赛

（德国）

有一天，一个贵族驾车外出，拉车的是两匹蹩脚透顶的马。路上他看见一个农夫在耕地，拉犁的两匹马倒是十分漂亮。

"你不想跟我换马吗？"贵族问，"你的马套我的车，我的马拉你的犁似乎更合适些！"

"也许你说得不错，"农夫回答，"不过，这事你就别多费神了。"

贵族不死心，一屁股坐到农夫身边，赖着不走了。末了，两个人同意打个赌，谁说谎说得好就可得到对方的马。

贵族很高兴，心想说谎是自己的拿手好戏，赢得他的马是毫无疑问的了。农夫很客气，让他先说。贵族倒不客气，就先说道："我父亲有七群母马，产的奶就甭提有多少了，七爿水磨全靠马奶做动力，全州的谷子几乎都到那儿去磨。"

"这完全可能！"农夫显得一点儿也不奇怪，"我父亲养了很多蜂，他活了五百多岁，从来也没有数过。有一次我去放蜂，到傍晚回家的时候，我父亲一眼就发现，有一只蜂没有回家。他叫我马上出去找，找不到就别回家。我找遍了全世界每一个角落，也没有找到，就只好上天堂，可是找了个遍，也没有见着。我心里真有点儿发毛，不知它在不在地府里，我得到那儿去找找！于是我走到地府，可是它也不在那儿，真是白费力气。我垂头丧气地转身回家，在路过一片森林时，意外地发现了我的蜂。原来有个人的牛被狼吃了，他正把我的蜂当牛套上他的车，拉木柴回家。我急忙叫道："喂，大好人，对不起，别往车上套，那蜂是我的！'那人一句话也没有说就住手了，我把话说得很客气，所以他也很满意。可是驾辕擦伤了我的蜂，我在它伤口上撒了些土，很快就好了。我把蜂带到家里，我爸那高兴劲儿就甭提了，这一点你是想象得到的。我还要跟你讲讲在天堂和地狱见到的事儿，特别是在天上，我看见农夫们围着一张长桌子，喝着美酒，谈笑风生。地狱里全是贵族，魔鬼正把他们挑在铁杆上烤！"

这时，那个贵族再也忍不住了，大声喊道："你撒谎！你撒谎！"

"我是在撒谎，这个赌就算我赢了。"农夫说完马上牵过贵族的马，和自己的一起套在犁上。那个骄傲自大的贵族只好自己拉着车走回家去。

（蒋仁祥　译）

农夫和魔鬼

（德国）

很久以前，有个既有远见又足智多谋的农夫，人们都喜欢谈论他的各种鬼把戏。不过，最精彩的还是他戏弄魔鬼的故事。

一天，农夫在他的田里干活。黄昏时分，他正打算收工回家，突然看见在自己的田中央，有一大堆燃烧着的煤。他好奇地走了过去，发现有个很小的黑色魔鬼坐在这堆煤上。

农夫问："你是坐在一堆金银财宝上吗？"

魔鬼回答说："是的。说实话，它们比你一生中所见到的金子和银子还要多！"

"这些金银财宝既然在我的田里,它们就应该属于我。"

"它们可以归你,"魔鬼答道,"只要把你田里两年内生产出来的东西分一半给我,这些金银财宝就都是你的了。我的钱已经太多了,我想要一些大地的产物。"

农夫对这一交易表示赞同,但他又说:"不过为了公平,还是让我们把协议订得细一些,凡是长在地面上的东西全归你,而长在地面下的东西全归我。"

魔鬼对这一协议非常满意。可是,这个聪明的农夫在田里都种了萝卜。

收获的季节到了,魔鬼又出现了,他来取他的那一半。但是,地面上除了枯黄的叶子以外,什么也没有,他只好眼睁睁地看着农夫从地下挖走了那些又大又粗的萝卜。

魔鬼说:"你把好的都拿走了,下次可不行。现在我们得把协议改一下,明年收获时,地面上的一切归你,地面下的一切归我。"

"我完全同意。"农夫答道。但到了播种的时候,他没有种萝卜,而是种了小麦。等到了收获季节,农夫来到田里,割下了一大捆一大捆的麦子。

等魔鬼来的时候,田里只剩下麦茬了,他怒气冲天,但又无可奈何,最后只好一头钻进岩石裂缝中,消失得无影无踪了。

"我就是用这样的方法愚弄了魔鬼。"农夫一边说着,一边把那堆金银财宝取走了。

(乔亚 译)

魔 笛
(德国)

很早以前,德国的哈梅林城发生鼠灾。老百姓纷纷去市政厅,要求市长拿出办法来。市长有什么办法呢?养猫捉鼠要时间,研制鼠药也要有个过程。

市政厅外广场上聚集了不少人,市长拿了一袋子金币,站在门楼上说:"谁能灭鼠,这袋金币就给谁。"

这时,人群中站出来一个小伙子。他身穿紧身外衣,脖子上挂着一支笛子。

他说："我能!"说罢,他摘下笛子,吹起了曲子。说来简直令人不能相信,只见大老鼠、小老鼠都跌跌撞撞地跑来了,而且在广场上排着整整齐齐的鼠队。吹笛人叫人把城门打开,老鼠们拥出门去……全城再也找不到一只老鼠。

没有了老鼠,生活安宁了,城市太平了,百姓们安居乐业,市长也少了麻烦。

"谢谢你,年轻人!"百姓们向吹笛人致谢。

"年轻人,你真有神奇的本领!"市长夸赞吹笛人。

可是吹笛人向市长索取那袋金币时,市长却反悔了,只从袋里取出一个金币,丢给吹笛人。

市民们也说："只吹一支曲子,一个金币也足够了。"

吹笛人想:市长市民都不守信用,这种品性如果传给子孙,可以说后患无穷。他又吹响了笛子。

笛子一响,稀奇事又发生了:家家户户窗门大开,一个个孩子从家里、从学校里跑出来了,连刚生的、在吃奶的孩子都顿时会走了。

市长和市民们看呆了。

吹笛人边吹笛子边跳舞,孩子们也跳起舞来了。吹笛人在前,孩子们手拉手跟在后面,头也不回,走出城门。吹笛人带他们来到一个新的地方,那里的人诚实善良,笃守信用。

城里的那些人呢,包括市长在内,都没了后代。

（蒋仁祥　译）

割草比赛
（德国）

收割干草的季节快到了。有一天,农夫们坐在酒馆里,一边喝酒,一边闲聊。其中一个叫普拉尔汉斯的说："到今天,我还没有见哪一个人割草能超过我的!除非是魔鬼。就是魔鬼,我也敢跟他比试比试!"他的酒友们对他说："你可别说这样的大话!"可是普拉尔汉斯的海口越夸越大,越说越悬。

一个早晨,天刚蒙蒙亮,他走到自己的草地时,那儿已经有一个人了。那个人长着个尖尖的鹰钩鼻子，脸上流露出一种瞧不起人的表情，手里握着把寒光闪闪的镰刀。普拉尔汉斯马上明白了，自己真的碰上了魔鬼，他吓得两腿直哆嗦。

正当普拉尔汉斯惊魂未定的时候，那个人开口了："听说你昨天吹大牛了，说什么割草比魔鬼割得还快！今天我就来跟你比试比试。我让你先割十三刀，要是我赶上你，我就拿走你的灵魂！"

可普拉尔汉斯也不是好惹的。他一边磨镰刀一边打着主意，终于想出了个好办法。

他拿着镰刀径直走到草场的中心，魔鬼不明白他这是什么意思，就跟在他的后面。普拉尔汉斯挥起镰刀绕着圈子割，魔鬼在后面紧追不放。圈子越割越大，在外圈的魔鬼第一圈都要比普拉尔汉斯多割许多，于是距离越拉越大。普拉尔汉斯机警地偷偷看了看这个可怜的魔鬼，见他累得上气不接下气，豆大的汗珠成串地往下淌。普拉尔汉斯见魔鬼赶不上他，很安闲地拿出磨刀石，磨镰刀。魔鬼一心想赶上他，于是就喊："喂，再磨一会儿吧！"可是当普拉尔汉斯磨过镰刀以后，割得越发快了。魔鬼终于累得筋疲力尽，扔下镰刀不干了。普拉尔汉斯嘲笑地看着他，魔鬼又羞又怒地逃走了。

（刘建设　译）

不要忘记穷人
（意大利）

从前，在某一个地方有三兄弟住在一起。院子里有一棵梨树，他们决定三人轮流看守。两个兄弟到地里干活，另一个兄弟就留在家里照管梨树，以免遭人破坏或者偷吃梨子。

一次，为了考验三个兄弟，从天上下来一位天使，他打扮成叫花子走到梨树旁。那天正是大哥看树，叫花子央求说："老爷，看在上帝面上，给我两个熟梨吃吧！"

大哥给了他一只梨，说道："这是我的那一份梨，所以给你，其他梨是我兄弟们的。"

天使谢过走了。

次日，轮到二哥看树。天使又装成叫花子来讨梨吃。二哥说："你拿着，这梨子是我的那一份，但我不能再给你了，因为那些是我大哥和三弟的。"

天使又向老二道过谢后走了。

第三天，当天使来到小弟面前时，他也像两个哥哥一样做了。

又一天的清早，天使扮成出家人的样子来到三兄弟家里，兄弟三个都在。出家人说："孩子们，你们随我来，我给你们比看梨树更好的工作。"

三兄弟跟他一起走了。走着走着，他们来到一条大河岸上。

出家人先问老大："孩子，你提什么要求？"

老大说："假如这条河里的水都变成酒，而我是它的主人该有多好！"

出家人把手杖晃了晃，河里的水全变成了酒。

打扮成出家人的天使对大哥说："你的愿望满足了，成了富翁，但不要忘记穷人，要关心他们。"

为大哥安排了做酒的生意，出家人带着另外两兄弟继续往前走。他们来到一处大广场，那里有很多鸽子在啄食。

天使对老二说："你说，你要求什么呢？"

老二回答说："如果把这些鸽子变成绵羊，而我又是它们的主人那该多美呀！"

天使像第一次一样，把手杖转了转，划出了一条线，广场上立刻挤满了绵羊。

天使说："现在你的愿望也满足了，你幸福而富有，不过你要关心穷人。"

天使和小弟又往前走了。走不远，天使问小弟："孩子，你也提提有什么要求吧。"

小弟悄悄地说："我只有一个要求，就是要一位忠诚的妻子。"

天使说："孩子！满足你的要求很困难。世界上只有三个忠诚的女人，她们中间两位已经结婚，第三位是公主，有两位王子还在向她求婚。来，咱们也到国王那儿去，把你的愿望跟他说说。"

于是他们朝公主住的城市走去。经过长途跋涉，他们疲惫不堪地走进了王宫。

国王听了他们的请求以后，说："我还没有做出决定，两个王子和这个年轻人，三个人都想同我女儿结婚，我真不知道该怎么办。"

天使说："还是让上帝来决定吧。"

国王说："这话对，但怎么办呢？"

天使说："剪手指粗细的三根树枝，交给公主，让她在每个树枝上分别写上求婚者的姓名，今晚把枝条插到花园里，经过一夜，第二天早晨看哪个枝上能开出花来，公主就和那个枝上写名字的人结婚。"

国王说："这真是个好办法。"

公主、两位王子和小弟都同意这个办法。公主就在三根树枝上写了三个求婚者的名字栽到花园里。次日早晨起来一看，两根树枝已经干枯了，第三枝生机勃勃，长出了绿叶并且开出了花朵，这个枝上写的是小弟的名字。国王只好遵守诺言，答应让公主同小弟结婚，并向女儿和女婿衷心祝福。

一年之后，天使重新来到人间，为的是看看三兄弟现在怎样了。他装扮成乞丐先到大哥那里，大哥正忙着做酒的生意。

天使说："老爷，也给我叫花子一杯酒喝吧。"

大哥叫嚷着："混蛋！滚出去！如果我让所有的乞丐白白喝酒，那我自己也很快就要成为乞丐。"

天使用手杖画了一个十字架的记号，刚一画完，酒店、酒库和干活的工人全都不见了。这里像从前一样，流淌着一条宽广的大河。

天使怒气冲冲地说："你成了富翁就忘了穷人，你还是回去看管你的梨树吧。"

接着，天使又去二哥那里，这里正忙着经营奶和羊。

天使央求着说："老爷，看在上帝面上赏给我一块干酪吧！"

二哥说："快滚开！否则我要放出狗去咬你，像你这样的懒虫，我是不会给你干酪的。"

天使像上次一样，画出了交叉的两条线，组成了一个十字。霎时，所有的羊、干活的工人统统消失了。这里又成了一个广场，成群的鸽子在啄食。

天使生气地说："你忘记了穷人，还是回到你的梨树那儿，像从前一样看护着它吧。"

现在，天使很快来到森林里，这里住着小弟和他的妻子。他们住在一间茅屋内，手头非常拮据。原来老国王死后，公主的弟弟继了位，把他们赶了出来。

天使仍然是乞丐装扮，他来到小夫妻面前说道："上帝保佑你们，我能从你们这儿得到些吃的并在这儿过夜吗？"

小弟说："我们是穷人，但您可以在这儿住。我们这儿只有粗茶淡饭，只好用这些款待您。"

小夫妻俩为了使天使不受冻，把他安排在火堆旁边。妻子把三个人的晚饭分开放着。他们这样穷,连点白面都没有。他们扒了些树皮磨成面,做成饼,妻子羞愧地说:"我们很难为情,请您吃饭,可我们却连面饼也没有。"

天使笑着说:"不用担心,这样很好。"

当小弟的妻子到厨房去端饭的时候,看到树皮面饼变成了白面饼,她惊奇万分,她说:"上帝呀,你真是魔力无穷。"她兴奋得热泪盈眶。她到附近的泉边去打水,当她把罐子里的水往杯子里倒的时候,清水变成了甜酒。小弟看到这些也感到愕然,但他什么也没说。

天使对他们的款待很满意。他说:"你们没有忘记穷人,上帝会保佑你们。"

天使拿起自己的手杖,画了一个十字架的记号。突然,茅屋不见了,就在那儿矗立起一幢美丽的楼房,整个建筑富丽堂皇,无数仆人走来走去,把小弟和他的妻子尊为"主人"。

天使以老乞丐的模样来到他们面前,向他们祝福说:"上帝给了你们这所有的财产,只要你们肯帮助别人,这些财产就会在你们身边。上帝保佑你们!"

小弟和他的妻子过上了幸福的生活。

(俞薇　译)

幸福取决于什么
（意大利）

有一天,两个朋友争论不休,争的是幸福取决于什么?

"这是用不着动脑筋多想的!"一个叫喊起来,"金钱带来幸福。你总知道我是怎样成为诗人的。当初谁也不肯出版我的诗篇,后来我的姨妈猝然去世,留给我一笔遗产,我用来出了本诗集。打这以后,新的作品就不断问世。要不是姨妈的那笔钱,到现在也不会有谁晓得我是个诗人。"

"瞎扯!"另一个抢过话头,"命运决定一切。如今在意大利,我已经算是个著名的歌唱家。可就在前些时候,还没有人愿意听我唱。我只能站在海岸上,对着鱼儿唱歌。后来时来运转,路易斯伯爵那天恰巧乘船经过,他听见我的歌声,就发出邀请,让我到他为未婚妻举行的舞会上去表演。这么一来,我顿时名扬四海。这和金钱有什么关系呢？命运，我的朋友，全是命运。"

诗人和歌唱家争了半天，也争不出个结果，就一同出外闲逛。

他们信步走去，来到城郊，望见一座墙歪壁倒的小茅屋。有一个小伙子，穿得破破烂烂的，坐在茅屋的门槛上，弹着六弦琴。

诗人招呼小伙子："朋友，我看你生活得无忧无虑呵。"

"一个人明天就要饿肚子了，哪儿谈得上无忧无虑呵？"

"那你怎么还在这儿弹六弦琴呢？"歌唱家问。

"你不知道，这把六弦琴是我父亲留下的唯一遗产！"

诗人和歌唱家对望了一眼。因为他俩不约而同地产生了一个想法：这正是我们要找的人！这样一来，我们就能判断出，究竟是什么更重要了。

他们各自从口袋里掏出五十枚小金币，送给六弦琴手。

"整整一百！"小伙子惊呼，"善良的先生，谢谢你们了。"

"先别道谢。一年以后，我们还要来看看，这笔钱到底是否对你有所帮助。"两个朋友说完，就回去了。

他俩刚在大路拐角那儿消失不见，阿尔其岱（这是小伙子的名字）就自言自语："我先得去买点香肠吃，然后再考虑怎样使用这笔意外的钱财。"

他把钱币塞在软帽的衬垫里面，出门朝小食品店走去。

阿尔其岱还没走满十步，忽然出了件闻所未闻的奇事：一只羽毛蓬松的乌鸦，从橄榄树枝头飞扑下来，伸出爪子，攫住阿尔其岱的软帽，又冲上了半空。

"乌鸦！还我钱！"可怜的阿尔其岱大喊。

但是，乌鸦翅膀扑扇得更快，一转眼就不见了。

过了一年，诗人和歌唱家再次朝阿尔其岱家的茅屋走来，他们用不着敲门，因为跟头一回一样，小伙子正坐在门槛上弹六弦琴。

"怎么样？"两个朋友向他招呼，"你仍旧在拨弄六弦琴？"

阿尔其岱垂头丧气地回答："羽毛蓬松的乌鸦把我的幸运连同软帽一块儿抢走了，我有什么办法呢？"

于是，他讲述了简短而伤心的经历。

"啊！"歌唱家转脸对诗人说，"决定幸福或倒霉的是命运，这我不是早就说过了吗！不妨来个假定，乌鸦是希望在自己睡觉的那个窝里，不单单铺着枝枝叶叶，而且要垫上软绵绵的布头。然而，为什么偏偏在阿尔其岱刚把钱放进软帽的时候，乌鸦却飞来抢走了帽子？这倒要请你给我解释一下。"

"瞎扯！"诗人打断歌唱家的话，"如果乌鸦不把钱抢走，阿尔其岱一定会生活得舒舒服服。朋友，可见关键还是金钱。"

诗人说完这番话，又从口袋里取出一百枚小金币，送给阿尔其岱。

阿尔其岱激动地向两人道谢。两个朋友挥挥手，说一年以后再来看望他。

这回阿尔其岱学乖了。他到小食品店里去买香肠——你们总还记得，一年以前他硬是没尝到香肠的滋味——他把一枚小金币含在嘴里，其余九十九枚藏得稳稳当当。你们猜，他藏在哪儿？嗨，藏进了扔在屋角的一只破鞋子里面啦！

"好了，这下子什么乌鸦也抢不去了！"他暗暗寻思，觉得自己这个办法想得实在巧妙：小偷也不会有兴趣偷这样破烂的东西。

不料，当阿尔其岱朝小食品店走去的时候，发生了这样一件事情：邻家的一只猫溜进了茅屋。猫主人是要在自己吃饱肚子以后才喂东西给猫吃的，所以猫从来没有哪一天吃饱过肚子。这时候，猫找遍全屋，自然，什么能吃的东西也没找着。恰巧有只小老鼠，突然从洞里蹿出来，猫追过去。小老鼠东躲西逃，钻进了破鞋子。阿尔其岱的钱正是藏在这只破鞋子里的。猫一拨弄，把鞋子翻过来，小金币顿时滚落一地，小老鼠却溜进洞里去了。于是，那猫就用爪子又拨又推，玩着小金币，直到连最后一枚也掉进了老鼠洞。

当阿尔其岱从小食品店回到家里的时候，他又穷得跟昨天一样了。钱丢了就算啦！幸运的是，他总算买来了香肠。

毫不奇怪，一年以后，歌唱家和诗人又来了，只见阿尔其岱依旧坐在破茅屋的门槛上，弹着六弦琴。

"嗨。"诗人惊叫一声，"这太过分了！也许，你硬要让我们相信，第二次的一百枚小金币又叫乌鸦抢去了吗？"

"唉，善良的先生。"阿尔其岱叹了口气，"我并不要你们相信什么，因为我自己也不知道钱到哪儿去了。"

"决定一切的是命运，而不是金钱。"歌唱家对诗人说，"这下你应该深信不疑了。"

"相反，"诗人说，"这使我更坚信，只有金钱能给人带来幸福。但是，我已经不想再来证明自己正确，因为花钱太多了。现在你来证实自己的观点吧。"

"我试试看！"歌唱家回答。

他在口袋里摸了一会儿，掏出一颗小铅球。他自己也不知道，这小东西有什么用，而且想不起怎么会放在口袋里的。

"不幸的人，拿去吧！"歌唱家一边说，一边把小铅球交给阿尔其岱，"也许对于你，这东西比钱还要有益处。"

两个朋友告辞离去了。

小球曾经在歌唱家的口袋里搁了很长时间,但在阿尔其岱的口袋里搁得更久。直到有一天,阿尔其岱肚子饿得实在受不了了,连弹六弦琴也不能消忧解愁,他这才想起了小铅球。

他把小铅球掏出来,放在手掌上,心里琢磨:"卖掉吗? 连一个铜板也不值呀。可既然造了出来,总有什么用处吧!"

忽然,阿尔其岱拍了一下额头:"我怎么没有早点想到! 它可以做个挺好的坠子呀!"

他削了一根柔韧的、长长的柳枝,把一枚别针弯曲成小钩,把小铅球牢牢地坠在线上……长话短说,过了个把钟头,阿尔其岱已经坐在海边的大石头上钓鱼了。

然而,鱼儿仿佛故意考验他似的,怎么也不上钩。阿尔其岱在岸边整整坐了一天,如果换了别人,早就离开了。可阿尔其岱不是这样的,他一旦着手干什么,就一定要坚持下去。他决定跟鱼儿比比耐心。结果,他真的比赢了。

到日落的时候,鱼儿开始上钩了。年轻的渔夫刚钓到一条,又上来一条。啊,他用钓到的鱼煮了一锅鱼汤,味道那个鲜哟,谁闻到了都想尝尝!

鱼儿钓了那么多。第二天早晨,阿尔其岱到市场上去卖掉了一半。接着,他又回到海边钓鱼。

就这样,他每天钓鱼。半年以后,他有了一张网。又过了半年,他买进一条小船,成了个真正的渔夫。

诗人和歌唱家怎么样了? 哦,他们自己忙碌得很,把弹六弦琴的穷小伙子完全给忘了。他们一个朝西,一个朝东,出去长途旅行。等到两个人在家乡重新相遇,已经是五年以后了。于是,他们想到了阿尔其岱,决定去看望他一下。

两个朋友来到老地方。一瞧,茅屋不见了,换成了一幢很漂亮的房子。有两个小孩儿在房子旁边游戏,一位年轻的女主人站在门口,含笑望着孩子。

两个朋友走上前去,向年轻的妇人打听:"您可知道弹六弦琴的阿尔其岱到哪儿去了?"

"怎么会不知道呢?"妇人转身去喊,"哎,孩子他爸爸,有两位高贵的先生来找你。"

房子里有人应声走出。两个朋友一看,并非别人,正是阿尔其岱,就急着向他探问。阿尔其岱让他们坐下,从头至尾讲了自己的经历。我们用不着从头听起,开头那一部分我们已经知道了,就来听听还不知道的那部分吧。

全阅读课本

"……两位高贵的先生，就这么着，我有了小船和渔网，成了真正的渔夫。后来，柔凡娜爱上了我。我呢，自然也爱上了她。在这件事情上，六弦琴也替我出了力。总之，我们要结婚了。可不能让年纪轻轻的妻子住进墙歪壁倒的茅屋哇。我们打算在原来的地基上造一幢新房子，就动手拆掉茅屋……现在请仔细听，亲爱的先生，这跟你们也有关。在旧烟囱上面发现一个废弃了的乌鸦窝，窝里有一顶软帽，帽子里有一百枚小金币。我非常高兴，终于能够还掉这笔旧债了。"

阿尔其岱跑进房间，取出一顶软帽，里面的小金币在叮当作响。他还给歌唱家和诗人每位五十枚，接着又把故事讲下去。"这还不算，拆地板的时候，在屋角的老鼠洞里，又找到九十九枚小金币。第一百枚小金币当时我拿去买了香肠，现在我把这缺了的补上。"

阿尔其岱的妻子柔凡娜听到这儿，就去拿来一个扎得很牢靠、做得很好看的钱包。阿尔其岱接过去，交还给诗人。

"至于那个小铅球，"他说，"让我留作纪念吧。"

阿尔其岱刚一讲完，两个朋友再次为那个老问题争得面红耳赤。

"命运！"歌唱家叫喊。

"金钱！"诗人高声压倒他。

争来争去，各人还是提出原来的依据——什么姨妈的遗产啦，著名的路易斯伯爵的支持啦。

阿尔其岱听着听着，最后也参加了辩论。

"请允许我也说说自己的看法。金钱是重要的，命运也是重要的，不过请相信我，最重要的是劳动和毅力。诗人先生，姨妈的遗产也许真的帮了您的忙，然而更重要的是，您虽然多年穷困潦倒，默默无闻，却没有停止过写诗。歌唱家先生，路易斯伯爵帮您扬了名，然而更重要的是，在伯爵乘船经过的那个幸福时刻到来之前，您一直没有停止过练唱。至于我呢，我所获得的一切，都是双手辛勤劳动的结果。"

歌唱家和诗人沉吟片刻，接着不约而同地脱口喊出：

"以圣母的名义发誓，他的话正确！"

（王志冲　译）

雕刻家的秘密

（意大利）

故事发生在意大利光荣的城市佛罗伦萨。当然,其他城市会不会发生这样的事,请读者在看了这篇故事后,自己去思考吧!

佛罗伦萨是以产生伟大的雕刻家、艺术家、建筑师而著名于世界的。有一个名叫弗洛里奥的青年雕塑家,他就住在这座光荣的佛罗伦萨城。他用大理石雕出的雕像很受人们的欢迎。但弗洛里奥从不爱炫耀自己,他同一般普通的公民没有什么两样——所以他的名字没多少人知道。

但是,著名雕塑家法比阿诺的名字却是世人皆知。青年艺术家们从意大利各个角落,来到佛罗伦萨求见他,向他学习雕刻艺术。

然而,人们过多的赞美使法比阿诺晕头转向。他开始追求自己的名誉和财富。他努力同社会名流交往,甚至,连公爵大人都跟他熟识……他对刀和笔使用得越来越少了。

这时,十九岁的青年弗洛里奥来拜他为师。

"老师,请告诉我,"他第一句话就问,"怎样雕人像才显得更美?"

"很简单!"法比阿诺笑了起来,说,"又很难!我用最伟大的艺术家米开朗基罗的话来回答你:你拿一块大理石,把不必要的都切掉!"弗洛里奥用这句话来勉励自己,练得更刻苦了——他有时到了废寝忘食的地步。

三年的时间过去了。有一次,法比阿诺去参加一个热闹的面具舞会,很晚才回家。他走过自己的工作室,看见在一个角落里亮着一支蜡烛,烛光下弗洛里奥在工作。法比阿诺不出声响地走过去,停住了。他惊讶地发现他的学生已明显地超过了他……

法比阿诺陷入了深深的痛苦。他仿佛听见人们到处都在谈论弗洛里奥,而他的名字再也没人谈起……愉快的舞会上戴的假面具从他手上掉了下来!弗洛里奥听到声音,转过身来,看到法比阿诺后,他鞠了个躬,说:"老师,我的作品怎样?"

"作品不坏。"法比阿诺装着漫不经心地答道,"你的努力和劳动没有白费,但你要相信,一个无名艺术家的作品,无论怎么好,也是没有人想看的!人们崇拜的是著名的艺术家……但是,我作为你的老师,我一定帮助你。我同意把我的名字刻在雕像的台基上!这件作品我付给你十个金币……"

"谢谢老师!对我来说,最大的奖励是让人们看到我的雕刻品。也许,它会给人带来一点愉快。"

法比阿诺又看了弗洛里奥的其他几件作品,说:"如果你愿意,我同意在你的这些作品上也雕上我的名字!每件作品我都将付给你十个金币!但是,但是……但是你要记住,任何人都不应知道我们俩的协议……"

"老师!我以自己的雕刻刀发誓,"青年雕刻家答道,"谁也不会从我的嘴里听到这件事!"

就这样,弗洛里奥仍然默默无闻,而法比阿诺的名字又添上了新的光辉。但是,弗洛里奥继续不懈地日夜钻研着雕刻艺术。

弗洛里奥有一个叫西漠的朋友,是位青年诗人。他们虽然一个是雕塑家,一个是写诗的作家,但他们的思想很接近,他们常去佛罗伦萨的郊外散步……西漠常常向朋友朗诵自己和别人作的诗。弗洛里奥却常常谈别人的创作,而从来不谈自己的。所以,西漠不止一次在心里问自己:为什么对美的东西那样敏感的弗洛里奥一直没有新的作品?他难道没有艺术家的理想和抱负?

有一次,西漠忍不住地问弗洛里奥:"请你看在上帝的面上,给我解释对上层献媚讨好的法比阿诺,他怎么会创造出富有想象力和艺术魅力的雕塑品?弗洛里奥,我坦率地对你说:我凭诗人的敏感,断言这里有某种秘密!"

弗洛里奥只是用愁苦的微笑回答朋友。

但是,有一天,弗洛里奥约定同西漠见面而没有来。而西漠正好创作了一首新的十四行诗,急切地想要朗读给自己的挚友听……于是,他便去法比阿诺的工作室找弗洛里奥。但是,工作室的门锁着。西漠望着锁着的工作室,忽然想起房子里好像还有一条用人用的通道。于是,西漠走过有喷泉的院子,从一条狭窄的楼梯走上走廊,经过厨房,到了房子里。没有一个人出来迎接。工作室里空无一人,但西漠断定弗洛里奥在这里。他走过了许多房间和走廊,进入了一间小屋。

西漠终于发现了弗洛里奥的秘密。

弗洛里奥站在雕像前,看来雕像已经完成。但是,弗洛里奥还是一次又一次地用刀接触白色的石头,雕像上的每一根线条,都使站在他身后的西漠为之赞赏和惊叹。大理石雕像是一个照镜子的少女——她还带有一点小姑娘的气质。她的腿、手、肩……一切都使人感到这座雕像是无与伦比的艺术珍品。然而,在她的底座——在这座雕像的底座上,刻的却是——作者:法比阿诺。

"现在我知道了真相!"西漠叹息说,"法比阿诺多么无耻!"

弗洛里奥回头一看,脸色变白了。

"我求你别讲出去,如果不想使我成为丧失信誉的人。我对他发过誓——神圣地遵守协议！"

"但是，你什么也没有告诉过我，我亲眼看见了。"西漠反对说。

"法比阿诺不会这样想的……"弗洛里奥摇摇头说。

于是，弗洛里奥苦苦请求自己的朋友为他保密。西漠说："我相信事实总有一天会让人看清的！"

过了一个星期，法比阿诺向佛罗伦萨人宣布：他完成了一座新雕像，欢迎人们光临指导。时间是星期三，中午十二点。雕像的作者将亲自揭幕。

星期三，十二点。在法比阿诺巨大的工作室里，来了许多人，他们中有画家、音乐家、演员、著名的公民。公爵大人同宫廷的大臣也应邀来看雕刻家的新作。西漠当然也在。站在最旁边的是默默无闻的弗洛里奥——许多来看雕像的人，甚至不知道他叫什么名字。

法比阿诺带着矜持的微笑揭掉了盖在雕像上的布。聚集在工作室里的人们都惊得发呆！公爵第一个说话，因为他是这里最有地位的人。

"我的法比阿诺，感谢你给我们带来愉快。这个少女无疑有无穷的迷人魅力！你的作品满怀生活激情……当然要说不足之处嘛还是有的——那就是这个美丽动人的少女不能开口说话！"公爵大人幽默地说着。

"噢！公爵大人！您的赞誉使我幸福！"满脸得意的法比阿诺一边回答，一边对公爵深深地鞠了个躬，说，"我因为受到您的夸奖而感到无比的欣慰。如果我的雕像真的能说话，她一会儿会告诉您——她的创造者为之花了多少心血，度过了多少个不眠的夜晚！"

大家以热烈的掌声来回答法比阿诺。只有西漠一个人没有鼓掌。他望着自己的朋友。弗洛里奥的眼里含着晶莹的泪水……

突然，西漠向前走一步，对雕像说：

> 一道无声的光照在你温柔的脸上……
> 你的秘密不会永不败露！
> 你在镜子中细心寻找，
> 寻找使你如此美貌的主人！
> 我们一群人，站在这里，感到窘困，
> 望着你姣美的形象，
> 呵！无声的美人，请告诉我们：
> 请向我们说明——你究竟出自谁的手？

突然雕像说话了，她没有做一个动作，她只是微微启开弯弯的、好像弓一样的双唇！雕像说：

> 在那宁静的夜里，
> 一把小刀慢慢地，
> 把我引向人间，
> 不是法比阿诺，不，我的主人是弗洛里奥！
> 勤奋好学的弗洛里奥，虽然他沉默不语！

雕像说完这些话后闭住了双唇，其他的雕像——她的同胞兄妹们也随着她一起愤怒地喊：

> 从我们身上擦掉空前的耻辱吧！
> 把法比阿诺的名字取掉，
> 造就我们的是弗洛里奥！
> 而法比阿诺是一个道貌岸然的贼！

工作室里异常地安静，大家站在那里，被惊呆了。在场的人不约而同地往四周张望，用目光寻找伪君子法比阿诺。但法比阿诺早已不在了。为了逃避谴责，法比阿诺像老鼠一样地溜了。

"弗洛里奥！爱维瓦·弗洛里奥！"工作室里的人齐声高呼。

这时，公爵说："谁在别人的牧场上牧羊，或迟或早总要失去羊群的。所有的狐狸总有一天要在皮货店里相遇。如果魔鬼把脚藏起来，那么尾巴会出卖他；如果他把尾巴收起来，那么根据他的脚蹄可以认出他。让无耻之徒法比阿诺在心里牢记这些格言吧！但是西漠先生，请你告诉我，你是用什么样的力量使大理石雕像说话的？我想在我们这样文明的时代，是不会有这种事的！"

西漠答道："公爵大人，您看看雕像吧！他们不会说话，但是弗洛里奥的刻刀使他们像真的人。一切真正的艺术创作，不管是绘画、雕刻、音乐……都是用创作者的声音在说话，我只不过是使这种语言变得更清楚罢了！"

（俞薇　译）

樵夫和河伯
（古希腊）

有一天，樵夫到河边去砍柴，不慎将斧子掉在河里。樵夫伤心地痛哭起来。河伯听到了樵夫的哭泣声，便从水中探出头来。樵夫把自己的遭遇告诉了他。河伯极为同情，便潜回水底。当他又出来时，手里举着一把金斧子，问樵夫：

"哎，朋友！这把斧子是你的吧？"

"不，"樵夫答道，"这不是我的！"

河伯又潜入水中，捞出一把银斧。樵夫看了看，说：

"这也不是我的！"

于是，河伯第三次潜入水中。这次，他才把樵夫掉的那把斧子捞了出来。看到了自己的斧子，樵夫转悲为喜，并向河伯诚挚地道了谢。

河伯为樵夫的诚实、憨厚和正直所感动，便把金斧和银斧也赠给了他。

樵夫回家后，向隔壁邻人讲了他所经历的一切。那个邻人是一个爱嫉妒而又贪婪的家伙。他也跑到河边，把斧子扔到河里，开始号啕大哭。河伯听到哭泣声，便从水中探出头来。他问清了原委，又潜入河里。他再次探出身子时，手里举着一把金斧，问：

"你是把这把斧子掉进河里的吗？"

贪婪的邻人见到这把金灿灿的斧子，急不可待地喊着：

"是啊，是啊！这就是我的斧子，是我的！"

由于贪婪而失去了理智，他匆匆奔过去要夺下这把金斧。就在这时，河伯明白了来者的为人，不但没把金斧给他，而且连他故意丢下的铁斧也不管了，最后还诅咒了这个说谎人。

贪婪的邻人一无所获地回了家。

（丁岐江　译）

国王和编筐人

（古希腊）

从前有个国王经常收到大臣的礼品。大臣们在国王面前报喜不报忧，大谈国富民强。

有一天，国王扮成一个平民去探访民情，刚走进一条小巷，便听到一阵竖琴响声。他顺着琴声来到一家门前。

"晚安！"国王走进门先打了声招呼。

"欢迎你，请坐！"屋里的主人给陌生的客人让座，并请他吃东西，喝麦酒。

国王勉强吃了一点东西后，便问弹竖琴的那个人干什么工作，生活怎么样。

"先生，"弹琴者回答说，"我是编筐的，一天编一个筐，既还债又得利息，养活九口人。"

国王听了迷惑不解，心想：一个筐子只值五十来普塔①，他如何又还债又得利息，养活九口人呢？于是又问：

"你到底是怎么营生的？你欠的债多吗？"

编筐人微微一笑，把他带进旁边的一间屋子，指着床上躺着的两个老人说："瞧，这就是我的债主。父母把我抚养大，现在他们老了，我得赡养他们。"

然后，他又把国王带回原来那间屋子，指着正在嬉戏的五个孩子说："我的利息在这儿，我现在得养育他们，等我老了，他们得养活我，这就是利息。"接着又解释说，"两个老人、五个孩子，加上我和妻子，不正是九口人吗？"

国王明白了他的意思，低声把他叫到身边，趁旁人不注意的时候，亮出了他的身份。编筐人不禁大吃一惊——站在他面前的竟是国王陛下。

国王对他说："别怕，我不会伤害你，对你我只有一个要求：除非当我的面，否则不许对任何人讲你刚才对我说的那句话。如果你说出去了，小心你的脑袋！"

"遵命，国王陛下，祝您长寿！"编筐人恭敬地说。

国王回到王宫后，第二天把十二个大臣召到面前说："假如你们真的聪慧过人，那么请问下面这句话该怎样解释：一个人一天编一个筐，既要还债又要吃利息，养活一家九口人。"

国王限他们三天之内回答，并许愿说谁答对了就封谁为首相。十二个大臣面面相觑，不得其解。经过一番苦思冥想，他们一致认为那句话肯定不是国王自

---

① 来普塔：古希腊的小硬币。

已想出来的,而是他昨晚在外面打听到的。于是,十二个大臣分头到大街小巷去寻根问底。不管你信不信,他们终于找到了那个编筐人。

"昨天晚上有一个先生来过你家吗?"

"有,他是国王,祝他长寿! 他在我们穷人家聊了几句。"

大臣们如释重负,喜上心头,又问:"是不是你讲过你一天编一个筐,既还债又吃利息,养活九口人?"

"是。"

"这句话是什么意思?"

"国王叮嘱过我,除非当他的面,否则对谁也不能说。"

"给你十镑钱币,你就告诉我们吧!"

"我不要。"编筐人拒绝道,"不管你说什么和给什么,我都不能讲。"

大臣们心急火燎,一心想从他嘴里掏出谜底,先是拿出十镑钱币,然后成倍地增加。后来竟拿出一百镑。可是,编筐人还是摇头不肯讲。最后大臣们拿出一千镑钱币。

编筐人望着闪闪发光的钱币,心想:好家伙,有了这些钱,不愁全家老少没好日子过了,即使杀头我也情愿。

他终于收下了这笔钱,把那句话的意思解释给他们听。

大臣们如获至宝,在国王面前争相回答他提出的那个问题。

国王听后,心想:一定有人帮助过大臣,否则他们怎么能够答对呢? 国王忙差人把编筐人叫来。

"难道我没对你说过:除非当我的面,否则不能对别人说那句话吗?"国王愤怒地责问编筐人,"既然你不守信用,就把你拉出去斩了!"

"国王陛下,祝您长寿!"编筐人不慌不忙地说,"您是嘱咐过我,我并没有失信,我是当您的面说的,我不仅一次当您的面,而且是一千次当您的面说的。"

说着,他把随身带来的一千镑钱币一一掏出来,指着钱币上面国王的头像说:"您瞧,这不是您吗? 一次,两次……我整整见了您一千次面。"

国王听了,不但免去了他的死刑,而且对他大为赞赏:"你聪明过人,最适合当我的谋士。"

最后,国王宣布封编筐人为首相,解除了十二个大臣的职务。

（王炽文　译）

国王和点金术

（古希腊）

从前，有一个很富的人，他是个国王，名叫美戴斯。他有一个小女儿，她的名字叫金玛丽。

这位美戴斯国王非常喜爱金子，爱金子胜过爱世上任何东西。他珍视他的王冠主要因为它是用贵重的黄金做的。如果说有什么别的东西让他喜爱，或者说喜爱的程度相当于他喜爱金子的程度的一半，那么这就是在他坐椅周围玩得兴高采烈的小女孩了。但是，美戴斯越爱他的女儿，他追求财富的欲望就越强烈。他以为他能够为宝贝女儿做的最好的事，就是把开天辟地以来最大的一堆黄灿灿亮闪闪的金子留给她。因此，他所有的念头和所有的时间都放在这唯一的目的上。如果他碰巧看到金色的晚霞，他就希望这些云彩是真正的金子，并且他能够把这些金子和云彩安全地塞进他牢固的箱子里。当小金玛丽手里抱着一束金凤花和蒲公英跑来迎接他的时候，他常常说："嗨，嗨，孩子！要是这些花像它们的外表那样，都是金子的话，那才值得摘下它们来呢！"

然而，在他早先还不是那么疯狂地追求财富的时候，美戴斯国王非常喜爱鲜花。他有一座花园，花园里种着世人所曾经看到过或闻到过的最大最美和最漂亮的玫瑰。这些玫瑰依旧种在花园里，就像美戴斯国王过去整天地观赏它们，嗅它们香味那时候一样的大，一样的可爱，并且一样的芬芳。但现在，如果他观望它们的话，那只是在计算如果这无数玫瑰花瓣中的每一瓣都是薄金片，这花园将值多少钱。虽然他曾经爱好过音乐，但是现在可怜的美戴斯的唯一音乐只是金币互相敲击的叮当声。最后，美戴斯变得极端地不近情理，他对于不是金子的东西，几乎连看一看、摸一摸都受不了。因此，他养成了习惯，每天要在一间黝黑阴沉的房间里——他王宫的地窖里花费大部分时间。他的财富就藏在这里。每当美戴斯要寻找特别的快乐的时候，他就到这阴沉的洞穴里去。其实，它比一所地牢好不了多少。他在这里仔细地锁上门，然后拿出一袋金币，或者一只像洗脸盆大小的金杯，或者一根沉甸甸的金条，或者许多金沙，把它们从房间的阴暗角落里拿到狭长的阳光下，这阳光是从地牢似的窗口处射进来的。他珍视阳光没有别的原因，只是因为没有阳光的帮助，他的财宝就不能闪光。于是，他就计算起袋子里的金币；把金条向上抛去，当它落下来时接住它；把金沙捞起来，从手指缝中滑下去；望着擦得晶亮的金杯四周映照出来的他自己可笑的面容，并且低声自言自语道："哦，美戴斯，富有的美戴斯国王，你是多么幸福的人啊！"但是，从金杯光滑的表面照出来的他的面容一直在向他打哈哈。这个样子，真令人可笑。

美戴斯自称为幸福的人，但他觉得还没有得到应有的幸福。他的欢乐的顶点是永远达不到的，除非整个世界成为他的宝库，并且全世界都装满了应该全部都属于他的黄金。

一天，美戴斯像通常一样正在他的宝库中作乐。这时候，他看见一个影子落在一堆堆的金子上面。他抬眼望过去，突然间，他所看到的竟是一个陌生人的形象，这陌生人站在明亮而狭长的阳光中！他是个年轻人，脸色红润，令人愉快。究竟这是由于美戴斯国王的幻想使一切事物都蒙上一层黄色呢，还是由于别的什么原因，他总觉得这陌生人看着他笑的笑容中含有一种金色的光芒。当然，尽管陌生人的身影遮断了阳光，但现在有一道比以前更加明亮的光线照在所有堆起来的财宝上，连最远的角落也受到这光线的照耀。而当这陌生人笑起来的时候，就好像喷射出火舌并且迸发出火花一样，一切都被照亮了。

美戴斯知道他曾经仔细地用钥匙把门锁上，而且一般人的力量绝不可能破门而入，到他的宝库中来，因此，他断定来人一定不是世间的凡人。这陌生人的神色如果不算是慈悲为怀的话，也确实是非常和气、非常善良的；如果怀疑他怀有什么恶意，那完全是没有根据的。很可能，他的降临是要帮美戴斯一个忙。那么，除了增加美戴斯的累累宝藏之外，还有什么忙好帮呢？

这陌生人四面打量了一下这房间，他那光彩夺目的面容对着所有堆在那里的金器财宝更显得神采焕发。他又转过脸来对着美戴斯。

"你是个富人，美戴斯朋友！"他说道，"我不相信世界上有任何别的房间藏有像你这个房间里堆着的那么多金子。"

"我积攒得不算少——不算少。"美戴斯用不满意的声调回答，"但是，毕竟，当你考虑到我花了毕生之力才把这笔金子积聚起来的话，这就微不足道了。要是一个人能活一千年，那也许会有发财致富的一天！"

"什么！"这陌生人惊叫道，"那么你还不满足么？"

美戴斯点点头。

"请问怎样才能使你满足呢？"这陌生人问道，"我很想知道，出于好奇的缘故。"

美戴斯踌躇了一会儿，沉思着。他预感到这个面带愉快的笑容、全身发出灿灿金光的陌生人到这里来，一定具有满足他的最大愿望的力量和目的。因此，幸运的时刻到了，凡是他想得到、提得出的要求，他只要开开口就能获得一切可能得到,甚至似乎不可能得到的东西。所以,他想了又想,想了又想,在他的想象中,一座金山叠在一座金山上,他想象不出金山的增长有什么止境。最后,美戴斯国王想出了一个好主意。这个主意确实像他如此热爱的发光的金属一样美好。

他抬起头来,迎面望着满身光彩的陌生人的脸。

"唔,美戴斯!"来客说道,"我看出你终于想出了能使你满足的事了,把你的愿望告诉我吧。"

"是这样,"美戴斯回答道,"我对于收集财富要花费这么大的劲感到厌倦了,我尽了最大的努力,可是看到这堆金子还是那么微小。我希望我摸到的一切东西都变成金子!"

陌生人笑得张大了嘴,张得那么大,好像能迸发出一轮红日,充塞于满房之内,照耀着阴暗的溪谷、秋天的黄叶——金块和金片非常像黄叶——在阳光的金辉照耀下撒落在这溪谷之中。

"点金术!"他叫喊道,"你实在值得赞扬,能想出这样美妙的主意来,但你肯定这一定会使你满足吗?"

"那当然。"美戴斯说道。

"你有了点金术之后,绝不会后悔么?"

"怎么会后悔呢?"莱戴斯问道,"为了获得最大的幸福,别的我什么都可以不要。"

"那就如你所愿。"陌生人回答,一面挥着手表示告别,"明天日出时,你将发现你已被赋予点金术了。"

于是,陌生人的身影变得极其明亮了,美戴斯不由自主地闭上了眼睛。再睁开眼睛时,他只看到房内一道金色的阳光,在他四周是他花毕生工夫囤积起来的贵重金属在闪闪发光。

那一晚美戴斯是否睡得着,我们不知道。可是,醒着也罢,睡着也罢,他的心境就像一个孩子的心境,就像第二天早晨他将得到一件无比美丽的新玩具似的。无论如何,山顶刚一露出黎明的曙光,美戴斯国王就已经完全醒了。他把双臂伸出床外,去摸够得到的东西。他急于要证明陌生人应允的点金术是否真的已经实现了。所以,他把手指放在床旁的椅子上,放在别的各种物品上,但使他很伤心、很失望的是,这些东西完全还是原来的老样子。确实,他非常担心那个满身光辉的陌生人只是梦中人物,或者这陌生人只是同他开开玩笑。要是不管他有多大的期望,仍必须满足于他用普通方法凑起来的那一点点金子,而不能手指一点就变成金子，那该是多么可怜啊。在这段时间里，天空只显出黎明前的鱼肚白色，一道阳光照在天边，美戴斯还看不到阳光。他闷闷不乐地躺着，为他希望的破灭而难受。他感到愈来愈忧郁了，直到最初的阳光照进窗口，把他头上的天花板染成金色。美戴斯觉得这道明亮耀眼的金色阳光相当奇特地在白色床单上射出反光来。他更加仔细地望过去，使他感到非常吃惊和非常快乐的是，他发现这块麻织品已经变成最纯最亮的金子织物了！点金术随着第一道阳光来到他身上了！

美戴斯突然跳了起来，欢乐得如痴如狂，满房间奔跑，碰上什么东西就握住什么东西。他抓住了一根床柱，它立刻变成了空心的金柱子。他把一块窗帷拉向一边，以便更清楚地看看他所创造的奇迹，窗帷穗子在他手中变得重了起来——成了一大堆金子。他从桌子上拿起一本书来，他刚一碰到，这本书就呈现出现在常常遇见的装帧华美、烫着金边的书籍的样子来；而当他的手指一页页地翻过去的时候，嘿！它成了一捆薄薄的金片，书中所包含的所有的智慧变得难以阅读了。他急忙穿上衣服，看到自己穿上了一套华丽绝伦的金子衣服，他欣喜若狂了。这套金子衣服的分量虽然给他增加了一点负担，但它仍然保持着柔软的性质。他抽出小金玛丽给他缝的手帕，它也成了金子，手帕边上这可爱的孩子所缝的整齐好看的针脚成了金线！

不知道什么原因，这最后一个变化并不使美戴斯国王十分高兴。他宁愿他的小女儿手工艺品保持着她爬上他的膝盖并把它放在他手中时的原样。

但是，为一件小事使自己烦恼是不值得的。美戴斯从口袋里拿出眼镜来戴上，以便更分明地看看他所做的事。可是，使他非常困惑的是，这副眼镜玻璃虽然极好，但他发现不能用它来看东西了。这是世界上最自然的事，因为，把眼镜一拿出来，透明的镜片就变成黄色的金片了，失去了眼镜的作用。这使美戴斯感到很不方便，即使用他全部财产，他再也买不到一副可用的眼镜了。

"然而，这算不了什么，"他非常冷静地想，"我们指望大的好处，就不能不接受一些小的不方便。点金术值得牺牲一副眼镜，至少没有牺牲目力本身。我自己的眼睛可做一般的用途，小金玛丽马上就要长大成人，可以念书给我听。"

聪明的美戴斯国王由于好运而兴高采烈，他觉得王宫不够宽广，容纳不下他了。因此他走下楼去，一面笑着，一面看到他下楼时手扶过的扶梯栏杆变成了一根根发亮的金条。他举起门闩（它刚才还是铜的，他的手指一离开它就变成金的了），走进花园里去了。他在这里看到许多盛开的美丽的玫瑰花，还有许多刚开放的和十分好看的含苞待放的玫瑰花。清晨微风吹来，玫瑰花香非常醉人。它们柔和的玫瑰红是世界上最好看的颜色之一。这些玫瑰花看起来多么温和,多么端庄,并且充满多么甜蜜的宁静。

但是,美戴斯却能把玫瑰花变成在他看来更为珍贵的东西。于是,他在花丛中费力地走来走去,并且丝毫不知疲倦地施行他的点金术,一直点到每朵花、每一朵蓓蕾,甚至有些花朵的花蕊里的虫子都变成金子为止。在这件壮举完成的时候,美戴斯国王被请去吃早饭了。清晨的空气使他胃口大开,他急急忙忙地回到宫殿去。

那天早上的早饭有热烙饼、几条小鳟鱼、烤马铃薯、煮鸡蛋和给美戴斯国王本人的咖啡,给他女儿金玛丽的一盘浸泡在牛奶中的面包也放在桌上。这顿早饭是很适宜于供奉国王的,在这之前,美戴斯国王没有吃过比这更好的早餐了。

小金玛丽还没有出来,他父亲吩咐把她叫来,他自己在桌旁坐定,等着孩子到来,以便一起吃早饭。公道地说,美戴斯确实爱他的女儿。由于鸿运降临,这天早上他就格外爱她了。不一会儿,他就听见她沿着过道一路伤心地哭着过来了。这情形使他吃惊,因为金玛丽是他在闷热的夏天所见到的最快活的小人儿之一,一年里她难得掉一滴眼泪。当美戴斯听到她的哭泣声时,他决心要使小金玛丽高兴起来,他要使她感到出奇地高兴,于是他在桌子上探过身去,摸了摸他女儿的饭碗(这本是一只瓷碗,周围有漂亮的花纹),把它变成了闪闪发光的金子。

这时候,金玛丽慢吞吞地郁郁不欢地拉开了门,进来的时候还用围裙擦着眼睛。她依旧抽泣着,仿佛她的心都要碎了一般。

"哎呀,我的小姑娘!"美戴斯嚷道,"这样美好的大清早,你怎么啦?"

金玛丽没有把围裙从眼睛旁拿开,却伸出一只手来,手中是一朵美戴斯刚刚把它变为金子的玫瑰花。

"美啊!"她父亲叫道,"这华丽的金玫瑰怎么会使你哭起来呢?"

"啊,亲爱的父亲!"这孩子回答,一面抽抽噎噎地使劲说出声来,"它不美,而且是最难看的花了!我一穿上衣服就跑进花园里给你采玫瑰花,因为我知道你喜欢玫瑰花,尤其喜欢你小女儿采的玫瑰花。但是哎呀呀!你想是怎么回事?这样的不幸!所有美丽的玫瑰花,它们本来香得那么浓郁,红得那么可爱,现在都凋萎了,弄坏了!它们变得很黄了,你看这朵,它们不再有香味了!这究竟是怎么回事呢?"

"哎,我亲爱的小女儿,别为这哭了!"美戴斯说,他不好意思承认,她的苦恼正是他造成的,"坐下吃面包和牛奶吧!把那样一朵金玫瑰(它将存在好几百年），去换一朵一天之内就会枯萎的普通玫瑰，你会发现这是挺容易的。"

"我不喜欢这种样子的玫瑰花！"金玛丽哭道，一面轻蔑地把它扔掉了，"它没有香味，它的硬花瓣刺痛了我的鼻子！"

这女孩现在坐在桌旁，但她对于凋萎的玫瑰花太伤心了，这使她没注意到她的瓷碗的奇妙变化。也许这倒好些，因为金玛丽惯常以观赏古怪的人形、奇异的树木以及房屋来取乐，这些花纹本来都漆在碗的四周的，可现在这些装饰都消失在金子的黄色之中了。

这时候美戴斯倒了一杯咖啡，当然，这把咖啡壶不论他在拿起来的时候是什么金属，他一放下去就变成金子了。他心里想，像他这样俭朴的国王，每吃一顿早饭都必定要把所有食具都变成金子，这真是一种豪华奢侈的生活方式，他对怎样保证他财富的安全开始感到为难起来。食橱和厨房都不再是储藏像金碗和金咖啡壶这些贵重物品的安全处所了。

他这样想着，一面将一匙咖啡举到唇边啜饮，可是他的嘴唇刚一触到咖啡，它立刻变成了金液，随即就硬化成一块金子。看到这情形，他不禁大吃一惊！

"啊！"美戴斯惊讶得叫了起来。

"什么事呀，父亲？"小金玛丽问道，眼睛依旧泪汪汪地注视着他。

"没什么，孩子，没什么！"美戴斯说，"你喝牛奶吧，趁它还没有凉呢。"

他在盘子上拿起一条美味的小鳟鱼，用手指试着摸摸它的尾巴。可怕的是，它立即从一条煎得很可口的鳟鱼变成了金鱼，但不是人们陈列在起居室里作摆设用的玻璃缸里的金鱼。不，它确确实实是一条黄金制的鱼，它看上去像是世界上最高超的金匠精工制作出来的金子鱼。细细的鱼刺现在都成了金丝，鳍和尾都成了薄薄的金片，鱼身上还有叉痕，这是一条用金子仿制的，与具有纤巧柔软的外表、火候恰到好处的煎鱼一模一样的金鱼。你可以设想，这是一件非常精致的工艺品。但是，美戴斯国王在这个时刻宁愿在他盘子中有一条可吃的真鳟鱼，而不要这条精致而贵重的仿制品。

"我真不明白，"他心里想，"我怎么才能吃到一顿早饭呢！"

他拿起一块热气腾腾的饼子，还没有来得及掰开，它马上就显出黄乎乎的玉米粉的颜色，虽然它刚才还是用上等白面粉做的饼子。这使他非常苦恼。老实说，它要真是一块热的玉米粉饼，美戴斯想必对它比现在还要珍重得多，现在它的硬性和增加的重量使他非常痛切地感觉到这是金子，不是饼子。他几乎绝望地拿起一个煮鸡蛋，它立刻起了与鳟鱼和饼子同样的变化。它确实像故事书中那只以善于下蛋而出名的鹅所下的蛋，这样，美戴斯国王就成了故事中唯一的鹅了。

"唔,这真是进退两难啊!"他想,身体向后靠在椅背上,同时十分羡慕地望着小金玛丽,她正津津有味地吃着她的面包和牛奶。"这样一顿奢华的早餐放在我面前,可是什么也没法吃!"

他希望用极快的办法来避免他现在所受到的麻烦,于是,他抓了一个热土豆塞进嘴里,急急忙忙地想吞咽下去。但是,点金术太灵验了,他发现他满口塞的不是粉质的土豆,而是坚硬的金属,把他的舌头都给烫坏了。他大叫大嚷,从餐桌旁跳起来,在房间里乱跳乱跺,又痛苦又恐惧。

"父亲,亲爱的父亲!"小金玛丽是一个很孝顺的孩子,她叫道,"请问怎么啦?你烫了嘴吗?"

"啊,亲爱的孩子,"美戴斯伤心地呻吟道,"我不知道你可怜的父亲会变成什么样!"

摆在国王面前的是最富贵的早餐,正是由于它的富贵,才使它变得毫无用处。最穷苦的劳动者坐下来啃面包皮喝白开水,也比美戴斯国王强得多。美戴斯国王精致的食物确实价值等于同重量的黄金。那么,怎么办呢?美戴斯吃早饭时已经饿得不行了,他在中饭时饥饿感能减轻些么?他在吃晚饭时胃口会变得像饿狼那样吗?然而晚饭,毫无疑问,一定也会像现在一样,摆在他面前的将是同样不能消化的"食品"!你们想想看,这样继续下去,他还能活多久呢?

美戴斯国王开始怀疑财富是不是世上最值得向往的东西,但这只是刹那间的想法。美戴斯被黄色的闪闪光芒弄得如此神魂颠倒,这使他仍然不愿为了一餐早饭而放弃点金术。想想看,一顿食物值多少钱!这也等于是说,为了几条煎鳟鱼,一只鸡蛋,一个土豆,一块热饼和一杯咖啡,就得花上千千万万金钱(要是永远不断地算下去,还得多上几百万倍哩)!

"那可实在太贵了。"美戴斯想。

然而,他饿得太厉害了,加上他窘迫的处境,使他又大声呻吟起来,而且非常地伤心。我们可爱的金玛丽忍不住了。她坐了一会儿,注视着她的父亲,同时竭尽她的小智慧,努力要弄清楚他出了什么事。于是,她在要安慰父亲的亲切而悲伤的感情冲动之下,从椅子上站了起来,伸出双臂亲切地抱住他的膝盖。他俯下身来吻她,得到他的小女儿的爱比他用点金术获得一切还要贵重一千倍。

"我的宝贝,宝贝金玛丽!"他叫道。

但是,金玛丽没有回答。

呜呼,他干了什么呀?这个陌生人给予他的这项礼物多害人哪!美戴斯的嘴唇刚一碰着金玛丽的前额,就发生了一个变化。她向来可爱的甜蜜而红润的脸庞呈现出闪烁的黄色,脸颊上凝结着黄色的泪珠。她美丽的棕色卷发也显出同样的色泽。她柔软而娇嫩的身躯在她父亲拥抱的双臂中变得坚硬而不可弯曲了。她不再是个有生命的孩子,而是尊金像了!

是啊,她在那儿,脸上凝结着爱和忧伤以及悲悯和不安的神情。这是人世间所能见到的最好看也是最悲哀的景象。金玛丽的全部面貌与特征依然如故,连可爱的小酒窝也留在她的金面颊上。女儿已经不存在了,留下来的只有这尊金像了。见到这尊金像的形态神情越逼真,做父亲的就越痛苦。每当美戴斯特别喜爱这孩子的时候,他总爱说一句话,说她抵得上和她同等重量的金子的价值,而现在这话成为完全真实的了。他终于觉得,他女儿的那颗爱他的热情而温柔的心在价值上远远超过堆积得像天一样高的全部财富!可是,这已经太晚了。

当他眼睛注视着这尊像的时候,他简直不能相信她已变成了金子。但是,再看上一眼,这尊宝贵的小金像,黄色的脸颊上有一滴黄色的泪珠,神情如此悲悯和温柔,似乎那种神态本身就足以使金子软化,重新恢复肉体。可是,这是不可能的!所以,美戴斯只能绞搓双手,一心祈求,但愿他亲爱的孩子的脸上能恢复一点红润,那样,即使丧失全部财产而成为世上最贫穷的人,他也心甘情愿。

正当他伤心绝望的时候,他突然看见门旁站着一个陌生人。美戴斯低下了头,一声不吭,因为他认出这就是前一天在宝库室里出现过的陌生人。就是这陌生人赐予他造成灾难的点金术。陌生人的脸上依旧带着笑容,这笑容似乎使满房间都散发出金色的光彩,并且使小金玛丽的像和在美戴斯摸过之后变成金子的其他物品闪闪发光。

"嗯,美戴斯朋友。"这陌生人说,"请问点金术给你带来了什么成就?"

美戴斯摇摇头。

"我非常可怜。"他说。

"非常可怜?真的吗?"这陌生人叫道,"这怎么会呢?我没有对你忠实地实践我的诺言么?你没有得到你心里所向往的最宝贵的东西么?"

"金子不是最宝贵的。"美戴斯回答,"我丧失了我真正热爱的一切。"

"啊!从昨天起,你有所发现了么?"陌生人说,"那么,让我们考虑考虑。在这两件东西之中,哪一件你认为是真正有价值的——点金术的本领,还是一杯干净的冷水?"

"哦,神圣的水啊!"美戴斯叫道,"它再也不会来滋润我的干渴的喉咙了!"

"点金术,"陌生人继续道,"还是一片干面包?"

"一片面包,"美戴斯回答,"抵得上世界上所有的金子。"

“点金术，还是你自己的小金玛丽？她一小时前还是那么热情、温柔和可爱。”陌生人又说。

“哦，我的孩子，我亲爱的孩子！”可怜的美戴斯哭道，一面绞着双手，“我绝不愿意以她嘴旁的小酒窝来换取能把整个地球变成坚硬金块的法术！”

“你比以前聪明了，美戴斯国王！”陌生人说，严肃地望着他，“你自己的心，我看出来，还没有完全从血肉变成金子。如果你的心变成了金子，那真是无可救药了。但是，你看来还能够理解最普通的道理：人人都能拿到的东西，要比芸芸众生惊叹不已、竞相追求的财富更贵重。现在请告诉我，你真心诚意要解脱这点金术么？”

“我恨它！”美戴斯回答。

一只苍蝇停在他的鼻子上，但立刻掉到地板上，因为它也成了金子。美戴斯一阵战栗。

“那么，去吧。”陌生人说，“跳进流过你花园尽头的那条河里去，在那河中装一瓶水，把水洒在你要它变回原来物质的东西上。如果你诚恳而真挚地去做，它可能会补救由于你的贪婪所造成的灾害。”

美戴斯国王深深地鞠了一躬。当他抬起头来时，这个光芒四射的陌生人消失了。

你当然相信，美戴斯立刻抓起一把陶土做的大水罐（但是，他一摸之后，它就不再是陶器了），急忙向河边赶去。他一路跑着，在灌木丛中夺路前进。这真是不可思议，他走过的地方身后的簇叶都变成了黄色，仿佛秋天来到了这里。一到河边，他头向下地跳了进去，连鞋子都来不及脱。

“噗！噗！噗！”美戴斯国王的头露出水面时喷着鼻息，“唔！这真是振奋精神的沐浴，我想它一定把点金术冲洗掉了。现在来装满水罐吧！”当他把水罐没入水中时，使他从心坎里感到喜悦的是，眼见着它从金子变为他点摸之前原来的普通陶器。他也意识到自己身上起了一种变化。他胸中消除了一种又痛又硬又重的负担。毫无疑问，他的心曾经逐渐丧失了人心的气质，转变为麻木不仁的金属，而现在又软化还原，成为有血有肉的了。美戴斯看见河岸上长着一朵紫罗兰，就用手指摸摸它。使他十分高兴的是，这朵精致的花保留着它的紫色，而没有枯萎成黄色。因此，点金术的灾难确实已经从他身上解除了。

美戴斯国王急忙奔回宫殿。我想，仆人们看到他们的国王那么小心地拎着一只装满水的陶土水罐回来，都不知道是怎么回事。但那水能用来解除他的愚蠢所造成的一切祸害，对美戴斯来说，它比金子的海洋更加宝贵。他做的第一件事，不讲你们也知道，就是将满把满把的水洒到小金玛丽的金像上。

水一落到她身上，就看到这可爱的孩子又恢复了红润的脸色！看到她打起喷嚏来，喷得涎沫四溅！她发现身上都被溅湿，而她父亲还一个劲儿往她身上泼水，这使她大为吃惊。看到这一切，你们一定会大笑起来。

"请别泼水了，亲爱的父亲！"她叫道，"瞧，你把我这件漂亮的外衣弄湿了，我今天早上刚穿上呢！"

因为金玛丽不知道她变成过一尊小金像，自从她伸出双臂跑去安慰可怜的美戴斯国王那个时刻起，发生的事情她全不记得了。

她父亲认为，没有必要告诉他亲爱的孩子，他以前是多么的愚蠢，他满足于表现他现在有多么聪明。他领着小金玛丽走进花园，用余下来的水去浇所有的玫瑰花，非常灵验地使得大约五千朵玫瑰花恢复了美丽的本色。可是，有两种情况在美戴斯国王的一生中常常使他想起点金术。其一是，河流里的沙子像金子似的闪耀着；其二是，小金玛丽的头发还带有金黄色，这是在他吻了她，使她变为金像之前他从来没有看到过的。这一颜色的变化实在是件好事，它使得金玛丽的头发比她在孩提时更加鲜艳了。

当美戴斯国王成为老人的时候，他常常把金玛丽的子女放在膝盖上轻轻摇晃着。他很喜欢把这奇妙的故事讲给他们听，就像我现在把它讲给你们听一样。然后，他会抚摸着他们光润的卷发，告诉他们：他们的头发也有鲜艳的金黄色，这是从他们母亲那里遗传下来的。

"老实告诉你们，我的小宝贝们。"美戴斯国王一面说，一面更起劲地晃着膝上的孩子们，"自从那天早晨以来，我看见所有别的金色就非常讨厌，除了这个！"

（邓延远　译）

魔　水

（俄罗斯）

从前有夫妻俩，他们一直相亲相爱，是人人都羡慕的模范夫妻。可到了晚年他俩变了，早晨一睁开眼睛就开始吵架。老头子说老婆子一句，老婆子就要说老头子两句；老头子说老婆子两句，老婆子就要说老头子五句；老头子说老婆子五句，老婆子就要说老头子十句。他们天天吵得不可开交，你若去给他们评个理儿，又说不出谁对谁错。有一天老头子说：

"咱们这是怎么啦，老婆子？"

"都怨你，都怨你！"老婆子说。

"得了吧，怨我？不怨你？你这长舌妇！"

"不怨我，怨你！"

于是他俩又吵个没完。一天，一个邻居大婶对老婆子说：

"你跟你老头儿怎么啦，总吵架？村头那个老寡妇会念咒，说不定能帮你！"

老婆子真的跑去敲开了村头那老寡妇的门，对她说明了来意。那老寡妇说："你等一会儿！"

老寡妇进屋去端出来一大勺水，当着老婆子的面念了咒，接着把水倒进一个玻璃瓶里，递给老婆子，说："你回家去，等你老头儿吵起来的时候，你马上喝一口水含在嘴里，不吐也不咽，直到他不说了为止……保险灵！"

老婆子谢过老寡妇，把魔水拿回家去了。她刚进门，就听见老头子在嚷嚷："这个该死的老婆子，又上哪儿磨嘴皮子去了！烧茶炊的时候到了也不知道！"

老婆子立刻从玻璃瓶里喝了一口水含在嘴里，不吐也不咽。老头子没听见反应，就不往下说了。老婆子高兴地想：这魔水还真灵！

老婆子把那瓶魔水放好，连忙去烧茶炊，弄得烧茶炊的小烟囱直响。老头子听见了，说："你是怎么弄的！笨手笨脚！"

老婆子本想回敬两句，忽然想起老寡妇的嘱咐，立刻又喝了一口水含在嘴里。老头子没听见反应，觉得奇怪，也就不往下说了。

从那个时候起，老两口又像年轻的时候一样恩恩爱爱地过日子了，人们见了都羡慕不已。

（张润芳　译）

阅读欣赏·各民族民间故事

渔夫和金鱼的故事

（俄罗斯）

在蔚蓝色的大海边，住着一户人家，老头撒网打鱼，老太婆纺纱结线，过着贫穷的日子。

这天，老头像往常一样来到海边。第一网撒下去，拖上来的只有泥沙。第二网呢，是一些海草。老头非常失望，第三次把网撒了下去。网拖起来，倒是有鱼，可是只有一条小金鱼。

突然，小金鱼说话了："放了我吧，老爷爷。你放我回大海，我会报答你的。"

善良的老头把金鱼放到海水里："金鱼，回去吧，我不要你的报答。你回到大海里，自由自在地生活去吧。"

老头回到家，把金鱼神奇的故事讲给老太婆听。谁知，老太婆一听就火了："你这傻瓜，干吗不要报酬？哪怕要只木盆也好，家里这只破得不成样子了。快去要！"

老头只好走回海边呼唤金鱼。大海微微地翻起波浪，金鱼出现了："老爷爷，有什么事？"

老头儿叹了口气："金鱼，行行好吧，我那老太婆骂我，让我找你要个新木盆。"

金鱼回答："去吧，你们已经有了新木盆了。"

老头回到家，果然看见门口摆着一只新木盆。他以为老太婆会高兴，谁知她骂得更厉害了："你这个笨蛋，让你要木盆你还真的就要个木盆，木盆有多大用处？去要一座木房子！"

老头垂头丧气地来到海边，开始呼唤金鱼。大海卷起波涛，金鱼向岸边游了过来。

"你要什么？老爷爷？"

"对不起，小金鱼。老太婆不让我安宁，她逼我找你要一座木房子。"

金鱼回答："别难过，就这样吧。你们会有一座木房子的。"

老头回去一看，真的，原来住的泥棚已经无影无踪，一座漂亮的木房子立在那里，有橡木的大门和砖砌的烟囱。老太婆坐在窗下，见着老头，立刻破口大骂："蠢货！才要下一座木房子！快滚回去求金鱼，我不愿再做庄稼汉的老婆，我要做尊贵的夫人！"

老头含着眼泪走到海边，呼唤金鱼。金鱼出现时，蔚蓝的大海骚动起来。老头冲金鱼行了个礼："求求你,金鱼娘娘,老太婆的脾气更大了,她不愿做庄稼汉的老婆,她要做贵妇人!"

金鱼摇摇尾巴,回答道:"不要难过,去吧。"

老头回去,他看到了什么呢?老太婆站在一座高大的楼房的台阶上,穿着名贵的黑貂皮大衣,头上戴着金饰,脖子上挂着珍珠项链,手指上戴着宝石戒指,身边还围着一群奴仆。

老头说:"您好,贵妇人,这回您的心愿总该满足了吧。"

老太婆让人把老头带到马棚干活,不再理他。

过了一星期,又过了一星期。老太婆派人把老头叫来。这一次,她要做的是自由自在的女皇。老头吓了一大跳。

"你疯了?老太婆?你连走路、说话都不像!"

老太婆扇了丈夫一个耳光!

"快去,不去就押着你去!"

老头儿向海边走去,呼唤金鱼。金鱼游过来,大海变得阴暗了。老头儿哭着说了老太婆的事,他猜想这一次金鱼会拒绝。

金鱼回答:"好吧,让她做女皇吧。"

老头回去了,他的面前已经是皇宫。做了女皇的老太婆喝着外国的美酒,吃着花式的点心,围着她的是大臣贵族。威严的士兵手持利斧,一见老头就冲过来。老太婆呢,正眼也不瞧老头一下。

过了两星期,老太婆派来大臣叫老头。老太婆说她要做海上的霸王,生活在海洋里,让金鱼侍奉。

老头走到海边,海上起了昏黑的风浪,怒吼着,金鱼出现在风口浪尖上。

老头战战兢兢地说了老太婆的话。

金鱼没有回答,只是尾巴在水里一划,游到深深的大海里去了。

老头回去见老太婆,一看,在他面前的仍然是原来那所小泥棚,老太婆坐在门槛上,她面前的还是那只破木盆。

（高莽　译）

贪婪的大臣

（俄罗斯）

在某个王国里有位国王。一次，他在国内游览，不知道在什么地方把一枚刻有名字的戒指丢失了。他回到王宫，就立刻命令通告全国臣民：谁要是找到了国王的刻名戒指，并且送到他手里，国王绝不吝惜金银，一定赏给来人一笔巨大的奖金。

有个兵士很走运，找到了那枚戒指。他捡起戒指放在手中，站在那儿暗自思量："现在我该怎么办？如果拿到部队里去宣布，事情就会传到长官那儿，戒指就会从下级长官传到中级长官，又从中级长官传到高级长官，这样下去什么时候才会到国王手里？而且，决不会就这样完了的，眼看着戒指从别人手上转来转去，那么我岂不是落了一场空！我还是亲自到国王那儿去一趟好些。"

于是，兵士直接到皇宫去了。

宫门的卫兵用刺刀挡住了他，问道："上哪儿去？"

"是这么回事，我找到了国王的刻名戒指，想亲手交给他。"

卫兵收起刺刀让他进去了。

兵士走到卫队长跟前，卫队长又不许他往前走了。

"你干什么去？"

兵士回答说："我找到了国王的戒指，送还给他。"

卫队长让他进去了。

兵士走到国王的宫殿跟前，被一个自尊自大、满身挂着金光闪闪的勋章、衣服华丽的大臣看见了。

"你怎么敢跑到这儿来了？"大臣问道。

"是这么回事，我找到了国王的刻名戒指。"

"把它拿来，我转交上去。"

"不！"兵士说，"不行，我要自己亲手交给国王本人！"

"我是他最宠信的大臣！"

"我不想和你争论这点，只要能把戒指交给国王本人就行啦！"

大臣跺起脚骂了一顿。可是，兵士说什么也不肯把戒指交给他。大臣眼见恐吓没用，就说："好啦，我替你去呈报国王，不过有一个条件：国王给你的任何奖赏，要分一半给我！"

"奖赏不会太多吧？"

"很多。你没见过国王就像没见过自己的耳朵一样!"

"嘿,这真是少有的运气!"兵士想着,"那么,分一半给他也行!"

"可以。"兵士对大臣说,"依你说的办吧,我把国王的奖赏分一半给你,不过请给一张两人对半的字据。"

大臣很高兴,十分满意,自言自语地计算着,不知道又有多少金子会到口袋里来。他拿起笔就写了张字据交给兵士,然后就到国王那儿去报告了。

国王走出来,从兵士手中取回了自己的刻名戒指,很感激兵士,说:"兵士,谢谢你捡到的东西,我的话是神圣的,你将会从我这儿得到一笔巨大的奖赏。"

他把自己的司库叫来,对他说:"赏给兵士一千卢布!"

司库数好了钱,可是兵士拒绝收下,说:"我不需要这种奖赏。"

"你要什么奖赏?"

"最好是朝我背上打一百棍。"

"兵士,你怎么啦?莫非你疯了不成?"

"我没有疯,反正别的奖赏我是不要的。"

国王见到这种情形,也不想和他争论,就叫人把棍子拿来。

兵士开始脱衣服了,他先解开制服上所有的纽扣。解完了纽扣,他说:"这恐怕不太妥当……"

"怎么不妥当?"

"我先领国王这份奖赏不太妥当。"

国王很奇怪:"我一点也弄不明白是怎么回事,你解释一下!"

"我还有个伙计呢。"

"什么伙计?"

"就是他!"兵士指着大臣说,"他向我勒索您的一半奖赏,要是不给他,他就不让我见您。"

大臣叫了起来:"兵士完全是胡说八道,我没有向他勒索过任何东西!"

兵士拿出那张字据给国王看,问道:"这是什么?"

国王笑了起来,说:"兵士,你想得真巧妙!把我的奖赏分给大臣一半吧!"

大臣不敢和国王争辩,人们把他按在地毯上,用棍子痛打,兵士在一旁替他计数。数到五十棍时,他说:"我不是一个贪心的人,而您的大臣应当分得更多一些。这样吧,我把自己的一半也送给他。"

"嘿,你倒是个好心人!"国王说,"嗯,就照你说的办吧。"

国王命令再打大臣五十棍。

等打到最后十棍时，兵士从旁边离开了王宫，大臣只好眼瞧着他走掉。

（万家炯 译）

青蛙姑娘
（塞尔维亚）

从前有一对夫妻，不知不觉间衰老了，但没子没女。他们就祷告上帝，请求上帝赐给他们一个孩子，哪怕是个青蛙也好。上帝怜悯这对老夫妻，过了不久，他们果然得到了一个孩子。你们猜猜看，这是一个什么样的孩子呢？原来是一个青蛙女儿。可是，他们对这个女儿非常心满意足。青蛙不常到屋子里去，老是待在葡萄园里。那老汉也起早摸黑地在葡萄园里忙个不休，他的妻子每天给他送饭吃。有一天，那可怜的老婆婆忽然觉得衰老的身体软弱下来，迈步都非常吃力。怎么能够给丈夫送饭呢？她正想到这件心事，就看见青蛙越过门槛，跳进屋来。这时它恰好刚满十四岁。

"妈妈，您已经老啦，没有气力给父亲送饭啦！您把那包饭食交给我，让我送到葡萄园去吧！"

"我亲爱的女儿，"老婆婆回答说，"你哪能送饭呢！你不知道你是个青蛙吗？连手都没有，怎么会拿饭包儿呢？"

"妈妈，别发愁！您把饭包儿放在我的脊背上，再牢牢地扎在我的腿上。不用担心，我准能把饭给父亲送去。"

"哦，试一试也好！"

老婆婆把饭包搁在青蛙的脊背上，再扎在它的小腿上，把青蛙送出门去。青蛙不慌不忙，不费劲地来到父亲的葡萄园。它在篱笆跟前停下了脚，因为开不开门，又跳不过栅栏，只好招呼父亲。父亲走过来解下饭包，蹲下来吃饭。这时候，青蛙请求父亲把它放到葡萄藤上。父亲扶它坐上葡萄藤，青蛙忽然唱起歌来。是的，它不是呱呱地叫，而是真正地唱歌呢。听啊，唱得多么动听呀！它的嗓音又甜又亮，大家都以为这是仙女的歌声。

全阅读课本

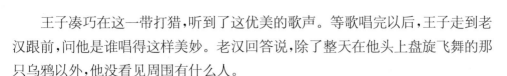

王子凑巧在这一带打猎,听到了这优美的歌声。等歌唱完以后,王子走到老汉跟前,问他是谁唱得这样美妙。老汉回答说,除了整天在他头上盘旋飞舞的那只乌鸦以外,他没看见周围有什么人。

"告诉我吧,这歌儿到底是谁唱的?"王子追问说,"如果是个小伙子,我就和他结拜成义兄弟;如果是个姑娘,我就娶她做妻子。"

老汉心里又羞愧又害怕,他怎么敢承认这是青蛙的歌声呢,只好说实在不知道。王子一无所得,转身回家去。

第二天,青蛙又给老父亲送来午饭。老汉再把它放在葡萄藤上,它又唱起歌来。就在这会儿,王子正好来到了。他决定在老地方打猎,希望再听听那绝妙的歌声,并且探听一下究竟是谁在歌唱。青蛙从葡萄藤上传出的歌声响遍了整个山野。等歌声一停止,王子又来苦苦追问老汉是谁在唱歌,老汉还是一个劲地推脱。

"那么,这午饭是谁给你送来的呢?"王子看到饭包问道。

"是我随身带来的。"老汉说,"我本来想回家吃的,可是走累了就会一点也吃不下去,所以随便带了点吃食,在葡萄园里充充饥就算啦。"

"唉,这歌声使我听了伤心! 老公公,您一定知道唱歌的人。请告诉我吧,如果他是个善良的少年,就让他做我的义弟;如果是个美貌的少女,就让她做我的妻子!"

老汉按捺不住,只得说:"我早就想说了,只因为不好意思,又怕说出来会惹你生气。"

"别怕,您快说吧! 到底是谁在唱歌?"

于是,老汉才把实情说了出来:唱歌的是他的女儿,一只呱呱叫的青蛙。

"您叫它从藤蔓上下来吧!"王子恳求说。

青蛙蹦到地上,又唱起歌来。王子屏息凝神地听着,乐得心头突突地跳。后来他对青蛙说:"你就做我的未婚妻吧! 明天我们在王宫里举行婚前见面礼,父王命令我和两个哥哥的未婚妻每人带一束花去参加舞会。谁的花最美,父王就把王位传给谁的未婚夫。你到王宫来吧,可别忘了带一束你最喜爱的鲜花!"

"好吧,我一定照着你的话去做!"青蛙回答说,"不过你必须送一只白公鸡来,我要骑着它到京城去。"

王子告别回去了。不一会儿,他派人给新娘送来一只白公鸡。青蛙立刻去见太阳,请求送它一件太阳衣。第二天清早,青蛙骑上公鸡,带着太阳衣,动身到京城去。看守城门的卫兵不让它进城,它就吓唬他们说要向当朝王子控诉这种

177

无礼行为。卫兵们马上给它打开了城门。

青蛙进了京城，顿时变成一个美丽的姑娘。她穿的是太阳衣，手里拿的不是鲜花，而是一束麦穗，白公鸡也变成一匹雪白的骏马。就这样，她来到了王宫。国王向客人们走来，先走到大太子的未婚妻面前，问她带来了什么花。那姑娘向他献上一朵玫瑰花。国王接着又走到二太子的未婚妻面前，问她带来什么花，这姑娘向国王献上一束石竹花。国王转过身来走到小儿子未婚妻的面前，一眼看见她手里拿着一束麦穗。

国王就对她说："你给我们带来了一束最美丽、最有益的鲜花。看来，你知道我们缺少它是不能生活的。我们要那些奢华的花朵有什么用呢？你真是个聪明的姑娘，嫁给我的小儿子吧。为了奖励你超人的智慧，我要把王位传给你们。"于是青蛙姑娘就成了王后。

（鲍浦诚　译）

国王的鬼耳朵

（塞尔维亚）

从前，有个国王叫特拉扬，他有一支庞大的军队，统治着一个很大的帝国，住在豪华的宫殿里，拥有数不清的财宝。但是，尽管这样，他生活得并不愉快。为什么呢？因为他头上长着两只又尖又长的鬼耳朵。国王特拉扬精心设计了一顶帽子，把耳朵藏在里面，不让人看见。但是有一个人能看见——他的理发师，因为国王不能不理发。每当新的理发师（每次都是新的）给他理完发，国王就问道："你看到什么了，理发师？"理发师怎能不为他的尖耳朵惊奇呢？总是说："我看见你长着两只鬼耳朵，陛下。"于是，这个理发师就立刻被杀掉了。因为国王怕他的丑事传遍全国，成为大家的笑料。就这样，凡是被叫到王宫去的理发师没有一个能回来的。

很长时间以来，人们都羡慕这些下落不明的人，还以为他们住在王宫里做了国王的私人理发师呢！但是，后来人们开始猜疑起来：为什么那么多的理发师进了王宫，没有一个人回来？难道国王要征召一个理发师的军队吗？慢慢地人们才明白过来：这些不幸的理发师一定是被杀掉了。这种猜测一传十，十传百，全国的理发师都害怕起来，他们吃不下饭，睡不着觉，整天提心吊胆的。在这个国家里，甚至出现这样一种奇怪的现象：如果谁在街上遇见一个脸色惨白而又哀伤的人，大家便猜他一定是个理发师。

理发师是喜欢唱着愉快的歌逗乐的，他们都有一副好嗓音，但现在，他们的歌声再也听不见了。原来欢闹的理发店，现在变得死一般寂静。尽管有的理发店并没有一个理发师被国王召去，但他们都担忧自己的命运。

一天，灾难落在一个老理发师的头上，国王的卫士找上门来。他不愿去王宫送死，就躺在床上装病，他装得可真像呢，从头到脚都在发抖。他的理发店里有一个年轻的徒弟。这个年轻人不顾生命危险，要替师父进王宫。年轻人也清楚，去了就很难活着回来，但他决定想尽一切办法挽救自己的生命。

他走到国王面前。国王看着他皱了皱眉头，说："你就是我叫来的理发师吗？你太年轻了！"

"我是他的徒弟，仁慈的陛下。我的师父得了可怕的疟疾，他现在躺在床上不能起来。"年轻人回答，一面从背包里拿出剃刀和剪子。

国王坐在椅子上，让年轻的理发师为他理发。这个年轻人心灵手巧，再加上十分小心，所以动作很轻很轻，国王不一会儿就打起盹来，当然，国王的那一对可怕的鬼耳朵也使年轻人大吃一惊。当他理完发开始收拾东西的时候，国王疑心地看了他一眼，严厉地问他："你理发的时候看见什么了，小伙子？"

"没看见什么，尊敬的陛下。除了你端正的五官以外，我什么也没看见。"年轻人回答。

国王听了很高兴，给了他十二个金币，并告诉他下次再来。

年轻人回到家里。师父看见他回来，非常惊讶！他忽地从床上坐起来，问他的徒弟："怎么回事？"

"没什么。"年轻人回答。

"你给国王理发了吗？理完发又怎么样了？"

"我就像你教我的那样给国王理了发，他看起来很高兴，给了我十二个金币，还告诉我下一次再去。"

师傅很想知道王宫里的情况，问他国王是什么样子，穿什么衣服，还问了许多别的问题。年轻人如实地回答了所有的问题，但只有一点他没有讲：他没敢提国王的鬼耳朵。

从那以后，年轻人经常去给国王理发，每次都得到十二个金币的奖赏。国王

179

很喜欢他,但年轻人却越来越觉得可怕。这个秘密闷在他的心里,从来不敢向任何人吐露一个字。但是,不知为什么,只要眼睛一闭,那双鬼耳朵就出现在他面前。别的理发师不再为自己的命运担忧了,渐渐变得健康而欢乐起来。这个可怜的年轻人却越来越消瘦,他吃不下,睡不着,像生了大病一样。

他的师父注意到了他的变化,就问他,是什么事情使他苦恼。

"没什么,师父。"年轻人难过地回答。

师父放心不下,老是追问。

最后年轻人说:"实话告诉你吧,师父。有一个秘密严重地折磨着我的心灵,但我不敢向任何人吐露半点。如果我说出去,我就活不成了;如果我不说出去,我便永远不会有快乐的日子,直到我死去。"

年轻人说完,愁苦地望着善良的师父。

师父想了一会儿,说:"你可以告诉我吗?我保证替你保密,直到我死。"

年轻人痛苦地摇摇头。

"那么你去找神父,去向他忏悔?"

年轻人摇摇头,眼泪吧嗒吧嗒掉下来。

"如果你不愿告诉任何人,还有一个办法也许对你有帮助。你可以走出城去,到旷野里,在地上挖一个坑,挖得深深的,然后把头伸到坑里,对着大地把你的秘密说三遍,再用土埋起来。这样你就说出了心里的秘密,而大地是肯定不会泄露秘密的。"

年轻人听了师父的话,决定去试一试。他走到田野里,挖了一个坑,看看周围,除了高高的天空、静静的大地和他自己以外,一个人也没有。他趴到坑里说了三遍:"国王长着鬼耳朵!"说完以后,把坑填平,高高兴兴地回家了。

过了几个星期,年轻人挖坑的地方长出一棵大树来,树干像蜡烛一样又高又直,树枝遮天盖地。一个放羊的孩子走过那里,从树上折下一根枝条,用手拧动了枝条的外皮,抽去中间的木心,做成一个管形的小哨子,放在嘴上一吹,发出一个非常清晰的声音:"国王长着鬼耳朵!"

别的孩子听了,都觉得很奇怪,以为吹小哨的孩子会变戏法呢!他们抢过小哨自己吹吹,听见同样的声音:"国王长着鬼耳朵!"孩子们每人都折了一根枝条,一会儿就做了许多小哨子。

晚上,孩子们赶着羊群回到城里,他们一边走,一边吹,街上到处都响着这样的声音:"国王长着鬼耳朵!"没到天黑,全城的人都知道国王长着鬼耳朵。不出三天,全国都知道了这个秘密。

国王听说这件事，气得跳了起来，喝令卫士赶快把那个年轻的理发师找来。年轻人一进门，国王就吼叫着问他："你说了我的什么坏话？你这该死的家伙！"

"没说什么，仁慈的陛下。"年轻人回答。

"好大的胆！你竟敢在我面前说谎！你把我的秘密告诉了每一个人，现在人人都在议论这件事！"想起人们对他的耻笑，国王更加暴怒，他抽出腰刀在空中一挥，要把年轻人杀掉。

年轻人急忙跪下说："饶恕我吧，仁慈的陛下。你的秘密我并没有告诉任何人，我只是告诉了大地……"年轻人把挖坑讲秘密的事说了一遍。

国王听了年轻人的叙述，不相信。他带着年轻人和几个卫士，坐上马车要到田野里去看看。

当他们走到大树跟前的时候，树上只剩下一根枝条了——所有的枝条都让人折去做了口哨。国王命令一个卫士折下那根枝条，做成个哨子吹给他听，只听见一个清晰的像是年轻人的声音："国王长着鬼耳朵！"

国王从卫士手里夺过口哨，放在自己嘴上一试，还是同样的声音。他气得把口哨狠狠地扔在地上，摇着脑袋叹息道："唉！世界上什么丑事都是瞒不住人的……"

（程相文　译）

需要是最好的老师

（保加利亚）

一个樵夫有两个儿子，他每天到森林里去砍柴时，只带一个儿子去。他自己砍，儿子帮他点忙。儿子长大后，樵夫对他们说："孩子，现在你们自己去森林砍柴，我在家休息。"

孩子回答说："爸爸，要是我们的大车突然坏了，谁来修呢？"

"孩子，要是你们弄断了车把，或者发生别的什么事，不要怕，需要会教会你们一切的！"

两兄弟听了父亲的话，到森林里去了。青年人手脚很快，他们砍的树比父亲要多，然后把树木装上车回家。但车把在半路上断了，两兄弟从大车上爬下来，叫道："需要，请你来修车子！"

他们叫啊，叫啊，天已经黑了下来，而需要还是没有来。

这时，小兄弟说："这个该死的需要不来！我们是不是自己修理？"

老大回答说："也许需要走得很远了，也听不见了，我们再一起用尽力气喊！"

他们直着嗓子又喊了起来，直喊到喉咙哑了，还是没有一个人来。小兄弟又对哥哥说："你看，天已经暗了！也许我们白喊了！不知道这个需要是否会修车子？"

于是，兄弟俩只好自己动手修了，一个执斧头，另一个拿刨子。一、二，一、二，敲敲打打，他们竟自己修好了大车！

他们回到家后，父亲问："孩子，你们是怎么回来的？"

于是，他们立即诉苦了："爸爸，半路上车把断了。我们叫这个该死的需要，喉咙都叫破了，可他还是不来。后来，我们就自己拿起斧头、刨子，动手修车子。"

"嘿！孩子！"父亲说，"这就是需要呀！你们叫它，可它却就在你们身边，没有人会帮助你们，只能自己对付。所以说，需要是最好的老师！"

（溥奎　译）

上帝和死神

（墨西哥）

从前，有一家人，人口很多，经常没有吃的东西，全家挨饿。

有一天，主妇杀了一只鸡，主人就把它分成小块，给全家每人一块。后来，主人决定到外面去寻找食物，又叫主妇杀一只鸡，好吃了赶路。但是，主妇不答应，对他说："这会儿孩子们都出去了，杀了鸡，他们吃不着，不行。"主人听了妻子的话，很不高兴，于是就夺过那只鸡，打算到了路上再吃。

他在路旁收集了一些柴禾，正在烤鸡的时候，走来了一个老乞丐，问他说："好人，你在这里干什么呢？"

"我正想吃点儿东西呢。"

"如果你不讨厌我，我想在这里休息一会儿。"

"好吧，你如果愿意，就在这里休息吧。"主人回答。

过了一会儿，主人问那个老人："你是谁？叫什么名字？"

"我是上帝。"老人回答。

"你是上帝？"

"是的，我是上帝。"老人又回答。

"太好啦，我本想分给你一点儿鸡的，既然你是上帝，我就不分给你吃了，因为你太不公平。你给有的人吃得太多，有的人一点儿不给，所以我也不给你吃。"主人说。

"既然这样，那就不麻烦了，让我继续赶路吧。"老人说着，就离开他走了。

于是主人吃了一些鸡，把剩下的包起来，接着赶路。

走着走着，他又感觉到饿了，就又在路边停下，收集了一些柴禾，把剩下来的食物拿出来，再烤着吃。

正在这时候，走过来一个老妇，一副饥饿的样子。看见他就问："好人，你在这里干什么？"

"我正在这里准备吃东西呢，因为我在离家的时候没有吃东西。刚才来了一个老人，他说他是上帝，我没有把东西分给他吃，他就走了。你呢，你是谁？"

"我是死神。"老妇回答。

"那么，我就跟你一起分着吃这些食物吧。因为你是死神，无论什么人，你都一律看待：不管他是小孩子，还是大人；不管他是富翁还是穷人，要带走什么人就带走什么人。"

老妇吃完东西，要走了，主人叫住她，向她请求说："你愿意做我的教母吗？"

"不行，我得听从一个人的吩咐。"老妇回答。

"有谁能够吩咐你？"

"是天上的上帝，我只听他的吩咐。我去请求他的允许，三天之后，再来告诉你。但是，你不要后悔，如果你做了什么错事，我就做不了你的教母了。"

说完话，死神就走了。主人回到家里，等了三天。三天之后，死神出现了，对他说："上帝因为你有一次只顾自己，没有把食物分配给全家，所以要惩罚你。你做好准备，三天之后，我来带你走。"

主人万分着急，就和主妇商量。最后，主妇想出来一个办法，叫他到理发师那里去，把头发都剃光，让死神认不出他来。于是，主人就到理发师那里，请理发师把他的头发都剃光。不料，这时候死神已经来到，到处寻找主人，却找不到。

死神见到理发师，就对他说："我找那个没有良心的人，却找不到，就把这个秃脑袋的人抓去充数吧。"

说着，死神就把吓得躲在墙角里的主人带进了地狱。

（张伟劫　译）

石　匠

（智利）

从前，有一个石匠，他每天到一座大山上去选择各种不同的石头，凿出各式各样的墓碑和造房用的石板。作为一个有经验的石匠，他能够非常清楚地了解到不同的石块有着不同的用途。因此，他的雕凿技术经常得到顾客的称赞。他的生活过得还是不错的。

传说山里来了一位山神，这位山神会突然来到你的面前，给你意想不到的帮助！山神就是用这种方法给人们带来富裕和快乐。

而石匠尽管整天进山工作，却从来没有遇到这个山神。所以当别人提起山神时，他只是摇头，不相信会有这样的事。

但是，发生了后来的一件事，使他改变了自己的看法。

一天，石匠搬运一块大石板，来到一家富人的房前。在富人的家里，他看见了许多自己从来没有见过的东西。这些美妙的东西，石匠甚至连做梦都没见过。石匠现在多么希望自己也有这许多美妙的玩意并过上享受的生活啊。

这样一来，他感觉到自己现在的工作越来越沉重了！想着，想着，他不禁自言自语起来："我！要是我也是一个富人，能够睡在丝绸帘子、金流苏的床上，那我将是世界上最幸福的人了！"

突然，有一个洪亮的声音回答说："你的愿望听到了你的声音，你将成为一个富人！"

石匠听到这回答，看了看周围，周围没有一个人……他想：这可能是自己的幻觉！奇怪的是，他觉得自己气力不足了。于是，他拿起自己的工具，忧心忡忡地回家去了。因为这天他再也没有心思干任何活了。

他到了自己的家门前，被眼前的景象惊呆了：他原来住的小木屋不见了，出现的是一座崭新的、富丽堂皇的宫殿。他走进屋里一看，其中尤其使他惊讶的是还有一张他曾经羡慕过的床，他高兴得一下子扑到这张柔软美丽的床上。在这使人陶醉的环境里，石匠把过去的生活早已忘得一干二净了。

现在正是盛夏季节，每天骄阳似火，天气特别酷热。一天早晨，气候闷热得使石匠只能勉强呼吸。于是，他决定待在家里，不再去干活。一直待到傍晚，他还是感到精神不振，心神不宁。因为他无事可做，他只得无聊地不时透过百叶窗朝外窥探，希望能看见使自己感兴趣的东西。这时有一辆极其华丽的马车，在一个仆人的驾驶下从石匠的窗前驶过，仆人的身上穿着天蓝色镶有银花边的制服，马车上坐的是一位年轻英俊的王子，头上还有一把金阳伞撑着，来遮住炎热的太阳。

当马车在远处消失后，石匠又贪婪地自语道："假如我是个王子，我也能乘坐这样华丽的马车，也会有这样一把美丽的金伞盖在我的头上，那我该是多么幸福呵！"

山神的声音又在回答他："你的愿望听到了你的声音，你将成为一个王子。"

于是石匠又变成了一个王子，在他的马车前有一伙人骑着马，另一伙人跟在他的马车后面，以保护他的安全。他的仆人身穿玫瑰红镶着金花边的制服，那把他渴望已久的金伞也遮在了他头上。所有这一切东西，都是他想要得到的，但这还不能够满足他日益变得贪婪的心。石匠还希望得到更多更好的东西。当他看到那把金阳伞虽然遮住了阳光，但他的脸还是觉得受到灼热阳光的威胁时，他气愤地叫道："太阳比我威力大，我要成为太阳！"

山神马上就回答："你的愿望听到了你的声音，你将成为太阳！"

石匠又成了太阳，他为自己的威力感到自豪。他发出强烈的光线，射向整个宇宙。他烤焦地上的青草，晒黑人们的面孔。但是，过了没多长时间，他又对自己的威力产生厌烦，因为他整天感到没有事可做，他的心中又产生了不满足的念头。

有一天，飘来一大片乌云，遮住了他的脸，使石匠变成的太阳失去了威力。他又生气了，高声地嚷道："云遮住了我的光，它的威力比我还要大！咳！我要是成为云，那我就比任何东西都强大了！"

洪亮的声音又出现了："你的愿望已听到了你的声音，你将变成一片云！"

说也奇怪，石匠又变成了一片云，躺在地球和太阳中间。他任意捉弄太阳，贪心地遮掩它，心里可高兴了，认为自己比什么都强！但不久，他看到大地又披上了绿装,鲜花吐露着芬芳,他又不高兴了,他恶作剧地把自己化为暴雨,连续不断地倾注在大地上,直到河水泛滥,冲垮堤岸,把粮食都浸在水里。所有的城堡和乡村被暴雨的威力冲垮了,只有那高山巨石,仍然岿然不动地耸立在大地上。石匠见到岿然不动的高山,非常惊异,大声喊道:"这些岩石,难道比我还强大?呵,我要再能变成一块岩石,那该多好呵!"

山神回答:"你的愿望听到了你的声音,你将成为岩石!"

于是,他成了一块大岩石。他为自己的强大感到荣幸。他高傲地站在大地上,无论是太阳的晒烤,还是大雨的浇淋,都不能摇撼他。"这比什么都好!"他骄傲地自言自语说。但是,正在他扬扬得意的时候,突然传来一阵"叮叮咚咚"的响声。他寻声细看,只见一个小石匠手拿锤子和钢钎正在凿他的脚,他不由得浑身战栗起来。接着,小石匠就从他的脚下凿出一块大石头来,痛得他"嗷嗷"大叫。从这以后,他又感到自己并不强大了,他自言自语地说:"看来这小石匠要比我强得多。唉!还是让我回去干自己的老本行吧。"

山神又在回答他了:"你的愿望已听到了你的声音,你将变成你原来的样子!"

他又变成了人,重新拿起了石匠的工具,又开始了他原来的凿石工作。他现在的工作是十分辛苦的,他的床还是原来的硬板床,食物也是一般的。但是,他现在真正感到知足了,他再也不想变成其他的什么东西,也不想变成别的什么人。从此,他不再去获得那些不劳而获的任何东西,也不想成为比别人伟大或强大的人。从此,他再也听不见山神的声音了,因为他现在毕竟是满足的,生活也是幸福的……

（刘习良　译）

坦迪尔山的活石

（阿根廷）

故事发生在开天辟地的时候。那时候,太阳和月亮是夫妇。这两位巨神,善良极了,慷慨极了,就像他们的个儿大极了一样。

太阳是世界上全部热量和力量的主人。他的威力那样大,只要伸展一下双臂,大地就充满了阳光。从他那神奇的巨大手指缝里冒出潺潺热流。

他是生命与死亡的绝对主宰。

她——月亮，白皙而秀媚，是智慧和幽静的主人，和平和甜蜜的主人。有她在，一切都静谧安详。

他们在大地上行走，创造了平原：长满芳草和鲜花的无边无际的平原，使大地更加美丽。

平原像平展展的绿色地毯，两位神仙迈着柔软的步履在上面散步。

然后，太阳和月亮他们创造了湖泊，长时间散步之后就在湖里面洗澡沐浴。

但是，两位神仙十分孤单，他们感到有些腻烦了，于是让鱼在水里生长，让其他动物在大地上行走。看到它们在各自的天地里跳跃奔跑，他们是多么快乐啊！

他们对自己的创造感到满意，决定回到天上去。这时候，他们想到应当有谁来照料这秀美的原野，于是就生了他们的孩子——人。

现在他们可以回去了。

人们知道亲爱的父母要离开他们了，十分伤心。

这时太阳对人们说："你们什么也不用怕。这是你们的大地。我将每天把我的光送到你们身边，并把我的热也留给你们，让生命永远延续下去。"

月亮说："你们什么也不用怕。我将把黑夜微微照亮，并守卫着你们安歇。"

时间就这样过去了。一天又一天，一夜又一夜。

那是幸福的年代。印第安人觉得有自己的神保护他们，只要向天上望一望，就知道两位神时时刻刻从那里给他们送来珍奇的礼品。

印第安人崇尚太阳和月亮，向他们献歌献舞。

有一天，印第安人看到太阳开始变得苍白，越来越苍白，越来越苍白……发生了什么事情？什么怪东西使太阳的笑容消失了？

天空中正发生着可怕的事情，但他们不知道是怎么回事。

他们突然发现，一只长着翅膀的美洲巨豹正在广阔的天空追逼着善良的太阳。可怕的畜牲张牙舞爪，要把太阳神毁掉，太阳正在拼搏。

印第安人没有多考虑，立即准备保卫太阳神。最勇敢最机敏的战将集合起来，开始向胆敢侵扰太阳的来犯者射箭。

一支，两支，成千上万支的箭射了出去，但都没有射中豹子。相反，豹子越来越狂暴了。

终于有一个人射中了目标，野兽掉下来了，箭从它腹部穿过，从背部穿了出来。掉是掉下来了，但豹子并没有死。它伸开四肢躺在那里咆哮，怒吼声震撼着大地。

豹子那样大，谁也不敢靠近它。

这时，太阳渐渐地露出来了，恢复了他的笑容。印第安人高兴地望着他，他用那温暖的指尖抚摸着他们的脸庞。

天空染成了红色……逐渐变成紫罗兰色……紫罗兰色……夜幕慢慢地降临了。

月亮出来了。她看到豹子正四仰八叉地躺着，咆哮着。

月亮起了恻隐之心，想结束它的挣扎。于是开始向它投石头，好结果它的性命。月亮投了那么多那么大的石头，逐渐堆积在它身上，直到全部把它掩埋。石头那么多，那么大，以至于在平原上形成了一座山——坦迪尔山。

最后扔下的一块石头，落在还露在外面的箭头上，钉在了上面。

邪恶的精灵被永久地埋葬在那里，据印第安人说，它再也出不来了。

然而，每天太阳漫步在天空的时候，豹子就暴怒得发抖，总想再次进攻太阳。它一动，悬在山尖上的石头就来回地摆动。

（王瑞琴　译）

 合作分享

一、听描述　猜一猜

1. 他左边口袋里放能吃的东西，右边口袋里放药，在尝"断肠草"时，被毒死了。他是为了拯救人类而牺牲的，人们尊敬地称他为"药王菩萨"。他是谁呢？
（　　　　　）

2. 她女扮男装，替父从军十二年，终于凯旋，脱掉战袍，换上漂亮的女装，惊呆了小伙伴们。她是谁呢？（　　　　　）

3. 他在终南山认真学艺三年出师，用师父送给他的斧子、刨子、凿子为人们造了许多东西。被人们称为木工的祖师。他是谁呢？（　　　　　）

4. 他在霹雳大仙的帮助下拥有了神力和宝斧，在四位仙姑的帮助下打败了二郎神，劈山救母，一家三口幸福地生活到了一起。他是谁呢？（　　　　　）

5. 他修的大石桥，气势雄伟，坚固耐用；他妹妹修的小石桥，精巧玲珑，秀丽喜人。仙人张果老和柴王爷都夸他们造的桥结实。他是谁呢？（　　　　　）

6. 他特别爱吹牛，还爱嘲笑别人。鞋匠两次设计偷走了他买的牛，使他改掉了爱吹牛的毛病。他是谁呢？（　　　　　）

7. 他是一位勇士，凭借着智慧与勇敢，杀死了巨人和海神，救出了国王的女儿，成为了母亲心目中最勇敢的勇士。他是谁呢？（　　　　　）

8. 他有勇有谋,胆识过人,敢于与魔鬼比赛割草,凭借着智慧使魔鬼累得筋疲力尽,又羞又怒地逃走了。他是谁呢?(   )

9. 他在女奴莫姬雅娜的帮助下,战胜了四十大盗。对山洞里的财宝,他用得既明智得体,又乐善好施,慷慨大方,在社会上享有崇高的威望。他是谁呢?(   )

10. 一个机智勇敢的小姑娘,让老巫婆葬身鳄鱼之口,与其他五个小女孩成功脱险。她是谁呢?(   )

二、辩一辩　赛一赛

1.《桃园三结义》中的张飞给我们留下了深刻印象,有人说他暴躁鲁莽、头脑简单,可又有人认为他重情重义,粗中有细,你赞同谁的观点,并结合他的故事具体阐述。

2.《幸福取决于什么》中,诗人认为金钱带来幸福,歌唱家认为命运决定一切,而阿尔其岱则认为最重要的是劳动和毅力。你赞同谁的观点,并具体阐述理由。

三、判一判　选一选

(一)判断题。

1. 人们仿照竹子做成鞭炮,称之为"爆竹",还根据"年"惧怕的声响造出了"铜锣"和"响铃"。(   )

2. 鲁班被后世的人尊称为"瓦工的祖师"。(   )

3. 三圣母身边有一盏王母娘娘赠的镇山之宝——宝莲灯。(   )

4. 传说每年的六月初七这天,在由喜鹊搭起的鹊桥上,牛郎织女一家相见一次。(   )

5. 清明·寒食节是晋文公重耳为纪念介子推而设定的节日。(   )

6. 一寸法师个儿小,胆儿也小,他很怕鬼。(   )

7. 樵夫凭着诚实、正直拿到了自己的斧头、金斧和银斧。（　　）

8. 国王是秃顶的秘密被发现了,他暴跳如雷。（　　）

9. 山神满足了石匠一个个贪婪的欲望,最终他还是选择做一个石匠,因为他明白了,不劳而获的东西不能使人获得真正的快乐。（　　）

10. 樵夫的两个儿子自己动手修好了坏在半路上的大车,所以说聪明是最好的老师。（　　）

（二）选择题。

1. 杭州第一道名菜"东坡肉"显示出老百姓对于治理西湖的（　　）的尊敬与爱戴之情。

    A. 苏轼　　　　B. 苏洵　　　　C. 苏辙　　　　D. 海瑞

2. 猎人海力布为了救老百姓而说出实情后变成了（　　）。

    A. 石头　　　　B. 宝石　　　　C. 小白蛇　　　　D. 龙王

3. 写"明日逢春好不晦气,来年倒运少有余财"对联骂财主的是（　　）。

    A. 唐伯虎　　　B. 苏轼　　　　C. 祝枝山　　　　D. 马良

4. 跟凶恶的野兽讲道理,对它发慈悲,那就是自找苦吃。揭示这个道理的民间故事是（　　）。

    A.《东郭先生和虎》　　　　　　B.《东郭先生和狼》

    C.《猎人海力布》　　　　　　　D.《西门豹治邺》

5.《一幅壮锦》中,（　　）最后帮妈妈拿到了壮锦。

    A. 勒墨　　　　B. 勒惹　　　　C. 勒堆厄　　　D. 老奶奶

6.《阿里巴巴与四十大盗》中,强盗开门的魔咒是（　　）。

    A. 开门,芝麻　　　　　　　　　B. 开门,大麦

    C. 谷子,开门　　　　　　　　　D. 芝麻,开门

7. 渔夫能让魔鬼钻进铜瓶,你认为他使的是（　　）。

    A. 激将法　　　B. 苦肉计　　　C. 离间计　　　D. 调虎离山计

8.《青春的泉水》中,老太婆因为（　　）而变成了小娃娃。

    A. 善良　　　　B. 勇敢　　　　C. 贪婪　　　　D. 爱美

9. 什么"树"上有十二个杈,每个杈上有三十片叶子?（　　）。

    A. 柚子树　　　　　　　　　　　B. 月

    C. 金合欢树　　　　　　　　　　D. 年

10. 雄日捧着空花盆,国王却高兴地把他收为义子,是因为他（　　）。

    A. 善良　　　　B. 聪明　　　　C. 诚实　　　　D. 守信

四、看情境 编故事

一个和尚挑水吃，两个和尚抬水吃，三个和尚呢？看看上面这幅图，他们之间发生了什么故事？最后的结果又是如何呢？请你发挥想象，编个故事讲给小伙伴们听听吧。

咦！图中的父子俩为什么有驴不骑，偏偏抬着走呢？之前发生了什么事？请你发挥想象，编个故事讲给小伙伴们听听吧。

　　以碗当船，以筷子当桨，腰插一把针刀，你知道他是谁吗？请你发挥想象，编个历险故事讲给小伙伴们听听吧。

　　忠厚老实的渔夫、知恩图报的金鱼，他们之间会发生怎样的故事呢？请你根据这幅图发挥想象，编个故事讲给小伙伴们听听吧。

五、扮一扮　演一演

戴上你们自制的头饰演一演这些有趣的民间故事吧。

九色鹿的传说（课本剧）

第一幕

［旁白：古时候，在一座景色秀丽的山中，有一只鹿，双角洁白如雪，浑身有九种鲜艳的毛色，漂亮极了，人称九色鹿。］

九色鹿：（在山中悠闲地散步）啊，今天天气真不错！让我到河边梳洗一番。（来到河边欣赏水中自己的容颜）

调达：（声嘶力竭）救命啊……救……命啊，救命……咕嘟咕嘟……（奋力挣扎，手臂费力地划着，却慢慢沉入水中，呛水，连连咳嗽）

九色鹿：别害怕，我来救你！

［旁白：九色鹿飞跃而上，瞥了一眼在波涛中快要奄奄一息的调达，立刻纵身跃入水中，救起调达。］

调达：（有气无力，上气不接下气地哼着，"扑通"朝九色鹿跪下）谢谢你的救命之恩。我对天起誓，永做你的奴仆，为你寻草觅食，终身受你的驱使……

九色鹿：你的心意我领了，但我救你并不是想要你成为我的奴仆。快回家与亲人团聚吧。但请你千万记住，不要让任何人知道我的住处，为我保密，就是你对我最好的报答了！

调达：（举手起誓，一脸诚恳）恩人请放心，如果背信弃义，就让我浑身长疮，嘴里流脓……

［九色鹿微微颔首，调达退下。］

第二幕

［旁白：有一天，这个国家的王妃做了一个梦，梦见了一头双角洁白如雪、身披九种鲜艳毛色的鹿］

王妃：（从床上起来，羡慕地）九色鹿可真美呀！它的毛皮多漂亮呀！（在地上走来走去，眼前一亮）如果用它的毛皮做一件衣服穿上，那我不是就更漂亮了吗？

［旁白：国王驾到！］

［王妃急忙披上鲜红锦缎，迎至门前。］

王妃：（一脸愁容）陛下！

国王：（急急忙忙走上）爱妃，你哪里不舒服？怎么不传太医呀？来人哪，快传太医……

王妃：（急忙拉住国王）陛下，慢着，我不需要太医，你听我说，我昨天晚上做了一个神奇的梦。（对国王耳语）陛下，你就答应我吧，去捉那只神奇的美丽的鹿吧！陛下……

国王：（无可奈何地）好吧，好吧……

（卫士甲、乙上场，在城墙外张贴皇榜。众百姓一拥而上，调达也在其中）

卫士甲：大家听好了，在山林里有一只美丽的神奇的鹿，谁知道那只鹿住在哪里？报告国王将重重有赏啦！大家听好了……

调达：（挤开人群，注目皇榜，惊讶地）什么？捕捉九色鹿？天啦，我不是眼花了吧？（揉揉眼睛）千真万确！捕捉到九色鹿，国王会赏赐无数珠宝金银、宝马良车。可……九色鹿乃我救命恩人，如若不是它，我调达早就没命了。但我若念救命之恩而舍弃金银珠宝，到时饿死偿命实在不划算。这世上哪有白放着财富而守着清贫的？傻蛋一个！况且那九色鹿也是只神鹿，它自有办法解除危难的。我调达这也不算是趁人之危，其实也是让九色鹿好展示一下自己的神力！

（等人群散尽，调达匆匆上场，一把揭下皇榜，进宫去见皇上。）

第三幕

　　[旁白：国王听了调达的话，立即调集军队，在调达的带领下，大队人马浩浩荡荡地向着山林，向着九色鹿的住地进发了。]

九色鹿：啊，今天的天气多好啊！太阳晒在身上暖洋洋的，让我美美地睡上一觉吧！

　　[旁白：九色鹿在开满鲜花的草地上睡得正香，突然，一只乌鸦飞来了。]

乌鸦：九色鹿，九色鹿，快醒一醒吧！国王的军队捉你来了，快醒醒！

　　[旁白：九色鹿猛地从梦中惊醒，他发现自己已经被刀枪箭斧包围了。他定眼一看，一脸媚态的调达正站在国王的身边，九色鹿生气极了。]

九色鹿：（气愤地，用手指着调达）亲爱的陛下，您知道吗？您身边的这个人，在河中快要淹死的时候，是我救了他，他发誓不暴露我的住地。谁知道他见利忘义，反复无常。圣明的陛下，你竟然同一个灵魂肮脏的小人来滥杀无辜，岂不辱没了你的英名？

国王：美丽的鹿啊！我感到惭愧。调达，没想到你竟然是一个背信弃义、恩将仇报的小人。来人哪，将这个小人押入大牢，等候我的发落。传我的命令，九色鹿是国王最好的朋友，任何人不得伤害它，违令者重重责罚！

（两卫士领命退场）

九色鹿:谢谢您,亲爱的陛下,我将是您和您的臣民永远的朋友,再见。

〔旁白:九色鹿欢快地向山林深处跑去,山林里,阳光明媚,鸟语花香。国王和他的臣民们世世代代幸福安宁地生活在他们的国家里。〕

捧着空花盆的孩子(课本剧)
第一幕

〔旁白:很久很久以前,在一个国家里,有一个贤明而受人爱戴的国王。但是,他的年纪已经很大了,而且年迈的国王没有一个孩子。这件心事,使他很伤脑筋。〕

国王:我是一国之君,既拥有最高权力,也有享不尽的荣华富贵! 可是有一件事叫我闹心,就是身边没儿没女,谁来做我的继承人呢? 唉! 真伤脑筋!

大臣1:陛下,我有一个主意,您在全国挑选一个优秀的孩子收为义子,将来继承王位。

国王:(微微颔首)是个好主意,那你们说说,咱们该挑什么样的人来当我的接班人呢?

(众大臣纷纷交头接耳,讨论不休)

大臣2:禀报陛下,我觉得咱们该选聪明的人来管理国家。要是咱们选个糊涂虫当国王,还不让天下人耻笑?

大臣3:禀报陛下,我觉得咱们该选武艺高强的人来管理国家。只有咱们的国王武艺高强,坏人才不敢干坏事。

大臣4:禀报陛下,我觉得咱们该选个善良的人来管理国家,我们可不能把国家交给一个邪恶的人来管理啊!

国王:大家说得都很有道理。张大臣,你如何认为呢?

大臣1:禀报陛下,我觉得品德好的人才有资格当国王。而好品德中,诚实最为可贵! 我认为,选个诚实的人当国王,正是人心所向。

国王:好! 那就选诚实的人做国王吧! 哈哈,我后继有人啦! 走,大家和我一起去密谋一下这件国家大事吧!(退场)

第二幕

大臣1:大家听好啦! 国王要在全国挑选一个最优秀的孩子收为义子,将来继承王位。条件是谁能用国王发的种子培育出最美丽的花朵。现在开始发放种子。

孩子众:(排队)请给我一颗种子吧!

大臣2：孩子们,快回去种花吧! 祝你们成功!

第三幕

（音乐起）

（一群孩子先后上）

孩子甲、乙、丙、丁（齐）：种花去喽,种花去喽!

（孩子们模仿种花的动作,只有雄日很认真,其他孩子种了一会儿就失去耐性,玩耍起来）

[旁白:十天过去了。孩子们能把花种出来吗?]

孩子甲：怎么回事呀? 这花种在花盆里,天天浇水,连芽都不会冒出来! 看来只好到街上买一盆了。

孩子乙：我花了九牛二虎之力,也不见花的影儿,扒开泥土,只见花种霉烂了,真倒霉! 我奶奶好像是种花的,对了,去奶奶家拿一盆。

孩子丙：这花根本种不活,眼看国王看花的日期很快要到了,真急死我了! 哎,我有办法了。你这不争气的东西,我不要了。（扔掉花种子）

孩子丁：我请了花匠帮我,也种不出花来,看来希望成了泡影,竹篮打水一场空喽! 不行,我一定要当国王! 哼! 我知道该怎么做了。

（孩子们纷纷下,后又上）

孩子丁：我们都种不出来,不知道雄日种得怎么样了,他会不会种出花来呢?

孩子甲：雄日还在那里呢!

孩子乙：雄日你种得怎么样了?

雄日：我种不出来啊! 你看,我天天守在花盆旁,又是换土,又是浇水施肥,种子还是不发芽。朋友们,你们的花种出来了吗?

孩子乙：告诉你吧! 我种出来的可是最最纯洁的百合花呢! 有了它呀,我就能当国王!

雄日：那你可有机会喽。

孩子乙：那当然!

孩子甲：嘿! 雄日,雄日,我也种出来了。我种的可是粉红的桃花,我当国王的机率一定比他们都大!

孩子丁：雄日,我也种出来了,你别听他们瞎说,我的是紫色的凤仙子,比他们漂亮多了,只有我才能当上国王。

孩子丙：不可能,不可能! 王位是我的。我火红的玫瑰花比你们的都漂亮。

雄日：朋友们,你们都种出来了,只有我还没种出来。

（孩子们暗笑着下）

（雄日耷拉着脑袋下）

［旁白：半个月过去了，一个月过去了，国王看花的日期到了。孩子们拿什么去见国王呢？］

第四幕

大臣3：国王要看普天下孩子们种植的鲜花，下面，请孩子们把鲜花呈上来。

孩子1：国王陛下，这是我种植的花，你看它是多么雍容华贵啊！

国王：（摇头）

孩子2：国王陛下，这是我种植的花，它散发着阵阵芬芳，请您欣赏！

国王：（摇头）

孩子3：国王陛下，这是我种植的花，它千娇百媚，您是不是觉得我种的花，是最出众的呢？

国王：这些花我都不喜欢。

大臣4：站在后面的小孩，你为什么不说话啊？

雄日：（捧着空花盆，抽咽着）国王陛下，我很惭愧，因为我种的花没有发芽！我只能手捧着空花盆来向您汇报我的劳动成果！

国王：手捧空花盆的孩子，你就是我要找的那个继承人！

雄日：啊？不！国王，您是不是搞错了？怎么会是我啊？我都没有……

孩子们：为什么会是他？

国王：我发给你们的种子都是煮熟了的，这样的种子，还能发芽吗？还能培育出美丽的鲜花吗？

听了国王这句话，那些捧着最美丽的花朵的孩子们，个个面红耳赤，因为他们播下的是另外的花种。

［旁白：亲爱的同学们，相信你们都会像雄日那样，做一个诚实的人。人生在世，有许多比地位、比金钱更重要的东西，在人生的道路上，愿美好的品质伴我们同行！］

诵读积累

现代优秀诗文 10 篇（段）

1

我爱听，
人家把星
叫作星星。
夜空是另一个世界，
星星是它的子民，
谁也不排挤谁，
彼此密密地挨近。
它们是那么渺小，
渺小得没有名字，
它们用自己的光圈，
告诉自己的存在。
仰起脸来，
向着那白茫茫的银河，
一,二,三,你数,
呵,它们是那么多,那么多……

选自臧克家《星星》

2

那时候，我们樱桃沟还藏在大山的皱褶里，只有一条弯弯曲曲的盘山公路通向外面的世界。外面是什么样儿的，我们不知道。大人们不带我们出去。我们也不敢像大人那样站在路边招招手，让飞跑的汽车停下来捎上我们。我们常常站在路边，久久地看着远处，看着路尽头、山尽头那迷迷茫茫的、淡蓝的一片天空。

选自程玮《白色的塔》

3

春天、夏天和秋天，老头儿守着磨坊，姑娘在河边树林里玩耍。冬天，河面上凝结着冰棱，山林里覆满了白雪，磨坊沉寂了，老头儿和姑娘就在小屋的火塘里燃起劈柴，让熊熊的火焰将小屋烤得暖烘烘的。姑娘坐在火塘边做针线活，老头儿一边喝着陈年的苞谷酒，一边给女儿说林子里从前的事情，说一些很古老很古老的故事。

选自汤素兰《金熊和春天》

4

我一直很尊敬戴眼镜的人。因为我觉得"眼镜人"等于就是"读书人"，戴起眼镜的样子，就像是很有学问的样子；眼镜在阳光下闪闪发光，在镜片后面的眼睛也闪烁着智慧的光芒，这样会使自己更像受过教育的文明人。那时，我们常在作文里写着："我们身为知识分子，应该……"，我心目中的"知识分子"，就是戴着眼镜的人。

选自陈木城《书呆子的眼镜》

5

我想：我开始会想事情的时候，想到的第一个问题，一定是"灯光为什么会那么美？"直到现在，每天晚上，我一定要开着灯睡觉；有柔和的灯光，均匀地照在我的床上、棉被上、脸上，我才放心。躺在床上，看着灯在墙上投下朦胧的光影，我的幻想就会生出翅膀,飞到远远的地方,飞去寻找美丽的梦。

选自林武宪《灯》

6

鸟又可以开始丈量天空了。有的负责丈量天的蓝度,有的负责丈量天的透明度,有的负责用那双翼丈量天的高度和深度。而所有的鸟全不是好的数学家,他们叽叽喳喳地算了又算,核了又核,终于还是不敢宣布统计数字。

选自张晓风《春之怀古》

7

秋天来了,它随着牵牛花的残朵,嵌进了竹编的门同小窗子,于是,秋意满了屋子,连回忆也凝结了,还有梦。但是,你晶亮的眸子可也注意到丝瓜的藤蔓么?皎黄的花似乎开得美了,是否慵懒的秋阳,忘记了收去它这一件衣裳?在那下面,一条可爱的小丝瓜,翠蛇似的在悄悄蜿蜒了,秋天使你感伤吗?孩子,秋天也在安慰你,你可感到它的丰富。

选自张秀亚《秋日小札》

8

那是一个清新的早晨,麦先生像平常一样早早起床,愉快地做着各种准备工作。忽然,不知从哪里传来了孩子的笑声。那笑声像是有某种魔力,一下子把麦先生带回遥远的童年。麦先生想起了自己做过的每一件淘气事,虽然是些普普通通的、几乎每个小男孩都做过的淘气事,可当麦先生穿过长长的岁月望去,它们就像散落的珍珠一样闪闪发光。麦先生愉快地拾起一颗,又拾起一颗……

选自吕丽娜《面包师麦先生》

9

月亮已经升到天的中央,光华似水,倾泻在草原上,倾泻在林子里偶尔飘过的云朵,一时遮蔽了月亮,世界暂时黑暗下来,但不一会儿,又亮起来。山分明面暗面,坡也分明面暗面,暗面衬得明面像白天一样明亮。不远处的山头上有棵树,成了一棵黑树。树冠上似有一只大鸟颤颤地立着,也是黑色的。猫头鹰飞过时,地上滑过一道黑影,仿佛大风天刮风的云朵。草丛里有夜鸟在叫,东边叫,西边也叫。

选自曹文轩《火印》

10

我们都不过是一只小"蟋蟀",生命短得很有限,没有多少春夏秋冬,等最后一片黄叶飘落,也就成为田野里的宁静。那么我们就在不长久的春夏秋冬里悦耳吟叫,诗情行走,别被世界讨嫌,那么这个世界啊,就渐渐地、渐渐地讨嫌越来越少,多么好。

选自梅子涵《蟋蟀》

诵读积累

图书在版编目(CIP)数据

各民族民间故事 / 张正冠主编. —— 南京：南京大学出版社，2016.6(2016.7 重印)

（全阅读课本）

ISBN 978 - 7 - 305 - 16808 - 6

Ⅰ.①各… Ⅱ.①张… Ⅲ.①民间故事－作品集－中国 Ⅳ.①I277

中国版本图书馆 CIP 数据核字(2016)第 092680 号

出版发行　南京大学出版社
社　　　址　南京市汉口路 22 号　　　　邮　　编　210093
出 版 人　金鑫荣

丛 书 名　全阅读课本
书　　　名　各民族民间故事
主　　编　张正冠
责任编辑　李宁生　芮逸敏
责任校对　丛珊珊
终　　审　胡晓爽

照　　排　南京理工大学资产经营有限公司
印　　刷　江西华奥印务有限责任公司
开　　本　787×960　1/16　印张 13　字数 228 千
版　　次　2016 年 6 月第 1 版　　2016 年 7 月第 2 次印刷
ISBN 978 - 7 - 305 - 16808 - 6
定　　价　25.00 元

网　　址:http://www.njupco.com
官方微博:http://weibo.com/njupco
官方微信号:njupress
销售咨询热线:(025)83594756